中国教育学会中学语文教学专业委员会专家审定

青少年经典阅读书系［名师解读］
QINGSHAONIAN JINGDIAN YUEDU SHUXI

SONGCI

宋 词

【中国文化长廊中的又一明珠】

《青少年经典阅读书系》编委会◎主编

首都师范大学出版社
CAPITAL NORMAL UNIVERSITY PRESS

图书在版编目(CIP)数据

宋词/《青少年经典阅读书系》编委会主编.—北京：首都师范大学出版社,2011.12(2025 年 3 月重印)

(青少年经典阅读书系.国学系列)

ISBN 978-7-5656-0612-0

Ⅰ.①宋… Ⅱ.①青… Ⅲ.①宋词-青年读物 ②宋词-少年读物 Ⅳ.①I222.844

中国版本图书馆 CIP 数据核字(2011)第 255904 号

宋　词

《青少年经典阅读书系》编委会 主编

策划编辑　徐建辉

首都师范大学出版社出版发行

地　　址　北京西三环北路 105 号

邮　　编　100048

电　　话　68418523(总编室)　68982468(发行部)

网　　址　www.cnupn.com.cn

印　　厂　廊坊市安次区团结印刷有限公司

经　　销　全国新华书店发行

版　　次　2012 年 9 月第 1 版

印　　次　2025 年 3 月第 7 次印刷

书　　号　978-7-5656-0612-0

开　　本　710mm×1000mm　1/16

印　　张　15

字　　数　200 千

定　　价　53.00 元

总 序

Total order

被称为经典的作品是人类精神宝库中最灿烂的部分，是经过岁月的磨砺及时间的检验而沉淀下来的宝贵文化遗产，凝结着人类的睿智与哲思。在滔滔的历史长河里，大浪淘沙，能够留存下来的必然是精华中的精华，是闪闪发光的黄金。在浩瀚的书海中如何才能找到我们所渴望的精华，那些闪闪发光的黄金呢？唯一的办法，我想那就是去阅读经典了！

说起文学经典的教育和影响，我们每个人都会立刻想起我们读过的许许多多优秀的作品——那些童话、诗歌、小说、散文等，会立刻想起我们阅读时的那种美好的精神享受的过程，那种完全沉浸其中、受着作品的感染，与作品中的人物，或者有时就是与作者一起欢笑、一起悲哭、一起激愤、一起评判。读过之后，还要长时间地想着，想着……这个过程其实就是我们接受文学经典的熏陶感染的过程，接受文学教育的过程。每一部优秀的传世经典作品的背后，都站着一位杰出的人，都有一颗高尚的灵魂。经常地接受他们的教育，同他们对话，他们对社会、对人生的睿智的思考、对美的不懈的追求，怎么会不点点滴滴地渗透到我们的心灵，渗透到我们的思想和感情里呢！巴金先生说：“读书是在别人思想的帮助下，建立自己的思想。”“品读经典似饮清露，鉴赏圣书如含甘饴。”这些话说得多么恰当，这些感

总　序

Total order

受多么美好啊！让我们展开双臂、敞开心灵，去和那些高尚的灵魂、不朽的作品去对话、交流吧，一个吸收了优秀的多元文化滋养的人，才能做到营养均衡，才能成为精神上最丰富、最健康的人。这样的人，才能有眼光，才能不怕挫折，才能一往无前，因而才有可能走在队伍的前列。

《青少年经典阅读书系》给了我们一把打开智慧之门的钥匙，会让我们结识世界上许许多多优秀的作家作品，会让这个世界的许多秘密在我们面前一览无余地展开，会让我们更好地去感悟时间的纵深和历史的厚重。

来吧！让我们一起品读“经典”！

国家教育部中小学继续教育教材评审专家
中国教育学会中学语文教学专业委员会秘书长　苏立康

丛书编委会

阅读导航

宋词是中国古代文学皇冠上光辉夺目的一颗巨钻，在古代文学的阆苑里，她是一块芬芳绚丽的园圃，她以姹紫嫣红、千姿百态的风韵与唐诗争奇，与元曲斗妍，历来与唐诗并称双绝，都代表一代文学之胜。远从《诗经》、《楚辞》及《汉魏六朝诗歌》里汲取营养，又为后来的明清戏剧小说输送了有机成分。直到今天，她们仍在陶冶着人们的情操，带给我们很高的艺术享受。

宋词是唐诗之后的又一种文学体裁，它兼有文学与音乐两方面的特点。其最早的称谓是“曲子词”。北周和隋代，士人娱乐和宴会时经常命人演奏一种音乐，即所谓的燕乐，又叫宴乐，这种音乐是由西域胡乐与民间乐曲融合而成的，而配合燕乐的曲子词也在此时逐渐流行起来，宋人王灼在《碧鸡漫志》中说：“盖隋以来，今之所谓曲子者渐兴，至唐稍盛。”《旧唐书》亦载：“自开元以来，歌者杂用胡夷里巷之曲。”大约在中唐时期，诗人张志和、韦应物、白居易、刘禹锡等人开始写词，其词风格朴素自然，洋溢着生活气息，是唐词中不可多得的佳作。后来，这些人逐渐把“词”这一文体引入了文坛。到晚唐五代时期，词已经取得了很大的发展，以晚唐词人温庭筠为代表的“花间派”词人和以李煜、冯延巳为代表的南唐词人，都为词体的成熟做出了重要贡献。不过，在唐朝时，词始终被视为“诗余”、“小道”，难登大雅之堂。

宋初，“曲子词”流行于市井酒肆之间，极尽艳丽浮华，是一种通俗的艺术形式。后来，它的内涵不断得到充实，最终彻底地跳出了歌舞艳情的窠臼，升华为一种能够体现时代精神的文学体裁，取得了与诗歌同等的地位。

宋时词的创作蔚为大观，名篇佳作不断涌现，词的起源虽早，但发展高峰是在宋代，所以后人认为词是宋代最有代表性的文学体裁，也就有了“唐诗、宋词”的说法。

宋词的发展历经三个阶段。第一阶段为由唐入宋的过渡，晏殊、晏几道、欧阳修等人承袭“花间”余绪，为这一过渡做出了很多努力；第二阶段，宋词发展到风格多样、争奇斗艳的繁盛期，其间，柳永、苏轼、秦观、贺铸等人领一代词风；第三阶段是宋词的成熟期，以周邦彦为代表的词人取得的重大成就，体现了宋词发展的深化与成熟。

明时，有学者将词区分为“婉约”和“豪放”两体，清代王士祯继承此说，认为“词派有二”，即婉约派和豪放派。从此，两派之说便盛行开来，流传至今。

婉约词情调柔美，意境优美，音律谐婉，语言圆润。其中柳永的词以民俗曲和俗语入词，展现了当时人们的生活和情感，拥有广泛的社会基础，甚至达到了“凡有井水饮处，即能歌柳词”的地步。

豪放词则气魄雄浑，风格刚健。意境超脱，丰富了词的内容，提升了词的意境。甚至达到了“无言不可入，无事不可入”的境界，把词的社会功用提到了更高的层次，这一派的词人以苏轼、辛弃疾、范仲淹等人为代表。在苏轼笔下，词开始从花前月下走向更广阔的天地，北宋词坛风气始为之一变。“会挽雕弓如满月，西北望，射天狼”，苏轼的词句充满了豪情壮志，南宋辛弃疾则用“气吞万里如虎”的壮词，与他遥相呼应。

婉约、豪放两派的存在，使两宋词坛呈现出双峰竞秀的繁荣气象。而说到对词的贡献，不得不提及南宋女词人李清照。她创作了大量风格清新的词，并著有词论专著——《词论》，书中总结词的创作规律，提出了新的词学观点，对南宋中后期乃至后世词坛的创作具有深刻的影响。

大江东去，浪淘尽、千古风流人物。当年在词坛叱咤风云的文豪已经全部消逝在历史的长河中。然而，他们流传下来的优秀作品，千百年来脍炙人口、经久不衰，其惊艳绝伦，一如当年。宋词的唱法虽早已失传，但从其字里行间，读者仍能感受到音乐韵律之美，或缠绵婉转，或慷慨激昂，或沉郁顿挫——宋词当之无愧地成为古人流传下来的宝贵的精神财富，也是中华文化宝库中最为璀璨的明珠。

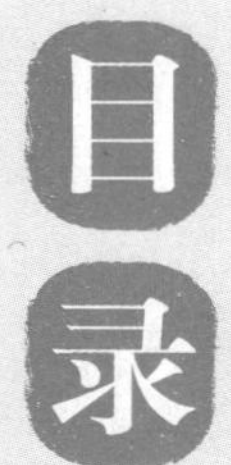

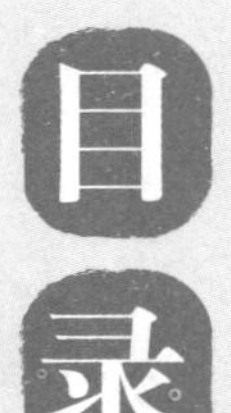

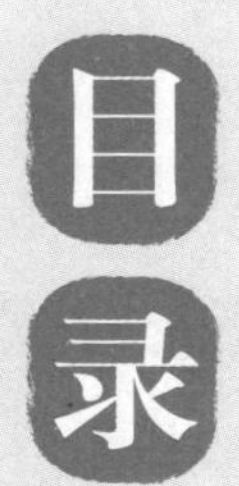

钱惟演（962—1034），字希圣，钱塘（今浙江杭州）人。吴越王钱俶次子。博学能文，尤工诗，与杨亿、刘筠号“江东三虎”，领袖西昆诗派。所著今存《家王故事》、《金坡遗事》。

木兰花

城上风光莺语乱，城下烟波春拍岸。绿杨芳草几时休？泪眼愁肠先已断。

情怀渐觉成衰晚，鸾镜朱颜惊暗换①。昔年多病厌芳尊，今日芳尊唯恐浅②。

【新解】

暮春时节，城墙上群莺乱叫，城墙下一江春水烟波浩渺，拍打着堤岸。芳草映绿杨，处处鸟语花香，这美丽的春景不知还有几时。眼看春将归去，好花不常开，好景不常在，我不禁潸然泪下，愁肠百结。

感觉自己日渐老朽，对镜一照，更是大吃一惊，想不到容颜竟衰老得如此之快。往年因身体多病不喜饮酒，如今满腹惆怅，幽思难以排遣，反而担心杯中少酒。

【注释】

①鸾镜：南朝刘敬叔《异苑》载：罽（jì）宾王有鸾，三年不鸣。夫人曰悬镜照之，鸾见影则鸣。故后世称镜为鸾镜，多借以表达离愁别恨。

②芳尊：美酒。尊，通“樽”，酒杯。

寇准（961—1023），字平仲，汉族，华州下邽（今陕西渭南）人。北宋政治家、诗人。太平兴国五年进士，授大理评事，知归州巴东、大名府成安县。累迁殿中丞、通判郓州。召试学士院，授右正言、直史馆，为三司度支推官，转盐铁判官。天禧元年，改山南东道节度使，再起为相。皇佑四年，诏翰林学士孙抃撰神道碑，帝为篆其首曰“旌忠”。寇准善诗能文，七绝尤有韵味，今传《寇忠愍公诗集》3卷。

踏莎行

春色将阑①，莺声渐老，红英落尽青梅小②。画堂人静雨蒙蒙，屏山半掩余香袅③。

密约沉沉④，离情杳杳，菱花尘满慵将照⑤。倚楼无语欲销魂，长空暗淡逢芳草。

【注释】

①阑：残，尽。

②红英：红花。

③屏山：屏风。

④密约：互诉衷情，暗约之佳期。

⑤菱花：指镜子。

【新解】

春天转眼间即将结束了，黄莺清脆的啼叫声也渐渐衰涩了，那迎春的红花飘零在暮春的风雨中，梅树枝头也结出了小小的青果。画堂里面安静沉寂，堂外则是细雨蒙蒙。

遥想当年，我们依依惜别时的深情约定啊。如今一别经年，远方的他依然杳无音讯，可晓得我这份断肠的思念么。妆奁久未开，菱饰尘灰满，眼下竟然连照镜的心都懒了。只是落寞地倚在栏杆上，心下纵万语千言，却又向谁人说起？惟有无语凝噎，暗自销魂罢了。天空灰蒙蒙的，黯然地衔着绵绵不尽的芳草，一如我的思念。

柳永（约987—约1060），初名三变，改名永，字耆卿，因排行第七，人称“柳七”。北宋著名词人，婉约派最具代表性的人物。在词学史上柳永有两大贡献：一是推广慢词长调，题材广阔，音律谐婉，时出隽语，对后世影响深远。二是独辟蹊径，旧调翻新；俗语入词，俗事入词。“凡有井水饮处，皆能歌柳词”，可见柳词影响之大。

曲玉管

陇首云飞[1]，江边日晚，烟波满目凭阑久。一望关河萧索[2]，千里清秋，忍凝眸[3]？

杳杳神京[4]，盈盈仙子，别来锦字终难偶[5]。断雁无凭[6]，冉冉飞下汀洲，思悠悠。

暗想当初，有多少、幽欢佳会；岂知聚散难期，翻成雨恨云愁！阻追游，每登山临水，惹起平生心事，一场消黯[7]。永日无言[8]，却下层楼。

【注释】

①陇首：高山之巅。

②关河：关山河川，这里泛指山河。

③忍：怎能忍受。

④杳（yǎo）杳：遥远渺茫。神京：帝京，京都，这里指汴京（今开封）。

⑤锦字：指书信，锦字书。难偶：难以相遇。

⑥断雁：离群的孤雁。

⑦消黯（àn）：黯然销魂之意。

⑧永日：终日，整天。

【新解】

远处的山头上，朵朵白云飘飞，天色已晚，一轮红日慢慢地落在江边。我长时间地倚靠在栏杆上，极目远眺，满眼都是迷漫的烟涛。清秋时节，万里江山，一片萧瑟，而我怎么能凝神远望这么长的时间呢？

我那美丽多情的女友，还在遥远的京城汴京，我最难以忘怀的就是她那仙女般的盈盈体态。自从分别以后，我俩天各一方，一直没能收到她那充满柔情蜜意的书信。那只孤雁缓缓地飞向了水中的小洲，并没有飞到我的身边，看来它没有为我捎来她的音信啊。绵绵相思情，就像滚滚东逝的江水，无穷无尽。

想当年，你我曾有过无数次的欢乐幽会。可谁知，聚散离合，竟是如此难以预料。我心头那浓浓的离愁别绪，就像那愁云凄雨，不请自来，挥之不去。山阻水隔，我追胜而游。每当登山临水，平生的心事便会一下子涌向心头。而最终只能默默走下高楼，仍然整日愁肠满怀。

雨霖铃

寒蝉凄切[①]，对长亭晚，骤雨初歇。都门帐饮无绪[②]，留恋处、兰舟催发[③]。执手相看泪眼，竟无语凝噎。念去去、千里烟波，暮霭沉沉楚天阔[④]。

多情自古伤离别，更那堪、冷落清秋节！今宵酒醒何处？杨柳岸、晓风残月。此去经年[⑤]，应是良辰好景虚设。便纵有千种风情[⑥]，更与何人说？

【注释】

①寒蝉：秋蝉。

②都门帐饮：古人在京城门外设帐为友人饯行。

③兰舟：木兰舟，以木兰树所造之船。后世泛指船只。

④楚天：南天。楚国在江南，故称南天为楚天。

⑤经年：年复一年。

⑥风情：男女间的爱恋深情。

【新解】

黄昏时分，凄凉悲切的秋蝉声回响在暮色中，刚刚下过一阵急雨，四周十分清凉。在这京城门外设帐饯行，彼此都没有心情饮酒。我们依依难舍，木兰舟上的人催促我赶紧出发。我们紧握住彼此的手，双目相视，泪眼朦胧，哽咽到说不出话来。这次离京南下后，我再也见不到你的倩影，只看见江上一望无际迷茫的水雾，以及傍晚时分弥漫在辽阔天空中的灰蒙蒙的云雾。

自古多情的人都因离别而伤感，如今我与你分别在这冷落、凄清的晚秋季节，这叫我如何能忍受分别的痛苦。不知我今夜酒醒后会身在何处。或许在杨柳依依的岸边，在清凉的晨风中，举头还依稀可见空中的残月。这一去，不知何年何月才能与你相见，虽有良辰美景，没有你陪伴身旁，还不是如同虚设？纵然对你有万般思念、千种风情，又可向谁诉说呢？

蝶 恋 花

伫倚危楼风细细[①]，望极春愁，黯黯生天际[②]。草色烟光残照里，无言谁会凭阑意？

拟把疏狂图一醉[③]，对酒当歌，强乐还无味[④]。衣带渐宽终不悔[⑤]，为伊消得人憔悴[⑥]。

【注释】

①伫：久立。危楼：高楼。

②黯黯：沮丧愁闷的样子。

③疏狂：粗疏狂放，散漫不羁。

④强乐：强颜欢笑。

⑤衣带渐宽：指人逐渐消瘦。

⑥消得：值得。

【新解】

微风轻拂，我倚靠在高楼栏杆边站了很久，凝望天边，夕阳的余晖里，烟霭迷蒙，远山的草色变得黯淡，一如我忧郁的心情，有谁理解我此时的惆怅？

打算放纵一下自己，痛痛快快地醉一场，纵情高歌，但强求欢乐反而了无趣味。为了她，即使身心憔悴，日渐消瘦，我也无怨无悔。

采 莲 令

月华收，云淡霜天曙。西征客、此时情苦。翠娥执手送临歧[①]，轧轧开朱户。千娇面、盈盈伫立，无言有泪，断肠争忍回顾[②]？

一叶兰舟，便恁急桨凌波去[③]。贪行色、岂知离绪，万般方寸[④]，但饮恨、脉脉同谁语？更回首、重城不见，寒江天外，隐隐两三烟树。

【注释】

①翠娥：本指美人的眉毛，此处借指美女。临歧：分别的岔路口。

②争忍：怎忍。

③凌波：奔腾的波浪。

④方寸：指心。

【新解】

月亮收起了它的清辉，天色渐渐地亮起来，淡淡的云彩，映衬着满地的寒霜。此时此刻，即将踏上漫漫征途的游子，心情无比愁苦。那温柔美丽的女友为了给他送行，轧轧地打开了那扇朱红色的大门。两人携手，依依不舍地来到了分别的岔路口。她两眼泪汪汪，久久地站在那里，深情的面容千娇百媚，婀娜的体态袅袅轻盈，那伤心欲绝的神态，让人真不忍心转身回顾！

登上一叶扁舟，便匆匆操桨驾舟而去。离别的时候一心急于上船赶路，根本没想到那离愁别绪竟是如此痛苦！此时此刻，无尽的懊恨之情只能埋藏在心底，脉脉深情能向谁倾诉？当他留恋地再次回头时，就连那高高的城郭都已经看不见了，所能看到的，只有在寒气逼人的江天之际，那隐隐约约的被烟雾笼罩的三两棵孤树。

浪淘沙慢

梦觉透窗风一线①，寒灯吹息。那堪酒醒，又闻空阶夜雨频滴。嗟因循、久作天涯客②。负佳人、几许盟言，更忍把、从前欢会，陡顿翻成忧戚③。

愁极，再三追思，洞房深处，几度饮散歌阑，香暖鸳鸯被。岂暂时疏散，费伊心力。殢云尤雨④，有万般千种，相怜相惜。

恰到如今，天长漏永⑤，无端自家疏隔。知何时、却拥秦云态？愿低帏昵枕⑥，轻轻细说与，江乡夜夜，数寒更思忆。

【注释】

①梦觉：梦醒。

②嗟：感叹。因循：此指漂泊。

③陡顿：突然。

④殢（tì）云尤雨：比喻男女缠绵欢爱。殢，恋恋不舍。

⑤漏永：形容时间漫长。漏，漏壶，古代计时器。

⑥昵：亲近。

【新解】

昨晚喝醉了酒，夜半时分，从梦中醒来，寒风透过窗户，将屋里那盏昏暗的孤灯吹灭。屋外愁苦的雨点滴滴嗒嗒地敲打着空荡荡的台阶，让人听了之后倍感凄凉孤寂。我漂泊不定，长期客居天涯，辜负了曾与佳人立下的海誓山盟。从前欢乐的聚会，如今竟一下子变成了挥之不去的忧愁，更是让人不堪回首。

心中忧愁到了极点。一次次地回想起在她那弥漫着阵阵脂香的卧室里，有多少回，我曾一边慢慢品尝美酒，一边尽情欣赏她的轻歌曼舞，然后与她共枕同眠。她曾伤心地问我："此次出游，只是一次短暂的离别吧？"那天晚上，我俩缠绵欢爱，如胶似漆，难舍难分，万种风情，尽在那互相怜惜的绵绵爱意之中。

然而如今，我只能在异乡独对孤烛，苦苦捱过这漫漫长夜。怪只怪自己无端出游，才造成了今天这天涯阻隔。不知哪一天，我才能回到她的身边，与她相会。到那个时候，我一定要在帐帏里，与她缠绵共枕，轻轻地向她详细诉说：我一个人漂泊在异乡，是如何夜夜数着寒更，默默地思念着她，期盼与她重聚。

定风波

自春来、惨绿愁红，芳心是事可可①。日上花梢，莺穿柳带，犹压香衾卧。暖酥消、腻云亸②，终日厌厌倦梳裹。无那③，恨薄情一去，音书无个。

早知恁么，悔当初、不把雕鞍锁。向鸡窗④，只与蛮笺象管⑤，拘束教吟课。镇相随、莫抛躲⑥，针线闲拈伴伊坐。和我，免使年少光阴虚过。

【注释】

①是事可可：对什么事情都不在意，不放在心上。可可，平常，不关心。

②暖酥(sū)：(女子)酥软光滑的肌肤。腻云亸(duǒ)：任光亮的发髻散乱下垂。此处意为懒于梳理。

③无那：无可奈何。

④鸡窗：书房。

⑤蛮笺（mánjiān）：古时产于蜀地的彩色信笺。

⑥镇相随：整天相伴相随。

【新解】

开春以来，面对桃红柳绿的景色，我反而更觉凄惨愁闷，做任何事情都提不起精神来。太阳已经爬上了树梢，黄莺在柳树枝条间穿梭，不停地飞来飞去，而我却还懒洋洋地躺在被窝里。往日丰润酥嫩的姿容此刻变得如此憔悴，那一头浓密乌黑的秀发随意地垂于脑后，散乱蓬松，根本没有心情梳妆打扮，就这样整天无精打采地度日。我那薄情郎一去无踪，就连一封简短的报平安的信件都不曾捎回，对此我也无可奈何。

早知道如今会是这样的话，当初就应把他的马鞍锁起来，将他留住。现在真是后悔啊！他没有走的话，我就让他待在书房里，面对书窗，用我给他准备的精致笔墨纸张，吟诗作文，用功读书。这样他就能整天陪伴着我，形影不离。我闲下来做针线活的时候，他也能陪在我身边，我俩恩恩爱爱，只有这样，我才不会感到虚度了美好的青春年华。

少年游

【注释】

①迟迟：缓缓而行。

②天垂：天边，天际。

③归云：此处借指已经消逝、不可重现的事物。

④狎（xiá）兴：狎游的兴致。

长安古道马迟迟[①]，高柳乱蝉嘶。夕阳岛外，秋风原上，目断四天垂[②]。

归云一去无踪迹[③]，何处是前期？狎兴生疏[④]，酒徒萧索，不似去年时。

【新解】

骑着马，缓缓地在长安古道上前行，只听得高高的柳树上那秋蝉一阵阵地悲鸣。夕阳西下，飞鸟隐没于长空之外，原野上秋风瑟瑟。放眼望去，茫茫天际，辽阔无边，这让我顿感说不出的寂寞。

世间万物，本来就像那空中的云彩，一旦飘去，便消失得无影无踪。那旧日的欢会期望今日何在？早已没有了过去那狎妓游乐的兴致了，曾经的酒友们也都零落四散，所有的一切都已经不如当年了。

戚 氏

【注释】

①槛菊：栏杆旁所种的菊花。

②井梧：井边所种的梧桐。

晚秋天，一霎微雨洒庭轩。槛菊萧疏[①]，井梧零乱[②]，惹残烟。凄然，望江关，飞云黯淡夕阳间。当时宋玉悲感，向此临水与登山。远道迢递[③]，行人凄楚，倦听陇水潺湲[④]。正蝉吟败叶，蛩响衰草[⑤]，相应喧喧。

孤馆度日如年，风露渐变，悄悄至更阑。长天净，绛河清浅[⑥]，皓月婵娟[⑦]。思绵绵，夜永对景，那堪屈指，暗想从前。未名未禄，绮陌红楼[⑧]，往往经岁迁延[⑨]。

帝里风光好，当年少日，暮宴朝欢。况有狂朋怪侣，遇当歌对酒竞留连。别来迅景如梭[⑩]，旧游似梦，烟水程何限？念利名、憔悴长萦绊，追往事、空惨愁颜。漏箭移，稍觉轻寒，渐呜咽、画角数声残。对闲窗畔，停灯向晓，抱影无眠。

【新解】

一个深秋的傍晚，一阵淅淅沥沥的细雨洒落在檐前庭院。栏杆里的菊花已经凋残，天井旁梧桐的枯枝败叶间缭绕着缕缕残烟。我不禁感到凄凉，远望江河关山，在夕阳余晖中，暗淡的暮云飘飞天际。遥想当年宋玉悲秋，也是感慨万千，临水登山。人生的旅途是多么的遥远，游子已饱受羁旅行役的凄楚，听厌了异乡的流水声。此时，败叶间秋蝉的悲吟和衰草丛中蟋蟀的低唤彼此呼应，响成一片。

我一个人孤单单地待在驿馆，真是度日如年，天气渐渐变得寒冷，一个人孤苦伶仃，呆坐到深夜。辽阔的天空没有一丝云彩，银河又清又浅，一轮皓月当空，月色十分明媚。我不由得又相思绵绵，长夜里独对这清秋月影，又不忍回忆起从前在歌楼酒馆里与歌女们偎红依翠的浪漫时光。由于那时不屑于功名利禄，经常流连忘返于花街柳巷、秦楼楚馆间。

想当年在京城时是何等风光，当时少不更事，只知朝朝暮暮浅斟低唱，寻欢作乐。何况还有狂放怪诞的朋友呼前拥后，遇上填好的词调，便饮酒歌唱，直到昏天暗地都不肯归去。自离别以来，岁月如梭、光阴似箭，回首往事，恍如一梦，眼前这前程就在这迷茫无际的烟波之中，不知何处才是彼岸！我想都是名锁利诱使我形容憔悴，长期羁留他乡。追怀往事空自愁容惨淡，滴漏标时的箭头缓缓移动，微微感到一丝凉气袭人，远处传来几声悲鸣的画角声，渐渐消失在夜空中。我百无聊赖，独自守在窗旁，望着如豆的孤灯直到天明，又是孤影伴着我，令我彻夜未眠的一夜。

③迢递：迢迢，形容遥远。

④陇水：在陕西陇县西北。此处泛指流水。

⑤蛩（qióng）：蝗虫的别称。古时指蟋蟀。

⑥绛河：即银河。

⑦婵娟：月色明媚的样子。

⑧绮陌红楼：绮陌，本指繁华的街道或风景美丽的郊野道路，这里指花街柳巷。红楼，泛指华美的楼房，此处指歌楼妓馆。

⑨迁延：徜徉流连，逍遥自在。

⑩迅景：飞速而过的光阴。

夜半乐

【注释】

①画鹢（yì）：画有鸟的船只，以示吉利。

②南浦：送别的地方。

③酒旆（pèi）：酒旗，在酒店前悬挂的布幌子。

④浣（huàn）：洗涤。

⑤丁宁：同“叮咛”。

冻云黯淡天气，扁舟一叶，乘兴离江渚。渡万壑千岩，越溪深处。怒涛渐息，樵风乍起，更闻商旅相呼。片帆高举，泛画鹢[1]、翩翩过南浦[2]。

望中酒旆闪闪[3]，一簇烟村，数行霜树。残日下，渔人鸣榔归去。败荷零落，衰杨掩映，岸边两两三三、浣纱游女[4]，避行客、含羞笑相语。

到此因念，绣阁轻抛，浪萍难驻。叹后约，丁宁竟何据[5]？惨离怀，空恨岁晚归期阻。凝泪眼、杳杳神京路，断鸿声远长天暮。

【新解】

寒冷而又浓密的云团遮天蔽日，天空阴沉，我驾着一叶扁舟，乘兴驶离江岸。穿越万壑千岩，到达了越女西施曾经浣纱的若耶溪的深处。汹涌澎湃的滚滚波涛已经渐渐平息下来，山林里刹那间刮起了一阵顺风，耳边传来了商贾们此起彼伏的呼喊声。我扬起风帆，泛起画有鹢鸟的小船，悠然驶过南浦。

站在船上眺望远处，大江两岸酒肆的酒旗迎风飘扬，炊烟袅袅的村庄前，几行高高的大树迎风傲霜。夕阳西下，渔夫们都收起渔网，敲着船榔归去。荷叶零零落落地散落在水面上，几棵光秃秃的衰杨掩映在河岸边。姑娘们三三两两来到河边洗衣服。她们避开行人，羞答答地互相说笑着。

看到这种情景，我想起了自己竟然那么轻易就抛开了她的绣房闺阁，四处漂泊，就像那水上的漂萍，难以停驻。分别的时候，我们曾反复叮咛，相约再次见面的期限，但如今又如何来兑现当初的约定？离别的愁苦如此悲戚，眼看就到年底了，但我的归期却一次次地受阻，不能不让人空自悔恨。我眼眶噙泪，久久凝望着漫长遥远的汴京之路，暮色中，只听那孤雁哀鸣声声，渐飞渐远。

玉蝴蝶

望处雨收云断，凭阑悄悄，目送秋光。晚景萧疏，堪动宋玉悲凉。水风轻、蘋花渐老[1]；月露冷、梧叶飘黄。遣情伤，故人何在？烟水茫茫。

难忘，文期酒会[2]，几孤风月[3]，屡变星霜[4]。海阔山遥，未知何处是潇湘？念双燕、难凭音信；指暮天、空识归航。黯相望，断鸿声里，立尽斜阳。

【新解】

深秋的傍晚，雨住云散，我独自倚靠着栏杆，遥望远方，万分伤感。秋光萧索，一派肃杀凄凉的景象，难怪宋玉会触动悲秋的思绪。秋风轻轻吹拂着水面，蘋花也渐渐枯萎了；在寒月冷露的侵袭下，梧桐叶也已枯黄飘落了。面对此情此景，我不禁产生了一种感伤之情。我的那些故朋旧友们现在都在哪里啊？眼前只有烟雾迷蒙、无边无际的一片秋水。

曾经与朋友们以文相聚、以酒相会的那段快乐的日子真是难以忘怀。分别之后，物换星移，转眼就是好几年的时光，我独自不知辜负了多少清风明月、美景良辰。如今山高水远，我与故人天各一方，不知道他们都散居在何处。双双飞燕，虽然按时南来北往，却难以靠它们向远方的故友传递音信。我站在天边，遥望着黄昏时分的天空，努力地辨认着一艘艘的归舟，可是仍然没有一条船载着故人归来。在孤雁凄厉的哀鸣声里，我呆呆地伫立在夕阳残照里，无限的悲伤惆怅之情涌上心头。

【注释】

①蘋花：一种开小白花的浮萍。此处比喻暗词人对漂泊无定的生活及时光易逝的感慨。

②文期：与友人约定在一起吟诗作文的日期。

③几孤：几度辜负。孤，通“辜”，辜负。

④星霜：岁星一年一循环，寒霜一年一轮回。一星霜即指一年。

八声甘州

【注释】

①潇潇：形容雨势之急骤。

②苒苒物华休：美好的景物慢慢地凋残败落。

③归思：归家的心情。

④淹留：久留。

⑤颙（yóng）望：呆呆地凝望。

⑥争知：怎知。

⑦恁：如此。

对潇潇暮雨洒江天[1]，一番洗清秋。渐霜风凄紧，关河冷落，残照当楼。是处红衰翠减，苒苒物华休[2]。唯有长江水，无语东流。

不忍登高临远，望故乡渺邈，归思难收[3]。叹年来踪迹，何事苦淹留[4]？想佳人、妆楼颙望[5]，误几回、天际识归舟？争知我、倚阑干处[6]，正恁凝愁[7]？

【新解】

独自伫立在江边楼头，潇潇暮雨笼罩江面，洗涤着清冷的残秋。秋风一阵紧似一阵，山河冷落，夕阳的余晖映照着江楼。放眼望去，花已谢了，叶也枯了，一片凄凉。那些美好的景色已渐渐消失，唯有楼下的江水依旧默默无语向东流去。

不忍登高遥望故乡，只见云烟渺茫，故乡更在千里之外，思归的心情难以抑止。这些年四处漂泊，不知究竟为何要长期滞留他乡？独守空闺的贤妻，想必天天登上江边的画楼，等待着我的归来，好几回都错将别人的船只当成了我的归舟。贤妻望眼欲穿，不见我的身影，心里一定充满了埋怨，但你可知我此时也正倚楼望乡，惆怅不已。

词人长年漂泊他乡，仕途失意。晚秋时节，夕阳残照，暮雨潇潇，霜风凄紧，独自凭楼。如此失意的人，如此恼人的天气，遥望乡关，只见到处花残叶落，满目凄凉。

迷 神 引

【注释】

①胡笳（jiā）：古代

一叶扁舟轻帆卷，暂泊楚江南岸。孤城暮角，引胡笳怨[1]。水

茫茫，平沙雁，旋惊散。烟敛寒林簇，画屏展[2]，天际遥山小，黛眉浅[3]。

旧赏轻抛[4]，到此成游宦[5]。觉客程劳，年光晚。异乡风物，忍萧索，当愁眼。帝城赊[6]，秦楼阻，旅魂乱[7]。芳草连空阔，残照满，佳人无消息，断云远[8]。

北方少数民族使用的管乐器。

②画屏展：比喻山水风光佳美如画。

③黛眉浅：远山颜色浅淡。黛眉，形容远山。

④旧赏：旧日的赏心乐事。

⑤游宦（huàn）：离家在外做官。

⑥帝城赊：京城遥远。赊，远。

⑦旅魂：羁旅的情绪。

⑧断云：孤云。

【新解】

我被一条小船载着进入了楚江。夜幕降临的时候，船夫收起了风帆。今夜，我们将暂且停泊在楚江南岸。远处孤零零的城楼上，传来了报昏的号角声，犹如胡笳发出的声音一样，悲凉凄怨。江水一望无际，歇息在沙滩上的鸿雁，听到号角声，一时惊飞四散。烟雾慢慢散去，沿江到处都是一簇簇的树林，就像天然的画屏一样。天际边，遥遥的远山显得很小，就像佳人的弯眉，淡淡的。

自己竟然轻易地就将旧时的赏心乐事抛弃，而不辞万里地来到这里为官，真是鬼迷心窍了。旅途颠簸，困顿劳累，这时才发现自己已是年事衰晚。异土他乡，放眼望去，到处都是一派萧条景象。京城实在是太远了，又因自己已是朝廷命官，曾经经常前往歌楼舞榭与歌妓们游乐玩赏，如今也不能实现了，行旅中，思绪怎么如此愁乱？在夕阳的余晖下，水天空阔，芳草连天。好久没有旧日佳人的音信了，就像一片断云，飘然去远。

竹马子

登孤垒荒凉，危亭旷望，静临烟渚[1]。对雌霓挂雨[2]，雄风拂槛，微收残暑。渐觉一叶惊秋，残蝉噪晚，素商时序[3]。览景想前欢，指神京、非雾非烟深处。

向此成追感，新愁易积，故人难聚。凭高尽日凝伫，赢得消魂无语[4]。极目霁霭霏微[5]，暝鸦零乱，萧索江城暮。南楼画角，

【注释】

①烟渚：烟雾笼罩着的水中沙洲。

②雌霓：彩虹双出，色彩鲜艳的为雄，暗淡的为雌。雄曰虹，雌

曰霓。

③素商：指秋天。秋色尚白，即“素”，而五音中秋天属“商”，因此称秋天为“素商”。

④赢得：剩得。

⑤霁（jì）霭霏微：雨后初晴时烟雾迷蒙。霁霭，雨后初晴时的烟雾。霏微，朦胧、迷蒙。

又送残阳去。

【新解】

我登上一座孤垒，那是古代战争所遗留下来的残壁废垒，站在那高高的亭子上极目远望，静静地俯视着被烟雾所笼罩的江中沙洲。天空中挂着淡淡的彩虹，天地间仍然有点点疏雨在飘落，一阵劲风吹过栏杆，稍稍带走了一些令人烦闷的暑气。发现树上有一片叶子凋落，我才猛然意识到，秋天就要来了。秋蝉在四处悲哀地嘶鸣着，仿佛在告诉人们，四季更换，是大自然永恒不变的规律。看到此情此景，我不禁想起昔日美酒佳人相伴的快乐生活。汴京在何处？顺着指点的方向，估计应该在那迷蒙的烟雾之外、在那遥不可及的远方。

面对此景，怀思往昔，感慨万千。新的离愁别绪很容易郁积，而故朋旧友却难以重聚。从早到晚我都默默地伫立在这里凭高远眺，结果只换来无尽的悲伤和愁苦之情，欲说无语。极目远望，雨过天晴，烟雾迷蒙，归林的乌鸦三三两两，时降时飞，江城的黄昏，肃杀而凄凉。南楼又传来了报昏的画角声，此时又是夕阳西下时分，又一天过去了。

范仲淹（989—1052），字希文，汉族，苏州吴县（今属江苏）人，世称“范文正公”。北宋著名的政治家、思想家、军事家和文学家，是“庆历新政”的积极推行者。其词清丽而豪健，气势恢弘。

渔家傲

塞下秋来风景异[①]，衡阳雁去无留意[②]。四面边声连角起[③]。千嶂里，长烟落日孤城闭。

浊酒一杯家万里，燕然未勒归无计[④]。羌管悠悠霜满地。人不寐，将军白发征夫泪。

【新解】

边关秋来，风景与中原迥然不同，格外凄凉，连大雁都毫不留恋这荒凉的西北边陲，全都飞去了衡阳。四周的羌笛声、胡笳声、风声、马嘶驼鸣声混合着军营的号角声回荡在重峦叠嶂之间。大漠里，夕阳西下，长烟袅袅，城门紧闭。

一碗米酒下肚，不禁让人想起远在万里的家乡，可是敌军未退，边境还不得安宁，仍不能回归故里。秋霜布满了塞外荒原，孤城里传出幽怨的羌笛声，戍边的将士思念家中的亲人，暗自垂泪，无法入眠。白发苍苍的将军伫立窗下，凝视着满天寒光，想起大功未成和士卒的艰难，也难以成眠。

【注释】

①塞下：边界险要的地方，这里指西北边疆。

②衡阳：在今湖南省，旧城南有回雁峰，峰形似雁回旋，相传雁至此便不再南飞。

③边声：边地的悲凉之声，如马鸣、风号之类。

④勒:刻。

苏幕遮·怀旧

碧云天，黄叶地[①]，秋色连波，波上寒烟翠。山映斜阳天接水[②]，芳草无情，更在斜阳外。

【注释】

①黄叶：落叶。

②斜阳：落日的余晖。

黯乡魂[3]，追旅思[4]，夜夜除非[5]，好梦留人睡。明月楼高休独倚，酒入愁肠，化作相思泪。

③黯乡魂：因思乡而黯然销魂。

④追旅思：撇不开羁旅的愁思。追，紧随，可引申为纠缠。旅思，旅途中的愁苦。

⑤夜夜除非：即“除非夜夜”的倒装。

【新解】

天空碧蓝，黄叶满地，一望无际的秋色绵延到江边，连江面上的水雾都呈现出翠绿色。夕阳映照着秋山，烟波浩渺，水天相接。只是芳草萋萋，绵延到落日的尽头，恰似游人无尽的乡愁。

思念故乡，羁旅的愁思纠缠着游子，令人黯然销魂，每个夜晚除非有好梦让人安睡，否则是无法成眠的。在月明之夜，切莫独自登上高楼凭栏远望，借酒浇愁，因为酒入愁肠会化作滴滴相思泪。

御街行·秋日怀旧

纷纷坠叶飘香砌[1]，夜寂静，寒声碎[2]。真珠帘卷玉楼空[3]，天淡银河垂地。年年今夜，月华如练[4]，长是人千里。

愁肠已断无由醉，酒未到，先成泪。残灯明灭枕头攲[5]，谙尽孤眠滋味[6]。都来此事，眉间心上，无计相回避。

【注释】

①香砌：香阶。因台阶上有落花而散发出香味，故称。

②寒声碎：寒风吹着落叶发出的轻微、细碎的声音。

③真珠：珍珠。

④练：素绸。

⑤攲（qī）：倾斜。

⑥谙尽：尝尽。谙，熟悉。

【新解】

夜阑人静，只听见树叶飘落在台阶上发出细碎的声音。玉楼上，珠帘高卷，早已人去楼空。天色清明，银河斜挂天际，像是垂到了大地上。年年岁岁的今夜，月光都像白色的绸缎，可惜你总在千里之外，纵有良辰美景，也无人与共。

饮酒也无法减轻相思之苦，端起酒杯还没有送到嘴边，我已泪流满面。灯光在晚风中摇曳，忽明忽暗，照着独自侧卧在床榻上的我。我已尝够了这孤枕难眠的滋味，这种刻骨相思，不是让人愁容满面，就是叫人胸口隐隐作痛，无论如何也无法避免。

张先（990—1078），字子野，北宋湖州乌程（今浙江吴兴）人。他善写清新含蓄的小令，又创作了大量慢词长调，情真意切，细腻深婉。

千秋岁

数声鶗鴂[1]，又报芳菲歇[2]。惜春更把残红折，雨轻风色暴，梅子青时节。永丰柳[3]，无人尽日花飞雪[4]。

莫把幺弦拨[5]，怨极弦能说。天不老，情难绝，心似双丝网，中有千千结。夜过也，东窗未白凝残月。

【注释】

①鶗鴂（tíjué）：亦作“鹈鴂”，即杜鹃鸟，其啼声悲切。

②芳菲歇：指百花凋零。芳菲，百花。

③永丰柳：泛指杨柳，比喻孤寂无靠的女子。

④花飞雪：指柳絮。

⑤幺弦：琵琶的第四弦，因其音最细，故称幺弦。

【新解】

杜鹃悲切的啼声表示春天即将结束，花儿就要凋谢。为了把握春光，于是就采撷了几枝残花想借此留住春天。梅子青青时节，细雨轻抚着大地万物，初夏的风却无情地吹落了梅花。可叹永丰翠柳，无人欣赏，整日柳絮纷飞好似雪花飘飘。

不要随意弹拨幺弦，因为琴声会诉说着我内心的愁肠哀怨。苍天不老，此情难绝，我的心就像双丝网中有千万个结不能解开。熬过漫漫的长夜，东窗未见曙光，残月犹明。

春去花谢，秋来叶凋，四季变化本是自然规律，却惹来词人们无穷无尽的悲凄。张先生性风流，到了八十几岁还过着狎妓酣饮的生活。

菩萨蛮

哀筝一弄《湘江曲》[1]，声声写尽湘波绿。纤指十三弦[2]，细将幽恨传。

当筵秋水慢[3]，玉柱斜飞雁[4]。弹到断肠时，春山眉黛低。

【注释】

①一弄：一曲。琴曲有《梅花三弄》。

②十三弦：筝有十三

弦，十二弦拟十二个月，剩下一弦拟闰月。

③秋水：形容女子美目明澈如秋水。

④玉柱：谓筝琴上所附玉质之柱。

【新解】

一曲哀怨的《湘江曲》，在悠扬的古筝声中，似乎看到了湘江碧绿的春波。歌伎纤细的手指在十三根琴弦上轻拢慢捻，筝声如泣如诉，慢慢地诉说着满腹的愁绪。

面对酒宴饮酒听曲的人，她明澈如秋水的眼眸含情脉脉，古筝上斜列的玉柱似一行斜飞的秋雁。当弹到令人心伤之处，她就柳眉微蹙，似有无限的幽怨，样子更加惹人怜爱。

醉垂鞭

双蝶绣罗裙，东池宴，初相见。朱粉不深匀[①]，闲花淡淡春。
细看诸处好。人人道，柳腰身。昨日乱山昏[②]，来时衣上云[③]。

【注释】

①深匀：浓妆。匀，搽抹。

②乱山昏：昏暗的群山。

③衣上云：衣染云霞，仙女装束。此处比喻指所赠之妓。

【新解】

在东池的宴席上，你我初次相见。当时你穿着漂亮的丝裙，裙上还绣着一对正在翩翩飞舞的蝴蝶。你并不像其他那些欢场女子一样浓妆艳抹，你那淡淡的妆容，就像春天里一朵淡雅的闲花，在万紫千红中显得那么独特和别致。

别人都说你身材姣好，婀娜多姿，而我细细观察之后，觉得你各个方面都很好。昨天你身着一件绣有云烟花纹的上衣，就像一位穿着云衣的仙女，从暮霭笼罩着的群山中徐徐而出，飘然来到人间。

一丛花

伤高怀远几时穷[①]？无物似情浓。离愁正引千丝乱，更东陌、飞絮濛濛。嘶骑渐遥[②]，征尘不断[③]，何处认郎踪？

【注释】

①穷：了结。

②骑：名词，备有鞍

双鸳池沼水溶溶，南北小桡通[4]。梯横画阁黄昏后，又还是、斜月帘栊。沉恨细思，不如桃杏，犹解嫁东风[5]。

【新解】

登楼眺望，想念远方的夫君，这样的惆怅何时才能了结？还有什么比这相思之情更浓的呢？这离愁别恨就像随风飞舞的千万缕柳丝，更似那东边田间小路上一片迷蒙的柳絮。你骑着马渐渐远去，扬起漫天的尘土，使我看不见郎君的身影。

一对鸳鸯在波光摇曳的池水里嬉戏，南来北往的小船不断穿行。黄昏后，我登上阁楼，收起了楼梯，依然只有一窗清冷的月辉，压抑着心中的怨恨。细细地思量，我这样独守空房，忍受着日复一日的孤寂，还不如桃花、杏花，知道要嫁给如期而来的春风啊！

辔的马，即坐骑。

③征尘：旅途的风尘。

④桡（náo）：船桨。此处代指船。

⑤解：了解。

天仙子

时为嘉禾小倅[1]，以病眠，不赴府会。

《水调》数声持酒听[2]，午醉醒来愁未醒。送春春去几时回？临晚镜，伤流景[3]，往事后期空记省[4]。

沙上并禽池上暝[5]，云破月来花弄影。重重帘幕密遮灯，风不定，人初静，明日落红应满径。

【新解】

我一边饮酒，一边听着乐伎弹奏《水调》曲。因不胜酒力，竟昏睡过去，午睡醒来，依然满腹惆怅，闷闷不乐。春天又将匆匆归去，不知几时才能回到人间。傍晚照镜子时，见到镜中自己衰老的容颜，不禁感叹年华似水，韶光不再，与佳人欢愉的往事和以后的约期还依然铭记在心。

【注释】

①嘉禾：宋代郡名，今浙江省嘉兴县。小倅：判官。

②水调：曲调名，相传为隋炀帝所制。

③流景：似水年华。

④记省：思念和醒悟。

⑤并禽：成对的鸟儿，此指成双的鸳鸯。

漫步庭院之中，见池边沙地上鸳鸯交颈双栖，月儿破云而出，洒下清冷的光华，晚风吹拂花枝，影子也随之摇曳。不胜晚来风急，步入室内，放下重重帘幕将一屋烛光密密遮掩。室外风声还不绝于耳，但我的内心已渐渐安静下来，一夜风声，明日早晨，我知道落花又会铺满整个庭院的小径。

青门引·春思

乍暖还轻冷[①]。风雨晚来方定。庭轩寂寞近清明[②]，残花中酒[③]，又是去年病。

楼头画角风吹醒[④]。入夜重门静。那堪更被明月，隔墙送过秋千影。

【注释】

①乍：刚、才。

②庭轩：庭院。

③中(zhòng)酒：醉酒。

④画角：古乐器，用于军中以警昏晓、振士气。因外加彩绘，故称画角。

【新解】

清明时节，乍暖还寒，凄风冷雨到了黄昏时分方才停歇。冷冷清清的庭院里，我独自对着枝头的残花酌饮，不觉又醉了。如同去年此时一样的惆怅，年年岁岁面对花落春去，心中总有无尽的感伤。

夜阑人静，重重门户都已紧闭，四周悄无声息。戍楼上阵阵凄厉的号角声伴着清冷的晚风将我吹醒。此时万籁俱静，万物都沉浸在酣眠之中，只有我还醒着，难以入眠，月光将矮墙那边秋千的影子拉得极长，还伸到院子里来。

生 查 子

含羞整翠鬟，得意频频顾。雁柱十三弦[①]，一一春莺语。

娇云容易飞，梦断知何处。深院锁黄昏，阵阵芭蕉雨。

【注释】

①雁柱：筝上整齐排列着的弦柱。

【新解】

你娇羞怯怯地整理了一下头上的发髻，开始为我弹筝。弹到高潮的时候，你竟完全融入了筝声里，忘记了刚才的羞怯，不时地朝我回眸。你那纤巧的手指在筝上轻拢慢捻，弦上便发出了悦耳的曲调，就像那黄莺美妙的歌声一样。

然而，良辰美景为何那样轻易地就逝去了？分离为何来得那样迅速？你我的欢会怎么就像阳台一梦那样消失得无影无踪？黄昏时分，我独处深院，谛听阵阵急雨敲打芭蕉的声音。

晏殊（991—1055），字同叔，北宁临川人（今江西杭州）。七岁能属文，以神童应召试，赐同进士出身。文章赡丽，尤工诗，闲雅有情思。其词擅长小令，是婉约派代表作家，其词风流旖旎，时有真情流露。

浣溪沙

一向年光有限身[①]，等闲离别易销魂[②]，酒筵歌席莫辞频[③]。

满目山河空念远[④]，落花风雨更伤春，不如怜取眼前人[⑤]。

【注释】

①一向：即“一晌”，片刻。

②等闲：平常。

③莫辞频：不要因为筵席频繁而推辞。辞，推辞、拒绝之意。

④念远：思念远方友人。

⑤怜：爱怜。

【新解】

人生短暂，时光飞逝，即便是平时的别离，也令人黯然销魂。还是纵情地欢歌宴饮吧！不要嫌这样的宴会太频繁。

极目远眺，关山阻隔，空自怀念远人，花儿在凄风苦雨中飘零，更令人伤感。怀念旧人还是徒然，不如怜爱眼前美丽如花的歌女，共享良辰美景。

清平乐

金风细细[①]，叶叶梧桐坠。绿酒初尝人易醉[②]，一枕小窗浓睡。

紫薇朱槿花残[③]，斜阳却照阑干[④]。双燕欲归时节，银屏昨夜微寒。

【注释】

①金风：秋风。古代以阴阳五行解释季节变化，秋属金，故称秋风为金风。

②绿酒：新酿成的酒。

③朱槿：扶桑花。

④却：正对着。

【新解】

梧桐叶在细细秋风中飘落，初饮新酿的酒更容易让人醉，醉后便在小窗下酣然入睡。

紫薇花、朱槿花已经凋谢，斜阳的余晖映照着高楼的栏杆。

现在正是燕子南飞的时节，昨夜，居室内已开始有些寒意。

木兰花

绿杨芳草长亭路，年少抛人容易去[1]。楼头残梦五更钟[2]，花底离愁三月雨。

无情不似多情苦，一寸还成千万缕[3]。天涯地角有穷时，只有相思无尽处。

【新解】

在那杨柳依依、芳草萋萋的暖春时节，我恋恋不舍地在长亭为他送别。可恨那薄情的少年郎不知离别之苦，竟那么轻易地就抛下我走了。五更的钟声把我从相思梦中惊醒，窗外正下着淅淅沥沥的小雨，那初春时节的花瓣，也承受不住这伤心分别的泪水，带着离愁落下枝头。

多愁善感的我，把寸寸愁肠化作了千万缕对他的相思，看来，薄情寡义反而比我这绵绵柔情要省却许多烦恼和痛苦。天地再宽广，也会有天涯海角，而我对他的这份相思之情却是没有边际，永无穷尽。

【注释】

①年少：指年轻的情人。

②五更钟：指怀人之时。下句“三月雨”同。

③一寸：愁肠。

踏莎行

祖席离歌[1]，长亭别宴，香尘已隔犹回面[2]。居人匹马映林嘶[3]，行人去棹依波转。

画阁魂消，高楼目断[4]，斜阳只送平波远。无穷无尽是离愁，天涯地角寻思遍。

【注释】

①祖席：祭祀路神以饯行的酒席。祖，古代出行时要祭祀路神。

②香尘：地上铺满了落

花，使得尘土也带有了香气。

③居人：送行者。

④目断：极目远望，望断。

【新解】

长亭送别，在饯行的酒席上，一曲曲的送行之歌也唱不尽我们恋恋不舍的心情。看着你渐行渐远，那飞扬的、带着落花芬芳的尘土已经模糊了我们彼此的视线，但你还是忍不住频频回头相顾。我的坐骑也通人性，在林木的掩映中，发出了一声长长的嘶鸣声，仿佛在为我此刻的寂寞孤单而哀鸣。你的小船似乎也能解人意，在江流中曲折回转好几次都不忍离去，仿佛在替你向我传达脉脉情意。

登上画阁，人去楼空，此情此景，让我黯然神伤。独自倚栏极目远望，只有一抹落日的余晖默默地护送着江水东流，早已不见了你的踪影。渺渺江水犹如无穷无尽的离愁，但是，无论你走到天涯海角，我的心都会追寻而去。

蝶恋花

六曲阑干偎碧树，杨柳风轻，展尽黄金缕[1]。谁把钿筝移玉柱[2]，穿帘海燕双飞去。

满眼游丝兼落絮[3]，红杏开时，一霎清明雨。浓睡觉来莺乱语，惊残好梦无寻处。

【注释】

①黄金缕：比喻柳条。

②钿筝：装饰着金玉贝壳等宝物的筝。

③游丝：指柳枝。

【新解】

庑廊上的栏杆蜿蜒曲折，好像是故意依偎在绿树上一样，春风轻轻吹拂着万物，无数条碧绿柔美的柳枝在阳光的映照下，披上了一层金色的光泽。远处传来的筝乐声是那么美妙悠扬，赏心悦耳，以至于梁上的燕子都被逗引得双双穿过门帘，扑向了温暖的春天的怀抱。

然而，好景易逝，才几天时间，迎风飘扬的柳丝便笼罩在漫天飞舞的落絮中；红艳艳的杏花，也在清明时节的纷纷细雨中萎谢凋零了。我本想在梦中排遣春愁，可黄莺的啼叫声把我从浓浓的睡意中惊醒，我那美丽的梦中幻境，一下子消失得无影无踪了。

宋祁（998—1061），字子京，安州安陆（今湖北安陆）人，后徙居开封雍丘（今河南杞县）。北宋文学家。他以“红杏枝头春意闹”句享誉词坛，人称“红杏尚书”。其词多写个人生活琐事，语言工丽。

木兰花·春景

东城渐觉风光好，縠皱波纹迎客棹[1]。绿杨烟外晓寒轻，红杏枝头春意闹[2]。

浮生长恨欢娱少,肯爱千金轻一笑[3]？为君持酒劝斜阳，且向花间留晚照[4]。

【新解】

城东的春色让人觉得越来越美，舟行碧波之上，湖面泛起皱纱似的波纹。春寒料峭，晨雾笼罩着绿杨垂柳，红艳的杏花枝头竞放，一派春意盎然。

人生短暂，常恨苦恼太多而欢愉太少，岂肯吝惜千金而错过佳人一笑？我拿起酒杯，为君劝说斜阳不要如此匆匆西下，且在花丛之间多留下一些夕阳的光辉。

【注释】

①縠（hú）皱：即绉纱，在此形容水之波纹。縠，皱纹的纹。

②闹：谓浓盛。

③肯：岂肯。爱：吝惜。

④“且向”句：化用李商隐《写意》诗：“日向花间留返照，云从城上结层阴。”

欧阳修（1007—1072），字永叔，号醉翁，晚号六一居士，庐陵吉水（今属江西）人。他是北宋诗文革新运动的领袖，属于“唐宋八大家”之一。擅长写词；或写恋情醉歌，缠绵婉曲；或绘自然美景，富于情韵。风格深婉而清丽。

采桑子

群芳过后西湖好[1]，狼藉残红[2]，飞絮濛濛，垂柳阑干尽日风。

笙歌散尽游人去[3]，始觉春空，垂下帘栊[4]，双燕归来细雨中。

【注释】

①西湖：此指颍州西湖。颍州在今安徽阜阳。

②狼藉残红：谓落花纷乱貌。狼藉，散乱的样子。残红，落花。

③笙歌：奏乐唱歌。

④帘栊：窗帘。栊，窗棂木。

【新解】

暮春时节，百花已谢，但西湖风景依然美丽如画，凋残的落花散落满地，漫天飞舞的柳絮迷蒙，整日都是吹面不寒的杨柳风，垂柳随风轻抚着栏杆。

喧闹的笙歌已经飘逝，熙熙攘攘的游人也已散去，这时我才发觉西湖之春的空静。垂下窗帘，一对燕子穿过蒙蒙细雨，双双归巢。

诉衷情·眉意

清晨帘幕卷轻霜，呵手试梅妆[1]。都缘自有离恨，故画作远山长[2]。

思往事，惜流芳，易成伤。拟歌先敛[3]，欲笑还颦[4]，最断人肠。

【注释】

①呵手：呵气暖手，使手变灵活。

②远山：比喻女子秀丽的双眉。词中喻离恨的

【新解】

清晨卷起凝着薄霜的窗帘，呵暖双手后进行梳妆，试作梅花妆。全因离愁别恨积压心中，不得排遣，所以故意将双眉画得像远山一样又淡又长。

回忆起往昔的欢乐时光，怜惜如花的年华就像流水一去不返，眼前景致，无处不惹人伤感。打算一引歌喉，却先敛容含悲；想要强作欢颜，却又蹙眉凝愁。这情态最让人伤彻肺腑。

深长。

③敛：敛容，以表庄重。

④颦：皱眉，表示忧愁。

踏莎行

候馆梅残[1]，溪桥柳细，草薰风暖摇征辔[2]。离愁渐远渐无穷，迢迢不断如春水[3]。

寸寸柔肠，盈盈粉泪[4]，楼高莫近危栏倚。平芜尽处是春山[5]，行人更在春山外。

【注释】

①候馆：可供登高观望的楼馆，此指接待行旅宾客的馆舍。

②征辔：行人的坐骑。辔，马缰绳，代指马匹。

③迢迢：原指路途遥远，此指愁思绵延不绝。

④盈盈：饱含泪水的样子。

⑤平芜：平阔的草地。

【新解】

馆舍庭院里的梅花已经凋残，溪桥边新生的柳枝轻拂着春水。和煦的春风送来春草阵阵清香。我信马由缰，离家渐渐遥远，离愁也越来越浓，如奔流不息的春水绵延不断，无穷无尽。

这时你一定满怀悲伤，愁肠百结，粉泪满面。你可不要登上高楼凭栏远眺，因为那会使人更加伤怀。平坦草地的尽头是青山，而你的爱人还远在青山之外。

蝶恋花

几日行云何处去[1]？忘了归来，不道春将暮[2]。百草千花寒食

【注释】

①行云：比喻人行踪

不定。此处指女主人公的丈夫。

②不道：不觉。

③百草千花：语意双关，既指寒食节踏青路上繁盛的芳草香花，也暗喻花街柳巷的妓女。

④依依：同“依稀”，隐隐约约的样子。

路[3]，香车系在谁家树？

泪眼倚楼频独语，双燕来时，陌上相逢否？撩乱春愁如柳絮，依依梦里无寻处[4]。

【新解】

郎君啊！你就像天上行云一样来去不定，这几日又飘向何处啊？一出家门便四处流连，竟忘了归家，你可知春暖花开的日子即将过去，我的花容月貌也将如同这春花日渐憔悴。又到了一年一度的寒食节，路旁奇花满目，异草无数，游人都成双成对外出踏青。郎君，你把马车系在谁家的树上？为何要留下我一人孤苦伶仃？

木兰花

【注释】

①鱼沉：相传鱼能传书，鱼沉即是书信不传。

②秋韵：秋声。秋时西风作，草木零落，多肃杀之声，曰秋声。

③攲（qī）：斜倚。

④烬：灯芯烧尽后成炭质或灰质的部分。

别后不知君远近，触目凄凉多少闷！渐行渐远渐无书，水阔鱼沉何处问[1]？

夜深风竹敲秋韵[2]，万叶千声皆是恨。故攲单枕梦中寻[3]，梦又不成灯又烬[4]。

【新解】

与君分别后，不知你现在身在何处。心中烦闷，眼前是一派凄凉景象。你离我越来越远，书信也渐渐断了。水面宽阔，鱼儿潜底，不知该向何处打探你的音讯。

深夜里，肃杀的秋风吹动竹林，那竹子相击的声音和竹叶的沙沙声，都像在诉说着我心中无尽的离愁别苦。孤枕独宿，想在梦中与你相遇，可惜灯芯已化为灰烬，我还未能成眠！

浪淘沙

把酒祝东风，且共从容[1]。垂杨紫陌洛城东[2]，总是当时携手处[3]，游遍芳丛[4]。

聚散苦匆匆，此恨无穷。今年花胜去年红，可惜明年花更好，知与谁同?

【新解】

我把酒临风，请求和煦的春风不要匆匆离去。洛阳城东那垂杨青青的京郊小路，正是你我当时携手游春之处，我俩曾在百花丛中欢歌笑语，纵情游览。

人生聚散匆匆，无尽的遗憾郁积心中。今年的花儿艳丽更胜往年，料想明年的花会开得比今年更美，只可惜不知会与谁一同欣赏那美好的春光。

【注释】

①“把酒”二句：化用五代司空图《酒泉子》词：“黄昏把酒祝东风，且从容。”

②紫陌：京都郊外的道路。

③总是：大多是，都是。

④芳丛：花丛。

临江仙

柳外轻雷池上雨，雨声滴碎荷声。小楼西角断虹明。阑干倚处，待得月华生。

燕子飞来窥画栋[1]，玉钩垂下帘旌[2]。凉波不动簟纹平[3]。水精双枕[4]，傍有堕钗横。

【新解】

夏日的傍晚，远处柳林外，传来了阵阵轻雷。硕大的雨点“啪哒啪哒”打在池中的荷叶上，仿佛要把那翠如玉盘的荷叶敲碎。雨过天晴的时候，小楼的西角出现了一抹残断的彩虹。我独自倚靠着小楼的栏杆遥望晴空，一轮皓月已悄悄地挂在天际。

【注释】

①窥画栋：偷偷地看绘有彩色图案的栋梁，此处有期盼归巢之意。

②帘旌：帘幕。

③簟（diàn）纹：竹席的花纹。

④水精：即水晶。

外出了一天的燕子见天色已晚，期盼着尽快回到彩画栋梁上的巢穴。可是，门帘已经垂下来了，它无法飞进去，只能隔着门帘向里面偷偷张望：床上的竹席铺得整整齐齐，席纹如波纹般滑爽而细密。席上并列放着两个水晶枕头，枕边横着女主人失落的一只金钗。

浣溪沙

堤上游人逐画船，拍堤春水四垂天，绿杨楼外出秋千。

白发戴花君莫笑，六幺摧拍盏频传[1]，人生何处似尊前[2]。

【注释】

①摧拍：乐曲的节拍急促。

②尊：通“樽”，酒杯。

【新解】

堤岸上游人如织，熙熙攘攘的人群都不约而同地朝绘有彩饰的游船奔去。春波荡漾，远远望去，天幕四垂，水天一色。绿杨林外传来了盈盈笑语，原来是临水人家的少女在荡秋千，那娇美的身影随着高高的秋千时而飞上院墙。

请别嘲笑我这么大年纪还不知羞耻，像年轻人一样在头上戴花。就让我们在急管繁弦的《六幺》声中频频举杯，一醉方休吧！人生有多少时候能体会到现在这种沉醉于酒中的快慰之感呢？

青玉案

一年春事都来几[1]？早过了、三之二。绿暗红嫣浑可事[2]，绿杨庭院，暖风帘幕，有个人憔悴。

买花载酒长安市，又争似、家山见桃李[3]？不枉东风吹客泪[4]，相思难表，梦魂无据，唯有归来是。

【注释】

①都：总共。

②浑：全，都。

③争似：即怎似、怎像。

【新解】

这一年的春色已经流逝多少了呢？三分春色算来已有两分付诸流水了。绿荫如盖，红花似火，全都是寻常景致。庭院中绿柳一片葱茏，和煦的东风吹拂着帘幕。春光如此明媚，却有一个人愁容满面，独自憔悴。

尽管可以在繁华的京城里买花载酒，但又怎比得上欣赏故乡桃红李白呢？不怪春风吹落游子的眼泪，是因为游子满怀的思乡之情无从倾诉。梦回故里，但醒来还是独在异乡。唉！看来只有回到故乡与家人团聚，才能享受到真正的幸福。

④不枉：不怪、难怪。

韩缜（1019—1097），字玉汝，原籍灵寿（今属河北）人，后徙居雍丘（今河南杞县）。今存《凤箫吟》词一首，咏芳草以留别，当时天下盛传。

凤箫吟

锁离愁，连绵无际，来时陌上初熏。绣帏人念远[①]，暗垂珠露，泣送征轮[②]。长行长在眼，更重重、远水孤云。但望极楼高，尽日目断王孙[③]。

消魂，池塘别后，曾行处、绿妒轻裙。恁时携素手[④]，乱花飞絮里，缓步香茵。朱颜空自改，向年年、芳意长新。遍绿野、嬉游醉眼，莫负青春。

【注释】

①绣帏人：指闺阁中人。绣帏，精美的帷帐，代指闺房。

②征轮：行旅之车轮，这里指载人远去的马车。

③王孙：泛指贵族子孙，古时也用来尊称一般青年男子。

④恁时：那时。素手：洁白的手，这里代指佳人。

【新解】

田间小路上的春草刚开始散发出芳香，这连绵无际的春草仿佛紧锁住我漫漫的离愁。深闺绣帏里的我思念着远去的夫君，暗自垂泪。想当时流着眼泪目送着滚滚而去的车轮，他渐行渐远，只留下满目芳草萋萋，还有那流向远方的流水和天边的孤云。我独自登上高楼，终日凭栏远眺，盼望着他的归影。

回首前尘，令人黯然销魂。回忆起与你携手同游池塘边，漫步香气袭人的绿茵地，在落花飘舞、飞絮蒙蒙的春光里，两情相悦，其乐融融，连那芳草都妒忌你飞扬的绿罗裙。但如今你我天各一方，我红润的面容徒然憔悴，那萋萋芳草却依旧年复一年，春风吹又生。何时能与你再度重逢于春光万里、芳草遍野之时？届时我将与你纵情嬉戏，开怀畅饮，绝不辜负大好青春。

王安石（1021—1086），字介甫，号半山，抚州临川（今江西临川）人。推行变法革新，遭到反对。晚年退居江宁，潜心于学术。他是“唐宋八大家”之一。散文简洁明快，精于说理；诗则关注现实，好发议论，其“集句诗”别具一格。写词不多，却很精彩，洗尽五代以来绮靡词风。

桂枝香

登临送目，正故国晚秋，天气初肃①。千里澄江似练，翠峰如簇②。归帆去棹残阳里，背西风、酒旗斜矗。彩舟云淡，星河鹭起③，画图难足。

念往昔、繁华竞逐。叹门外楼头④，悲恨相续⑤。千古凭高，对此谩嗟荣辱。六朝旧事随流水，但寒烟、衰草凝绿。至今商女⑥，时时犹唱，《后庭》遗曲。

【新解】

我登上高处环顾金陵，这六朝古都正值深秋季节，天气开始变得寒冷，草木也开始凋落。澄澈明净的千里长江像条白丝带，青翠的山峰犹如箭头。远行的船帆在斜阳中飘然离去，酒家门上斜插着高挺的旗子在西风中飘动。画船漂浮在江面淡淡的云影之上，白鹭正在天河里展翅飞翔，这秀美的景色实在难以用图画表现。

想起这六朝古都往昔是何等繁华，人们竞相追逐富贵豪奢，可叹那陈后主正在楼头上欣赏美人歌舞，却不知门外已兵临城下，这种亡国的悲恨竟然连续相继。自古以来多少人登高凭吊，都为这历代的兴亡荣辱而嗟叹。六朝旧事已随着流水一去不返，只见寒雾如烟、草木衰枯，至今那茶楼酒肆的歌女，还常常吟唱陈后主的《玉树后庭花》。

【注释】

①肃：高爽之意。指草木凋零，天气清阔高爽。

②簇：高挺直立貌，形容山峰峭拔。

③星河：银河。此指长江。

④门外：指朱雀门外。楼头：指张丽华住的结绮阁。

⑤悲恨相续：指南朝各个王朝的相继覆亡。

⑥商女：歌女。

千秋岁引

别馆寒砧[①]，孤城画角，一派秋声入寥廓[②]。东归燕从海上去，南来雁向沙头落。楚台风[③]，庾楼月[④]，宛如昨。

无奈被些名利缚，无奈被他情担阁[⑤]，可惜风流总闲却。当初谩留华表语[⑥]，而今误我秦楼约[⑦]。梦阑时[⑧]，酒醒后，思量着。

【注释】

①寒砧(zhēn)：指寒秋时的捣衣声。形容寒秋景象的萧索冷落。

②寥廓：即辽阔。这里指天空。

③楚台风：泛指清爽凉风。

④庾楼月：晋庾亮曾与众僚佐登武昌城南楼赏月。此处泛指秋月。

⑤担阁：即"耽搁"。

⑥谩：徒然，白白地。

⑦秦楼约：指男女恋人间的约会。

⑧阑：残尽。

【新解】

在馆舍里听到一阵阵捣衣声，从孤寂的城头传来凄凉悲鸣的画角声，一派萧条的秋声萦绕在夜空中。东归的燕子飞向苍茫的大海，南来的大雁栖息在沙洲之上。此时的风如同楚王的兰台之风，此时的月好似庾亮的南楼之月，眼前之景宛然如旧。

无奈我被名利所束缚、无奈我被世情所耽搁，可惜那些风流俊雅、吟诗作对之事我已全都放在一边。当初意气风发，随意指点朝政，而今却误了我与心爱的人之间的誓约。梦醒之时，酒醒之后，我又陷入了沉思。

王安国（1208—1074年），字平甫，临川人，王安石之弟。其政见与安石不合，其诗文语出惊人。

清平乐·春晚

留春不住，费尽莺儿语。满地残红宫锦污[1]，昨夜南园风雨。

小怜初上琵琶[2]，晓来思绕天涯。不肯画堂朱户[3]，春风自在杨花。

【新解】

春天匆匆归去，黄莺儿费尽口舌也留它不住。南园繁花似锦，昨夜风雨侵袭，落花满地，一片狼藉。

当此春宵，歌女抱着琵琶开始弄弦，直到天明破晓，无限伤春之情依旧萦绕于指尖。杨花在春风中自由自在地漫天飞舞，却不肯飞入画堂朱户的权贵之家。

【注释】

①宫锦：宫里用的锦缎，在此比喻落花铺地。

②小怜：北齐后主高纬宠妃冯淑妃之名，善弹琵琶。此处指歌女。

③画堂朱户：指富贵人家。

苏轼（1037—1101），字子瞻，号“东坡居士”，世称“苏东坡”。与其父苏洵、其弟苏辙并称“三苏”，同属“唐宋八大家”之列。苏轼才华横溢，在诗文词赋、书法绘画诸多方面都取得了辉煌成就，逐渐形成清新淡雅与雄浑奔放并存的风格。苏轼词被认为是豪放派代表，实则风格多样，题材广泛，个性鲜明，超凡脱俗。他“以诗为词”，一洗绮罗香泽之态；声韵谐婉，但不拘泥于音律；语言清新，兼采史传、口语；调名之外，创立标题、小序。他把诗文革新的成果推广到词的领域，为宋词的发展开拓出了一片新天地。

水调歌头

丙辰中秋，欢饮达旦，大醉。作此篇，兼怀子由。

明月几时有？把酒问青天。不知天上宫阙，今夕是何年。我欲乘风归去，又恐琼楼玉宇，高处不胜寒[①]。起舞弄清影，何似在人间[②]。

转朱阁，低绮户，照无眠。不应有恨[③]，何事长向别时圆[④]？人有悲欢离合，月有阴晴圆缺，此事古难全。但愿人长久，千里共婵娟[⑤]。

【注释】

①不胜：忍受不住。

②何似：哪像。

③恨：遗憾，怨恨。

④长：经常。

⑤婵娟：本指形态美好的样子，这里指美好的月色。

【新解】

我举起酒杯问苍天，什么时候才会有明亮的月儿？不知天上的宫殿，今晚是属于哪一年？我想乘风飞回天上去，又担心仙宫玉楼太高，不能忍受天上凛冽的风寒。我在明月下舞蹈，我的影子也随着我翩翩起舞，凡间生活可要比天上美好得多啊！

月儿转过华美的楼阁，月华低低穿过雕花的门窗，照着那还没有入睡的人。月儿啊，你大概不会有什么怨恨吧！为什么你总是在人生离愁的时候才如此圆满呢？也许人生一世，总会有悲欢离合，月亮每月也会有圆缺明暗，从古至今都是如此，不会有月常圆、人常聚。但愿你我兄弟都健康长寿、情谊永存，虽相隔千里，大家也可以一同观赏这美好的月色啊！

苏轼兄弟情谊甚笃。苏轼与苏辙自熙宁四年（1071）于颍州分别后已有六年未见。苏轼原任杭州通判，因苏辙在济南掌书记，特地请求北徙，但到了密州还是无缘相会。

水龙吟·次韵章质夫杨花词

似花还似非花，也无人惜从教坠[1]。抛家傍路，思量却是，无情有思[2]。萦损柔肠[3]，困酣娇眼，欲开还闭。梦随风万里，寻郎去处，又还被、莺呼起[4]。

不恨此花飞尽，恨西园、落红难缀。晓来雨过，遗踪何在，一池萍碎[5]。春色三分，二分尘土，一分流水。细看来、不是杨花，点点是离人泪。

【注释】

①从教坠：任其飘落。

②无情有思：看似无情，实有愁思。

③萦损柔肠：思念之情愁坏了肚肠。萦，缠绕。

④“梦随”三句：杨花随风飘荡，有如思妇在梦中寻找丈夫，又忽被黄莺惊醒。化用唐金昌绪《春怨》：“打起黄莺儿，莫教枝上啼。啼时惊妾梦，不得到辽西。”

⑤萍碎：杨花落水为浮萍。

【新解】

它像花，又不像花，也没有人怜惜它，任其飘落。杨花离开枝头，落在路旁，看似无情，思量起来，却也有它的深意。杨柳柔而细的枝条就好像她的柔肠，受尽了离愁的折磨。柳叶飘扬飞舞的媚态就像她困极时欲开还闭的娇眼。她的梦随风飘游万里，去寻找她的郎君，可惜被那黄莺惊醒。

她不恨杨花飞尽，只恨西园里，满地的落花无从收拾。早晨下过一场骤雨，地上已经不见杨花的踪迹，只剩下一池浮萍，可怜这春色满园，杨花大部分已化为尘土，小部分则随流水而逝。仔细看，这空中纷纷扬扬的原来不是杨花，而是她点点滴滴的泪珠。

念奴娇·赤壁怀古

【注释】
①千堆雪：指无数翻卷的浪花。
②公瑾：即周瑜，字公瑾，二十四岁为东吴中郎将，人称周郎。
③小乔：乔玄次女，其嫁周瑜在建安三年（大乔嫁孙策），为赤壁之战十年前事。言“初嫁了”，是有意渲染周瑜年少有为，英雄美人，相得益彰。
④纶（guān）巾：用青丝带做的头巾。
⑤酹（lèi）：把酒洒在地上，用以祭奠。

大江东去，浪淘尽、千古风流人物。故垒西边，人道是、三国周郎赤壁。乱石穿空，惊涛拍岸，卷起千堆雪[1]。江山如画，一时多少豪杰。

遥想公瑾当年[2]，小乔初嫁了[3]，雄姿英发。羽扇纶巾[4]，谈笑间、强虏灰飞烟灭。故国神游，多情应笑我，早生华发。人生如梦，一樽还酹江月[5]。

【新解】

长江滚滚东流去，千古的风流人物如同这东逝水，成为历史的回忆。人们传说那座破旧的营垒西边，就是三国时周瑜指挥赤壁之战的地方。参差而陡峭的石崖高耸入天，汹涌的波涛不断地拍打着江岸，卷起无数雪白的巨浪。江山就像画一样壮丽，不知当时有多少英雄豪杰为之斗智斗勇。

遥想当年，周瑜刚娶了貌美如花的小乔为妻，满怀雄才大略，英姿飒爽。他头戴青丝巾，手摇羽毛扇，谈笑之间就把曹操的战船烧得精光。如今，我面对这古战场，凭吊少年有为的周公瑾，可笑我虽时值壮年，却已两鬓斑白。唉！人世间的事就像在做梦一样，还是让我洒一杯酒在江水里，祭奠江上的明月吧！

永 遇 乐

【注释】
①紞（dǎn）如三鼓：三更鼓响了。紞，打鼓声。
②铿然：形容声音之清脆，如金石、琴瑟。此

彭城夜宿燕子楼，梦盼盼，因作此词。

明月如霜，好风如水，清景无限。曲港跳鱼，圆荷泻露，寂寞无人见。紞如三鼓[1]，铿然一叶[2]，黯黯梦云惊断[3]。夜茫茫、重

寻无处，觉来小园行遍。

天涯倦客，山中归路，望断故园心眼。燕子楼空，佳人何在？空锁楼中燕。古今如梦，何曾梦觉，但有旧欢新怨。异时对、黄楼夜景，为余浩叹。

处指落叶声。

③黯黯梦云惊断：梦中惊醒，觉得黯然神伤。

【新解】

明亮的月色皎洁如霜，柔和的秋风清凉如水，眼前是无限清幽的深秋景致。曲折的池塘里时而有游鱼跳出水面，微风中，圆圆的荷叶上滚动着晶莹的露珠，夜阑人静，没有人欣赏到这秋夜的清幽。三更鼓响了，在夜深人静时，即使一片落叶的声音听起来也是那么的清脆。我正与盼盼在梦中相会，但好梦突然被惊醒，顿觉黯然销魂，满怀惆怅。夜色茫茫，再也无从找寻梦中美景。我已了无睡意，怅然地徘徊在小园里。

我早已厌倦浪迹天涯，宦游远方，很想踏上归途，去山中过清静自在的田园生活，可是故乡渺远，徒然望眼欲穿。燕子楼已是人去楼空，盼盼只能在梦中相遇，早已不见佳人踪影，燕子楼也只是空锁楼中梁上燕。物是人非，古往今来恍如一梦，只因欢怨之情不能了断，人生的梦也不曾醒来。后世的人面对我所筑黄楼的夜景，或许也会像我今天面对燕子楼一样，发出物是人非的喟叹。

洞仙歌

余七岁时，见眉州老尼，姓朱，忘其名，年九十岁。自言尝随其师入蜀主孟昶宫中[①]，一日大热，蜀主与花蕊夫人夜起纳凉摩诃池上[②]，作一词，朱具能记之。今四十年，朱已死久矣，人无知此词者，但记其首两句，暇日寻味，岂《洞仙歌令》乎？乃为足之云。

冰肌玉骨，自清凉无汗。水殿风来暗香满[③]。绣帘开、一点明月窥人，人未寝、欹枕钗横鬓乱[④]。

【注释】

①孟昶（chǎng）：五代时后蜀君主。他生活奢华，喜爱文学，工声曲，后兵败降宋。

②花蕊夫人：孟昶的贵妃。

③水殿：筑在成都摩诃

池上的宫殿。

④攲（qī）：倚靠。

⑤金波淡：月光淡明。

起来携素手，庭户无声，时见疏星渡河汉。试问夜如何？夜已三更，金波淡、玉绳低转[5]。但屈指、西风几时来，又不道、流年暗中偷换。

【新解】

盛夏时节，她的肌肤像冰雪一样清凉，没有一点儿汗迹。摩诃池上，一阵微风吹来，宫殿里弥漫着一阵幽香。绣帘忽然被吹开，空中明月好像在偷窥她，只见她斜靠在枕上，钗簪横斜，鬓发蓬乱，还没有入眠。

她下了床，与蜀主携手同行，庭院悄然无声，偶尔望见流星掠过银河。现在是夜里什么时候了？都已三更时分了，月光渐渐暗了下来，玉绳星也已经西下。她屈指计算着西风几时才能送来凉爽，却没有想到暑去凉至也正是大好的时光偷偷流逝之际。

卜算子

黄州定惠院寓居作

缺月挂疏桐，漏断人初静[1]。谁见幽人独往来[2]，缥缈孤鸿影[3]。
惊起却回头，有恨无人省[4]。拣尽寒枝不肯栖，寂寞沙洲冷。

【注释】

①漏：古人计时之器。漏断即漏壶中的水滴尽，意即夜深了。

②幽人：深居简出之人，此处指作者。幽，此处有幽怨、幽寂、幽思之意。

③缥缈：隐隐约约，若有若无。

④省（xǐng）：明白，理解。

【新解】

夜已经深了，人们才渐渐安静下来，残月挂在叶子稀疏的梧桐树上。谁见你独自徘徊在月色中？唯有在朦胧夜色中飞翔的孤雁。大雁突然惊飞，却又匆匆回首，有谁知道它满怀惆怅？它拣遍了所有瑟缩在寒风中的树枝，不肯栖息，却停歇在寂寞的沙洲，甘愿忍受清冷。

青玉案

和贺方回韵，送伯固归吴中故居。

三年枕上吴中路，遣黄犬、随君去[①]。若到松江呼小渡，莫惊鸳鹭，四桥尽是，老子经行处[②]。

《辋川图》上看春暮，常记高人右丞句。作个归期天已许，春衫犹是，小蛮针线[③]，曾湿西湖雨。

【注释】

①黄犬：此处意为希望苏坚归去后常通音讯。

②老子：宋代年老者自称。此处是苏轼自称。

③小蛮：唐代诗人白居易的侍妾名。这里指苏轼的爱妾朝云。

【新解】

你已经离乡三年了，想必做梦都想着早日踏上回到吴中故里的归途吧？真希望能有一只灵犬随你一同归去，就像陆机的那只犬黄耳一样，这样，我们就能够在别后经常互通音信了。吴中水乡是那么宁静秀丽，当你返回吴中，呼船渡河的时候，千万不要惊动了那些在水上游弋的水鸟。那里的每一处名胜，都有我曾经走过的足迹，想起来，顿生无限怀恋之情。

如今，我最向往的是先贤王维的隐居生活。他画的那幅著名的《辋川图》中所描绘的暮春景色，充满了诗情画意。我也经常记颂他的那些宁静悠闲的诗句，那是真正的高人隐士才能有的情调。我要是想择个日期回家的话，相信天公会准许的。西湖的蒙蒙细雨打湿了我身上的这件春衫，它是“小蛮”细针密线为我精心缝制的，看来，我该回去换洗换洗了。

临江仙·夜归临皋

夜饮东坡醒复醉，归来仿佛三更。家童鼻息已雷鸣，敲门都不应，倚杖听江声。

【注释】

①此身非我有：这里是不能掌握自己的命运之意。

②营营：为功名利禄而劳碌费神。

③縠（hú）纹：形容水波微细。縠，有皱纹的纱。

长恨此身非我有[1]，何时忘却营营[2]。夜阑风静縠纹平[3]，小舟从此逝，江海寄余生。

【新解】

夜饮东坡雪堂，酒醒后又喝醉，回到家时，好像已经三更了。家童已经睡得鼾声如雷，怎么敲门都没有反应，我只好倚着手杖倾听长江的波涛声。

经常怨恨不能把握自己的命运，何时才能忘却追求功名利禄？夜已经深了，风也停了，江面也没有一点儿波纹。我多想乘一叶轻舟飘然而去，在浩渺的江湖上了度余生。

定风波

【注释】

①沙湖：在今湖北省黄冈县东南三十里处。

②雨具先去：雨鞋、雨伞早已被带走了。

③狼狈：窘迫的样子。

④不觉：不在乎，不放在心上。

⑤吟啸：朗诵诗歌，形容意态潇洒。

⑥芒鞋：草鞋。

⑦料峭春风：带有寒意的春风。

⑧向来：刚才。

三月七日沙湖道中遇雨[1]，雨具先去[2]，同行皆狼狈[3]，余独不觉[4]。已而遂晴，故作此。

莫听穿林打叶声，何妨吟啸且徐行[5]，竹杖芒鞋轻胜马[6]，谁怕？一蓑烟雨任平生。

料峭春风吹酒醒[7]，微冷，山头斜照却相迎。回首向来萧瑟处[8]，归去，也无风雨也无晴。

【新解】

别去理会那些穿过树林打在树叶上的雨声，不妨一边吟诵歌诗，一边缓步前行。拄着竹杖、穿着草鞋比骑马还觉得轻快，下雨有什么可怕的呢？我披一件蓑衣，任凭风吹雨打，一生随遇而安。

带有寒意的春风吹去了我的醉意，微微感到有些寒冷，山头的夕阳正迎照着我们。回头看了看刚才遇雨的地方，没有了风雨，也没有阳光，而我们正迎着无限美好的夕阳归去。

江城子

乙卯正月二十日夜记梦

十年生死两茫茫[1]，不思量，自难忘。千里孤坟[2]，无处话凄凉。纵使相逢应不识，尘满面、鬓如霜。

夜来幽梦忽还乡，小轩窗，正梳妆。相顾无言，唯有泪千行。料得年年肠断处，明月夜、短松冈[3]。

【注释】

①十年生死：指苏轼之妻王弗去世刚好十年了。

②千里孤坟：王弗去世后葬于四川彭山苏轼故里，而苏轼当时所在地为密州（今山东诸城县），两地相距数千里。

③短松冈：长满松树的小山冈，此指苏妻的墓地。

【新解】

十年生死相隔，早已音容渺茫，不用刻意地去怀念你，我也难以将你忘怀。你孤零零的坟墓远在千里之外。此刻，我到哪里去倾诉心中无限的凄凉？即便你我再次相逢，你恐怕也认不出我了。因为这些年我四处飘零，已是满面尘土，两鬓也已经染上了秋霜。

夜里做梦忽然回到了故乡，在你闺房的小窗前，我看见你正在梳妆。你我凝望着对方，默默无语，只有泪流满面。估计我年年此时，那惨淡的月光下，长着小松树的山岗都会是令我极度悲伤的地方。

木兰花·次欧公西湖韵

霜余已失长淮阔，空听潺潺清颍咽[1]。佳人犹唱醉翁词，四十三年如电抹。

草头秋露如珠滑，三五盈盈还二八[2]。与余同是识翁人，唯有西湖波底月。

【注释】

①咽：指颍水流速缓慢。

②三五：指农历每月十五日。二八：指农历每月十六日。

【新解】

已是深秋时节，遍地白霜，淮河盛水时的那种汹涌宽阔的气势也早已消失殆尽。清浅的颍河水在缓缓地流动，仿佛随时都会停歇下来。欧阳修曾经在这里泛舟悠游，至今那些歌女们还在唱着欧公当年所写的优美雅丽的词作。岁月犹如闪电般一闪而过，从欧公皇祐元年知颍州至今，弹指一挥间，已经四十三年过去了。

秋草上的露水像珍珠一样明澈滑润，一眨眼的工夫就不见了。十五的月亮皎洁圆满，但到十六日，便会亏缺一分。世间万物，就是如此悠忽而逝。眼前认识欧公的人，除了我之外，就只有西湖波底的那一轮明月了。

贺新郎

乳燕飞华屋[①]，悄无人、槐阴转午[②]，晚凉新浴。手弄生绡白团扇，扇手一时似玉。渐困倚、孤眠清熟[③]，帘外谁来推绣户？枉教人、梦断瑶台曲[④]，又却是、风敲竹。

石榴半吐红巾蹙[⑤]。待浮花浪蕊都尽，伴君幽独。秾艳一枝细看取[⑥]，芳心千重似束。又恐被、西风惊绿，若待得君来向此，花前对酒不忍触。共粉泪，两簌簌[⑦]。

【注释】

①乳燕：小燕子，雏燕。

②转午：天已到午后。

③倚：倚枕侧卧。

④瑶台：玉石砌成的楼台，指仙境。

⑤“石榴”句：石榴半开的时候，样子就像褶皱的红色丝巾。蹙（cù），皱缩，褶皱。

⑥秾（nóng）艳：茂盛，美丽。秾，花木繁盛的样子。

⑦两簌簌：花瓣与眼泪同时下落。

【新解】

小燕子飞入华美的房屋，屋里悄无人语，槐树荫影转移，指向了午后。清凉的傍晚，美人刚刚出浴，她手里拿着白色生丝制的团扇，纤纤素手和团扇都像白玉一样白皙柔嫩。过了一会儿，她感到有些困倦，便独自倚枕侧卧榻上，不久就进入了梦乡。忽然，好像听见有人撩起窗帘、推开绣户，醒来发现，原来是西风在敲打翠竹，害得她的梦断于瑶台仙境的幽深之处。

半开的石榴花好像褶皱的红巾，等那轻浮争艳的春花都凋谢了，石榴花才蓓蕾初绽，来陪伴孤寂的她。她凝视那秾艳的石榴花，紧紧收束的层层花瓣好像她不曾开启的芳心。她心里很担心娇嫩的石榴花会被西风吹落，只剩下枝头的一片绿叶。若她来此与残花对饮，她真不敢举杯，只怕酒入愁肠化成清泪，伴着花瓣簌簌下落。

晏几道（1038—1110），北宋词人。字叔原，号小山。晏殊第七子。他出身名门贵族却仕途坎坷，困顿潦倒又疏狂孤傲。他的词多写一见钟情的爱恋与一厢情愿的凄苦，缠绵悱恻又伤感无奈，使小令的艺术技巧臻于炉火纯青。与其父晏殊齐名，世称“二晏”。

临江仙

梦后楼台高锁，酒醒帘幕低垂。去年春恨却来时①，落花人独立，微雨燕双飞。

记得小蘋初见②，两重心字罗衣③。琵琶弦上说相思，当时明月在，曾照彩云归④。

【注释】

①却来：又来。

②小蘋：歌女名。作者旧日情人。

③心字罗衣：一说衣襟上有两重心字形的图纹；一说指用一种心字香熏过的罗衣。“两重心字”还含有“深情密意、心心相印”的双关义。

④彩云：美女，此指小蘋。

【新解】

酒醒后，梦中的欢情也消失了，映入眼帘的仍旧是楼台紧锁、帘幕虚掩、人去楼空的凄凉景象。去年的离愁别恨此时又涌上心头。空中细雨霏霏，花瓣纷飞、零落成泥，我独自站在花丛中，徒然望着雨中比翼齐飞的双燕。

记得与小蘋初次见面时，她穿着衣襟上有两心字图纹的罗衣。她弹奏琵琶，其声哀怨，似在倾诉自己的衷肠。我望着当时照着她回去的明月，却听不到她幽怨的琴声。

蝶恋花

梦入江南烟水路，行尽江南，不与离人遇。睡里消魂无说处，觉来惆怅消魂误。

欲尽此情书尺素①，浮雁沉鱼②，终了无凭据。却倚缓弦歌别

【注释】

①尺素：古人写书信用长一尺左右的素绢，故称书信为尺素。素，生绢。

绪，断肠移破秦筝柱[3]。

【新解】

梦里走在江南烟水迷茫的路上，寻遍了整个江南，也没有见到她的倩影。梦里寻她千百度，不见伊人，我黯然神伤，可我能向谁去诉说呢？醒来更觉相思之苦，无以排解、失魂落魄。

想写一封书信向她倾诉衷肠，可是大雁高飞在天空，鱼儿潜游在水底，书信终难以投寄。我只有和着舒缓的琴音，唱着凄婉的曲调，抒发心中的离情别绪。为了弹奏出凄绝的曲子，发泄内心的悲伤，我将秦筝的弦柱都弹遍了。

梦里销魂未平，醒来惆怅更生。欲寄书信遣怀，却又无法送达，只得借秦筝抒发断肠相思。

②浮雁沉鱼：古人认为鱼、雁能够传书，雁浮鱼沉，书信便无从传递。

③移破：移遍。

鹧鸪天

醉拍春衫惜旧香[1]**，天将离恨恼疏狂。年年陌上生秋草，日日楼中到夕阳。**

云渺渺，水茫茫，征人归路许多长[2]**。相思本是无凭语，莫向花笺费泪行**[3]。

【注释】

①旧香：这里指歌女留下的香气。

②征人：游子。

③花笺：彩色的信笺。

【新解】

我喝醉了酒，轻轻拍打着衣衫，曾经的欢声笑语都已经一去不复返了。闻到了衣衫上留下的歌女的香气，我不禁想起了那已经不知去向的佳人。这或许是天公因为我的狂放无拘感到生气，故意生出这么多的离愁别恨来惩罚我吧。田间小路上的秋草年复一年地生长，岁岁荣枯；渐渐西下的夕阳，日日照到楼中，天天都会迟暮。物是人非，而我只是徒留万千感慨。

云雾渺渺，江水茫茫。还在外漂泊着的游子的归途还有多长？相思之深，离恨之长，本来就无法用书信来表达，还是别向花笺空洒泪水了。

生查子

金鞍美少年，去跃青骢马[1]。牵系玉楼人[2]，绣被春寒夜。

消息未归来，寒食梨花谢。无处说相思，背面秋千下。

【注释】

①青骢（cōng）马：毛色青白相间的骏马。

②玉楼人：这里指意中人。

【新解】

那英俊的少年郎手扶金鞍，跨上骏马，是那么威武挺拔、意气风发、英姿飒爽。虽然少年郎走了，但是玉楼中，还有一个佳人在时时牵挂着他。夜深时分，她寂寞独眠，孤灯相对，那一层薄薄的绣被，怎能抵挡得住春夜的寒气？

寒食节过去了，梨花也开了又谢了，但是少年郎却始终没有任何音信。她的万般相思无处诉说，只能背对着他们曾经一起游乐过的秋千架，黯然神伤。

木兰花

秋千院落重帘暮，彩笔闲来题绣户[1]。墙头丹杏雨余花，门外绿杨风后絮。

朝云信断知何处[2]？应作襄王春梦去。紫骝认得旧游踪[3]，嘶过画桥东畔路。

【注释】

①彩笔：这里指有文采的诗笔。

②朝云：这里指所思念的人。

③紫骝（liú）：黑鬃黑尾红身的骏马。

【新解】

傍晚时分，我独自来到那座曾经万分熟悉的院落。院子里，秋千架空荡荡地矗立在那里，窗户上垂挂着重重帘幕。有一位才华横溢的少女曾经住在这里，闲暇的时候，她经常在绣阁里当窗题诗。现在已经是暮春时节，院墙上的红杏花也经不住风雨的摧残，开始凋零了。门外的绿杨吐出朵朵飞絮，四处飘散。

我所思念的佳人已经像朝云一样飞逝，毫无音讯。或许我应该像楚襄王那样，在梦中与她相见。或者跨上我的紫骝骏马，让马儿带着我去寻找她的芳迹。骏马认得我们旧日的游踪，长嘶一声，便来到了画桥东面的那条幽静小路。

清平乐

留人不住，醉解兰舟去。一棹碧涛春水路，过尽晓莺啼处。

渡头杨柳青青，枝枝叶叶离情[①]。此后锦书休寄[②]，画楼云雨无凭[③]。

【注释】

①枝枝叶叶：古人送别时有折柳枝相送的习俗。此处含有“离情”之意。

②锦书：锦字书。多代称情人间的书信。

③无凭：靠不住。

【新解】

任凭我怎样苦苦相留也留不住你，只能忍痛相送。你已经醉了，但仍然毫无留恋之意。我痴痴地看着你解开船缆，毫无牵挂地走了。碧波荡漾的春水中，那叶孤帆越走越远，想来这一路上晨风轻拂，莺啼燕舞，春光一定无限美好。

我呆呆地独自站立在渡口，身旁只有青青的杨柳。这杨柳，一枝一叶都饱含了我深深的离愁别绪，可是你为什么还是那么绝情地走了呢？既然你丝毫不顾惜我们往日的恩爱情意，以后就不必给我写信了！

阮郎归

天边金掌露成霜[①]，云随雁字长。绿杯红袖趁重阳[②]，人情似故乡。

【注释】

①金掌：铜制的仙人承露的金掌。

②绿杯红袖：代指美酒佳人。

③兰佩紫：即佩戴紫兰。

④菊簪黄：即簪黄菊。

兰佩紫[3]，菊簪黄[4]，殷勤理旧狂。欲将沉醉换悲凉，清歌莫断肠。

【新解】

那金掌承露的铜铸仙人高高地矗立在天边，清秋时节，承接在露盘里的露水早已经变成白霜了。朵朵云彩也随着雁阵排成长列，显得云影也变长了。今天是九九重阳佳节，我与朋友们趁着今天这美好时光，带着美酒佳人到郊外赏秋，尽情欢乐。这情景，仿佛就像在故乡时一样。

和大家一样，我在身上也佩戴着紫兰，在头上也插上金黄色的菊花。此时，我努力调整自己的情绪，唤醒久久压抑在心底的昔日豪情狂兴。我多么希望醉酒能排遣我心中那无处倾诉的悲凉，沉浸于眼前爽心荡怀的美妙清歌，再不要回到以前那愁肠寸断的痛苦中去。

六幺令

【注释】

①宫样：皇宫内的化妆式样，泛指上流社会贵妇人流行的化妆式样。

②远山：远山眉，一种又细又长的描眉样式。

③狂心：春心，男女相悦之心。

④横波：眼波，形容眼神流动。

⑤遮匝：周围都被围住。匝，环绕。

⑥翻：谱写。

绿阴春尽，飞絮绕香阁。晚来翠眉宫样[1]，巧把远山学[2]。一寸狂心未说[3]，已向横波觉[4]。画帘遮匝[5]，新翻曲妙[6]，暗许闲人带偷掐[7]。

前度书多隐语，意浅愁难答。昨夜诗有回文[8]，韵险还慵押。都待笙歌散了，记取留时霎。不消红蜡，闲云归后，月在庭花旧栏角。

【新解】

树木已经长得郁郁葱葱了，春天快要过去了，柳絮在住所周围随风飘舞。今晚我要去参加一个宴会，为客人歌舞助兴，所以我学着宫中流行的远山眉的样子精心描画。筵席上，我还没来得及表达我那热切之心，可是他已经察觉到了我偷偷流动的眼神。

宴会大厅的四周遮挂着华贵的窗帘，我向大家悉心演奏了一段优美动人的新曲。这首曲子寄托了我的感情，因此，我非常希望有人偷偷将我的曲谱记去。

前些时候，你接连给我写了好几封信，可是上面的文字实在是太含蓄了，我一时没能完全理解，因此无法给你答复。昨天晚上想出几句回文诗，可是弄了个险韵，我又懒得搜肠刮肚地拼凑韵字，所以只好作罢。待会儿笙歌散了之后，希望你能稍留片刻。不是在这红蜡高照的宴会大厅，而是在那个老地方——云彩散后、月光笼罩的后花园的一角。

⑦掐：掐记。用手指叩弦而记其声调。

⑧回文：一种字句回旋往复都能成文的诗。

御街行

街南绿树春饶絮①，雪满游春路②。树头花艳杂娇云③，树底人家朱户。北楼闲上④，疏帘高卷，直见街南树。

阑干倚尽犹慵去，几度黄昏雨。晚春盘马踏青苔⑤，曾傍绿阴深驻⑥。落花犹在，香屏空掩，人面知何处?

【注释】

①春饶絮：春天柳絮纷飞。饶，丰富、多。

②雪：比喻柳絮洁白如雪。

③娇云：彩云。

④闲上：慢慢地一步一步地走上去。

⑤盘马：驰马盘旋。

⑥深驻：长久地停留。

【新解】

阳春时节，道路两旁的树木绿油油的，柳絮随风飘舞，雪花般地洒满了游春的大路。街头有一棵树，树上开满了娇艳的花朵，姹紫嫣红，煞是好看，就像五彩缤纷的灿烂云霞，树下住着一户人家，朱门大户，他家那美丽的小姐令我心驰神往。我慢慢地走上了位于街对面的北楼，将窗帘高高地卷起，这样，我就能看到对面的那棵树以及树下的朱门大户。

我倚栏南望，希望能够看到她的倩影，从早到晚，不知有多少次，甚至下起了绵绵春雨，可是我还是不想离去。到了晚春时节，我不堪忍受每天倚楼翘盼的痛苦，终于跨上骏马，踏着青苔，街南街北不停地盘旋着，也曾在那棵浓密的花树下久久驻马，希望能够有幸见她一面。如今，满地的落花还是像往年一样，可是那扇朱门深闭，已经人去楼空了，我所思念的美人，到底会到哪里去了呢？

虞美人

【注释】

①初将：本将，原将。

曲阑干外天如水，昨夜还曾倚。初将明月比佳期[①]，长向月圆时候、望人归。

罗衣著破前香在，旧意谁教改。一春离恨懒调弦，犹有两行闲泪、宝筝前。

【新解】

昨天晚上，我也是这样呆呆地倚靠着弯弯曲曲的栏杆，向远处眺望。当时，夜空清澈如水，月光皎洁似玉。以前我一直相信，月圆之时，就是人间团聚的佳期，因此，每当月圆之夜，我就会凭栏远眺，期盼着他的归来。

他离家出走已经很长时间了，我身上的这件丝绸衣服都已经穿得破旧了，但是仍然看不到他回家的踪影。难以忘却旧日在一起时的欢情，就连当时遗留在衣服上的香味，我现在还能隐隐约约地闻到，可是为什么他的情意这么快就改变了呢？春思愁苦，离恨绵绵，静坐筝前，却连调弦弹筝、倾述幽怀的情绪也没有，只有两行热泪，悄悄地滴洒在筝前。

留春令

【注释】

①天畔（pàn）：指画屏上部。

②依约：隐隐约约，不

画屏天畔[①]，梦回依约[②]，十洲云水[③]。手捻红笺寄人书，写无限、伤春事。

别浦高楼曾漫倚[④]，对江南千里。楼下分流水声中，有当日、

凭高泪。

分明。

③十洲：传说中神仙居住的地方。

④别浦：送别的水边。

【新解】

画屏中的风景，仿佛就是我在梦中所看见的天边的山水。醒来之后，隐隐约约还可以记得梦境中那虚幻缥缈的十洲仙界的行云流水。我两手反复搓捻着准备寄给她的红笺，上面写满了我无尽的情思。

她走后，我不知多少次独自倚靠着当初送别她时那座高楼的栏杆，遥想她在千里之外的江南的归宿。楼下两向分流的潺潺溪水中，还流淌着我当日凭高望远时洒下的伤心泪。

思远人

红叶黄花秋意晚[1]，千里念行客。飞云过尽，归鸿无信，何处寄书得？

泪弹不尽当窗滴，就砚旋研墨[2]。渐写到别来[3]，此情深处，红笺为无色。

【注释】

①红叶黄花：枫叶和菊花。

②就砚旋研墨：泪滴到砚台里面，以泪研墨。

③别来：别后。

【新解】

秋霜将林叶染红，晚菊争相吐出金蕊，我被这深秋特有的美丽景色所触动，想起了远在千里之外的亲人。天空中飘过朵朵白云，一群群鸿雁结队南飞，可是，还是没有捎回他的信。我想写信给他，可是又不知道该寄往哪里。

站在窗前，遥望南天，我止不住泪流满面，就连书桌上的砚台，也积满了我的滚滚热泪。就让我用这伤心的相思之泪来研墨润笔、寄托情思吧。我从我们初次相识的时候写起，由于情深意切，所以写到分别以后的时候，已经泪眼模糊，连鲜红的信笺也为之黯然失色。

王观（1035—1100），字通叟，宋代词人，如皋（今江苏如皋）人。王观代表作有《卜算子–送鲍浩然之浙东》、《临江仙–离杯》、《高阳台》等，其中《卜算子》一词以水喻眼波，以山指眉峰；设喻巧妙，又语带双关，写得妙趣横生，堪称杰作。王观词内容单薄，境界狭小，不出传统格调，但构思新颖，造语俳丽，艺术上有他的特色。

卜算子·送鲍浩然之浙东

水是眼波横①，山是眉峰聚②。欲问行人去哪边？眉眼盈盈处③。

才始送春归，又送君归去。若到江南赶上春，千万和春住。

【新解】

这水是我横流的眼泪，这山是我攒聚的愁眉。请问友人要去哪儿？是到青山秀水的地方去吧！

才刚送走春天，现在又要送友人返乡。友人回到江南，如能赶上春天，千万不要错过了尽情观赏春景的时机。

【注释】

①水是眼波横：这里的水像美人滚动的眼波。

②山是眉峰聚：这里的山如美人蹙起的眉毛。

③眉眼盈盈处：比喻山水秀丽的地方。眉眼，山水。盈盈，美好的样子。

李之仪(? —1117)，北宋词人。字端叔，自号姑溪老农。他的词长调近柳永，短调近秦观。多次韵，小令长于淡语、景语、情语，学习民歌乐府，深婉含蓄。

谢池春

残寒销尽，疏雨过、清明后。花径敛余红[①]，风沼萦新皱[②]。乳燕穿庭户，飞絮沾襟袖。正佳时，仍晚昼，着人滋味[③]，真个浓如酒。

频移带眼[④]，空只恁、厌厌瘦[⑤]。不见又思量，见了还依旧，为问频相见，何似长相守。天不老，人未偶，且将此恨，分付庭前柳[⑥]。

【注释】

①敛余红：留有落花。

②沼：池塘。

③着人：迷人。

④带眼：腰带上的孔眼。

⑤空只恁：只能如此，无可奈何。恁，如此。

⑥分付：交付，托付。

【新解】

清明过后，天气渐渐回暖，一场春雨过后，严冬残剩的寒气已经完全消散了。花园的小路上洒落着点点落花，微风轻轻拂过平静的湖面，泛起了阵阵涟漪，就像一层层新起的皱纹。小燕子在庭院和门户之间来回穿梭飞行，柳絮漫天飞舞，把人们的衣襟袖口上粘得到处都是。春季，一天中最好的时候其实是在黄昏，仔细品赏，那滋味简直就像醇厚的美酒。

近来，人一天比一天消瘦，频频向里面移动腰带的眼孔，对此真是无可奈何。见不到她，心中不免万分思念；而见了面之后，还是要分离，还是要思念。这样不断地分别又相见，相见又分别，恨情满怀，哪能比得上长年厮守？老天无情，不让我们成双成对地相聚在一处。这说不清、道不完的离愁别恨，只能拜请庭前的柳树为我转达了。

卜算子

我住长江头[1]，君住长江尾[2]；日日思君不见君，共饮长江水。

此水几时休？此恨何时已[3]？只愿君心似我心，定不负相思意。

【注释】

①长江头：指长江上游，四川一带。

②长江尾：指长江下游，江苏一带。

③已：停止。

【新解】

我住在长江上游，你住在长江下游。虽然你我同饮长江水，而我天天想你，却不能与你相见。

这滚滚江水几时才能干涸？我心中的遗憾几时才能有个了结？但愿你的心像我的心一样，不要辜负了我的一片相思。

舒亶（1041—1103），字信道，号懒堂，明州慈溪（今属浙江）人。工于小令，善写离情，词风近秦、黄，淡雅而不俗。

虞美人

芙蓉落尽天涵水[1]，日暮沧波起。背飞双燕贴云寒[2]，独向小楼东畔倚阑看。

浮生只合尊前老[3]，雪满长安道。故人早晚上高台[4]，赠我江南春色一枝梅。

【新解】

荷花已经落尽，暮色中，水天相连，晚风吹起阵阵绿波。一对各奔东西的燕子贴着秋云飞向天际。我独自一人在小楼东畔，倚靠着栏杆远望。

浮生如梦，只有一樽清酒伴我聊度残年。纷纷扬扬的大雪堆满了京城的大道，我的老朋友也许天天登高望远，思念远在他乡的我，他也一定会为我寄来一枝江南早梅。

【注释】

①天涵水：水天相接。

②背飞双燕：双燕相背而飞。此处有劳燕分飞、朋友离别之意。

③尊：通“樽”，酒杯。

④故人：指作者的友人公度。

黄庭坚（1045—1105），字鲁直，自号山谷道人，晚号涪翁。他是“苏门四学士”之一。诗与苏轼齐名，被奉为“江西诗派”创始人。书法亦有盛名。黄庭坚的词，早期多写艳情，格调不高，晚年亦有疏宕豪健之词，然佳作不多。

鹧鸪天

坐中有眉山隐客史应之和前韵，即席答之。

黄菊枝头破晓寒，人生莫放酒杯干。风前横笛斜吹雨，醉里簪花倒著冠。

身健在，且加餐。舞裙歌板尽清欢，黄花白发相牵挽[1]，付与时人冷眼看[2]。

【注释】

①黄花白发：黄花，指菊花，菊花傲霜而开，常用来比喻人老而弥坚，故有黄花晚节之称。白发，指老年人，这里是作者自指。

②冷眼：轻蔑的眼光。

【新解】

重阳时节，金灿灿的黄菊枝头已经透出了一丝寒意。时光易逝，人生易老，举杯当歌能几何？千万别放过杯中的美酒，应让它杯杯见底，点滴不剩。酣醉中，我头插金菊，倒戴头冠，任凭狂风四起，暴雨斜打，我仍然迎着风雨，吹奏一曲激昂的横笛，那是何等痛快和舒畅！

只要还健健康康地活着，就要努力加餐饭，还要在美女歌舞的陪伴中，尽情欢乐。白发上插戴着黄花，“老夫聊发少年狂”，对此，世俗之人不能理解，那就让他们冷眼相对吧。

定风波·次高左藏使君韵

万里黔中一漏天[①]，屋居终日似乘船。及至重阳天也霁[②]，催醉，鬼门关外蜀江前[③]。

莫笑老翁犹气岸[④]，君看，几人黄菊上华颠[⑤]。戏马台南追两谢[⑥]，驰射，风流犹拍古人肩[⑦]。

【新解】

荒蛮偏远的黔中，天空大概是漏了吧，否则为何入秋以来总是连连暴雨，遍地积水？房屋好像是漂浮在水上的船只，我只能整天被困在这条“船”上。重阳节那天，天终于放晴了，这真是让人喜出望外啊！看来老天爷是想让我们趁今天纵酒一醉吧？为了不辜负老天爷的这番美意，我苦中作乐，携酒泛舟于蜀江，一览地势险峻的鬼门关风景。

请别笑话我这么大年纪了还逞少年的豪气。您看看，我还学着年轻人的佩饰，在已经花白的头上簪插菊花，现在还有几个人能像我这样？不仅如此，我还要直追当年在戏马台前赋诗留芳的谢瞻和谢灵运二人，吟诗填词，骑马射箭，一展才华。这样的风流气概，足以与古人并驾齐驱。

【注释】

①漏天：阴雨连绵，好像天漏了。比喻雨水多。

②霁：雨后天晴。

③鬼门关：古代关名，在四川奉节东。

④气岸：气概傲岸。

⑤华颠：花白的头顶。

⑥戏马台：相传为项羽所筑，在今江苏铜山南。两谢：谢瞻和谢灵运。

⑦拍古人肩：与古人并驾齐驱，此处指可与“两谢”相媲美。

晁端礼（1046—1113），名一作元礼，字次膺。名作《绿头鸭》最为清婉。

绿头鸭

晚云收，淡天一片琉璃[1]。烂银盘、来从海底[2]，皓色千里澄辉。莹无尘、素娥淡伫[3]，静可数、丹桂参差[4]。玉露初零[5]，金风未凛，一年无似此佳时。露坐久、疏萤时度，乌鹊正南飞。瑶台冷，阑杆凭暖，欲下迟迟。

念佳人、音尘别后，对此应解相思。最关情、漏声正永，暗断肠、花影偷移。料得来宵，清光未减，阴晴天气又争知。共凝恋、如今别后[6]，还是隔年期。人强健，清樽素影[7]，长愿相随。

【注释】

①琉璃：此处比喻夜空清碧如琉璃色。

②烂银盘：此指月影。唐卢仝《月蚀》中有“烂银盘从海底出”句。烂，明亮、光明。

③素娥：嫦娥的别称，也用作月的代称。

④丹桂：传说的月中桂树。

⑤零：指雨露及泪水等降落掉下，滴落。

⑥凝恋：深切思念。

⑦素影：月影。

【新解】

傍晚的浮云逐渐消散，浅蓝的天空宛如碧澄的琉璃。一轮圆月好像灿烂的银盘从海底升起，大地沐浴在纤尘不染、晶莹明澈的月色之中。月中的嫦娥仙子素装伫立，丹桂参差错落的树枝历历可数。露水初降，秋风送爽，一年中没有比这更美好的时节了。我久坐屋外仰望夜空，只见夜空中不时有萤火虫发出点点明亮，还有要往南飞的乌鹊。久久倚靠在瑶台冰冷的栏杆上，将栏杆都倚暖了。想离去，却又舍不得那明媚的月色而迟迟不肯归去。

我不禁想起远方的佳人，自从分别后，杳无音信。今夜面对这一轮明月，总可以寄托我满腹的思念吧！想她此时一定也在登高望月，思念远人。那漏壶连续不断的滴水声一定牵动着她无限的柔情。月亮西下、花影移动，夜已阑珊，一定害得她暗自断肠心碎。想来明天晚上，月光应是皎洁依旧。可是，明天天气是阴是晴，又怎能得知？不如今宵千里共月，共寄相思。错过了今年中秋之月，又要等到明年今日才能相见。但愿我们身强体健，但愿杯中美酒、长空皓月永远与我们相随。

李元膺（生卒年不详）。其词思致妍密，清丽警人。

洞仙歌

一年春物，唯梅柳间意味最深。至莺花烂漫时，则春已衰迟，使人无复新意。余作《洞仙歌》，使探春者歌之，无后时之悔。

雪云散尽，放晓晴庭院。杨柳于人便青眼①。更风流多处，一点梅心相映远。约略颦轻笑浅②。

一年春好处，不在浓芳，小艳疏香最娇软③。到清明时候，百紫千红花正乱，已失春风一半。早占取韶光、共追游，但莫管春寒，醉红自暖④。

【新解】

春天来了，冬季深深的积雪和浓厚的寒云都已经消散了。院子里，春光明媚，春色灿烂。柳树纷纷吐出了新芽，好像对欣赏早春美景的人们报以欢欣的青眼。梅花显得更加婀娜多姿，就像新妆的美貌少女，尽情地向人们展示着额头上的一点梅心，它们彼此之间远远地互相辉映，浅浅的微笑中又仿佛带了一丝淡淡的哀愁。

一年中春光最好的时候并不在繁花浓艳之时，而在初春时节，这个时候，疏落的花姿和浅淡的清香真是姣好迷人。清明时节，虽然百花盛开，看起来姹紫嫣红，煞是好看，但是那个时候，春天已经过去一半了。我们应该及早抓住时机，共同欣赏这美好的春光。虽然早春还有些微寒意，但是请不要计较这些，只要能陶醉于红梅绿柳的绮丽春色中，自然就会感到融融暖意。

【注释】

①青眼：柳叶开始发芽，就像对人们睁开了青眼一样。

②颦（pín）轻笑浅：即轻颦浅笑。这里用美人的神貌喻指梅花。颦，皱眉。

③小艳疏香：轻浅的花姿和疏淡的清香。这里指早春时节的柳眼和梅花。

④醉红：酒醉颜红。

朱服（1048—？），字行中，湖州乌程（今浙江吴兴）人。今存《渔家傲》词一首，颇寓凄怆谴谪之情。

渔家傲

【注释】

①纤纤：细微。

②九十光阴：指春天。

③金龟解尽：解下金龟佩饰换酒酣饮。这里用贺知章曾解下金龟换酒以酬李白的典故。

小雨纤纤风细细[1]，万家杨柳青烟里。恋树湿花飞不起，愁无际，和春付与东流水。

九十光阴能有几[2]？金龟解尽留无计[3]。寄语东阳沽酒市，拼一醉，而今乐事他年泪。

【新解】

天空中下着毛毛细雨，吹柔的春风吹拂着大地，东阳城里，杨柳新绿，万家屋舍都掩映在一片青烟翠雾之中。杨花被微雨打湿，黏滞在树枝上无法飞起来，好像是杨花恋恋不忍离去一样。眼看春天将尽，我心中顿生无限的惜春愁绪，看来只能和春天一起付诸东逝的流水了。

春天的美好时光只有九十天，实在是太短暂了，纵使我用象征着我一生功名的金龟来换酒挽留春天逝去的脚步，也无能为力。既然这样，不如及时行乐。请转告东阳城里的酒店，就说我今天要痛饮美酒，一醉方休，纵情欢乐。唉！就算我今天在酒中寻得了暂时的欢乐，但是来年回忆起此时，恐怕会流下悲伤的泪水。

时彦（？—1107），字邦彦，开封（今属河南）人，神宗元丰二年进士第一。词今存一首，见明代《花草粹编》。

青门饮

胡马嘶风，汉旗翻雪，彤云又吐，一竿残照[1]。古木连空，乱山无数，行尽暮沙衰草。星斗横幽馆，夜无眠、灯花空老[2]。雾浓香鸭[3]，冰凝泪烛，霜天难晓。

长记小妆才了[4]，一杯未尽，离怀多少。醉里秋波，梦中朝雨，都是醒时烦恼。料有牵情处，忍思量、耳边曾道：甚时跃马归来，认得迎门轻笑。

【注释】

①一竿残照：形容残阳离地面很近。

②老：尽。

③香鸭：鸭形的香炉。

④小妆：素妆。

【新解】

胡马迎着呼啸的北风长嘶，车马行进在纷飞的大雪之中，北宋的大旗迎风翻飞。风雪停歇，夕阳西下，天边出现一抹彩霞。遥望天际，夕阳离地平线看起来仅一竿之遥。征途中暮色苍茫，到处是古木苍天、层峦叠嶂、平沙衰草。客舍幽静，夜空中星斗横斜。漫漫长夜，难以入眠，如花的灯芯在寂寞中空自燃烧，像鸭子形状的熏炉散发出浓浓的香雾。蜡烛独自垂泪，下滴的烛泪很快凝结。寒夜漫长，真让人难熬。

常记得她浅施粉黛、装束淡雅，在别宴上一杯酒还没喝完，心头已涌起如潮的离情别绪。她醉后频频向我递送秋波，满目依恋，实在令人心酸。梦里的两情缠绵缱绻，都成了梦醒后的烦恼。临行时，她上前附耳低语：什么时候跃马归来，到时我一定在门口笑迎。这最令人动情的一幕，如今教人不忍回首。

秦观（1049—1100），字少游，一字太虚，号淮海居士。他是“苏门四学士”之一，其诗清新婉丽；词多写恋情和身世之慨，语工而入律，情韵兼胜，哀艳动人。他毕生追随苏氏兄弟，而词风不学东坡，独创一格，以秀丽含蓄取胜，情调略嫌柔弱与凄凉。

望海潮

梅英疏淡①，冰澌溶泄②，东风暗换年华。金谷俊游③，铜驼巷陌④，新晴细履平沙⑤。长记误随车，正絮翻蝶舞，芳思交加。柳下桃蹊，乱分春色到人家。

西园夜饮鸣笳，有华灯碍月，飞盖妨花⑥。兰苑未空⑦，行人渐老，重来是事堪嗟。烟暝酒旗斜⑧，但倚楼极目，时见栖鸦。无奈归心，暗随流水到天涯。

【注释】

①梅英：梅花。

②冰澌：冰块流融。

③金谷：金谷园。在今河南洛阳市西北，西晋石崇所建。

④铜驼：铜驼街，因汉代洛阳王宫门外设铜铸骆驼两座而得名。

⑤细履平沙：在沙地上慢步行走。

⑥飞盖妨花：飞驰的车辆的篷盖妨碍了人们赏花。

⑦兰苑：美丽的园林，亦指西园。

⑧烟暝：烟霭弥漫的黄昏。

【新解】

梅花渐渐稀疏，冰雪渐渐消融，东风悄然而至，暗暗换了年华。想昔日游赏金谷园优美的园景，漫步于繁华的铜驼街巷。雨后初晴，在平坦的沙地上散步。常常回忆起柳絮纷飞、蝴蝶飞舞，勾起人春思撩乱的时节，曾误随人家姑娘的香车。那时柳荫下、桃蹊边，春色令人眼花缭乱，降临千家万户。

想当时，与酒朋诗侣们雅集于西园夜饮，听人吹奏胡笳，华灯齐上，使明月无光。来往的车马飞驰，妨碍了游人观花，好不热闹。如今，花园并没冷落，但路人却已经衰老了。故地重游，事事都令人感慨嗟叹。在烟雾迷漫的暮色中，依稀看见一面斜挂的酒旗。我独自倚楼远眺，只见灰蒙蒙的空中不时有几只寻巢的归鸦。鸟倦知还，我这浪迹他乡的游子归心，早已不知不觉随流水奔流到天涯。

八六子

倚危亭，恨如芳草，萋萋刬尽还生[1]。念柳外青骢别后，水边红袂分时[2]，怆然暗惊。

无端天与娉婷，夜月一帘幽梦，春风十里柔情[3]。怎奈向、欢娱渐随流水，素弦声断[4]，翠绡香减[5]，那堪片片飞花弄晚，濛濛残雨笼晴。正销凝[6]，黄鹂又啼数声。

【新解】

我独倚高亭，望着那绵绵芳草，恰似我的离恨别苦，即使将它铲除，它还会再生。回忆起与她在柳树外小溪边匆匆离别，悲凉不禁袭上心来。

她风姿绰约，天生丽质。帘帷透过洁白的月光，笼罩着两情欢娱，缠绵缱绻，如沐浴在十里春风。怎奈何，欢娱渐渐随着流水一去不回，再也听不到她的琴音，闻不到她那碧纱巾沁人心脾的芳香。夜幕初降，一个人还呆望着蒙蒙细雨中飘零的片片落花。正当黯然神伤之时，忽又听到黄莺儿的啼叫。

【注释】

①刬(chǎn)：通“铲”。

②红袂：红袖，代指女子。

③春风十里：化用杜牧《赠别》“春风十里扬州路”诗意。

④素弦声断：此处指分别之后没有心思弹琴。

⑤翠绡（xiāo）：碧丝纱巾。

⑥销凝：销魂凝魄，极度伤神之意。

满庭芳

山抹微云，天连衰草，画角声断谯门[1]。暂停征棹[2]，聊共引离尊[3]。多少蓬莱旧事[4]，空回首、烟霭纷纷。斜阳外，寒鸦万点，流水绕孤村。

消魂，当此际，香囊暗解[5]，罗带轻分[6]。谩赢得[7]、青楼薄幸名存[8]。此去何时见也？襟袖上、空惹啼痕。伤情处，高城望断，灯火已黄昏。

【注释】

①谯（qiáo）门：设有瞭望楼的城门。谯，城门上的望楼。

②征棹（zhào）：远行的船。棹，船的大桨，借指船。

③引离尊：端起离别

时的酒杯。引，举起、端起。

④蓬莱旧事：这里指男欢女爱的往事。

⑤香囊暗解：悄悄解下香囊，以此作为临别时的纪念品，谓男女情连。

⑥罗带轻分：古人结罗带以象征相爱。罗带轻分表示离别。

⑦谩：空、徒然。

⑧薄幸：薄情。

【新解】

远山缭绕着一抹淡淡的浮云，枯黄的野草和天边相连，城楼上的号角声渐渐消失在晚风之中。我暂时将船停靠码头，与你饮酒话别。你我昔日的缠绵已转眼成空，如今只能空自回首。夕阳西下，天空中弥漫着云烟，夜空里乌鸦哀鸣，流水呜咽地绕过孤寂的小村。

就在这难分难舍之际，我满怀悲伤，暗暗解下香囊送给你留作纪念。你我从此各自飘零，两地相思，罗带的同心结就这样轻易解散了。我知道自己的薄情从此流传青楼。此地一别，不知何时才能相见。我衣袖上空染着点点泪痕，悲伤欲绝地看着那高高的城墙从视线中消失，夜幕下，只见一片灯火闪烁。

减字木兰花

天涯旧恨，独自凄凉人不问。欲见回肠[①]，断尽金炉小篆香[②]。

黛蛾长敛[③]，任是春风吹不展。困倚危楼，过尽飞鸿字字愁[④]。

【注释】

①回肠：形容心中忧愁不安，仿佛肠子被牵转一样。

②篆香：比喻盘香或缭绕的香烟。此处指香烟。

③黛蛾：指女子黑而细长的眉毛。

④飞鸿字字：即雁群飞行时排列成“一”字或“人”字形。

【新解】

你我远隔天涯，我满怀离恨已久，独自一人，孤苦凄凉，无人过问。郎君可想要看我九曲回肠，就请看那铜香炉里烧断的寸寸小篆香。

即使是温煦的春风也吹不开我紧锁的双眉。一个人无精打采，独倚高楼，望着那飞过的大雁，行行字字都是愁。

踏莎行·郴州旅舍

雾失楼台，月迷津渡[①]，桃源望断无寻处。可堪孤馆闭春寒[②]，杜鹃声里斜阳暮。

【注释】

①津渡：渡口。

驿寄梅花[3]，鱼传尺素[4]，砌成此恨无重数。郴江幸自绕郴山[5]，为谁流下潇湘去[6]。

【新解】

天地间弥漫着浓浓的晨雾，将重重楼台都淹没在其中。月色朦胧，江边的渡口显得模模糊糊。我望眼欲穿，还是无处寻找理想中的桃花源。春寒料峭时分，寒气逼人，实在难以忍受独居馆舍的寂寞。杜鹃在不住地啼鸣，声音凄切，夕阳就在这个时候渐渐西沉，又一个难熬的长夜即将来临。

驿使捎来了远方亲朋好友的书信和问候，然而，我心中却顿时产生了数不清的乡思，这种乡思在我心中堆砌如山，让我愁苦万分。郴江啊郴江，你本来应该好好在家乡绕着郴山流淌，为什么偏偏要背井离乡，流到潇水和湘水中去呢？

②可堪：哪堪，无法忍受。

③驿寄梅花：这里用来表示作者对友人的思念之情。

④鱼传尺素：指远方的来信。

⑤郴（chēn）江：在郴州东，最后流入湘江。幸自：本来是。

⑥为谁：为什么。

浣溪沙

漠漠轻寒上小楼[1]，晓阴无赖似穷秋[2]，淡烟流水画屏幽。
自在飞花轻似梦，无边丝雨细如愁，宝帘闲挂小银钩。

【新解】

拂晓时，小楼上弥漫着阵阵春寒，天空中阴云惨淡，好像是荒凉的晚秋。回望屏风上的淡烟流水图，也是一片迷蒙幽暗。

杨花随着微风，自在飘舞，宛如梦幻；细雨如丝，如同我难以排遣的忧愁。唯有珠帘无言，悠闲地挂在窗边小银钩上。

【注释】

①漠漠：朦胧弥漫的样子。

②无赖：无心思、无意趣。

阮郎归

湘天风雨破寒初[1]，深沉庭院虚[2]，丽谯吹罢小单于[3]，迢迢

【注释】

①破寒：驱寒，消寒。

②虚：空寂。

③丽谯（lìqiáo）：谯楼，华丽的城楼门。

④徂（cú）：消逝，逝去。

⑤和：连。

清夜徂[4]。

乡梦断，旅魂孤，峥嵘岁又除。衡阳犹有雁传书，郴阳和雁无[5]。

【新解】

湘天满地的寒气被这岁暮的风雨驱散了，独居异乡，偌大的庭院空空荡荡，不免使人产生孤寂冷落之感。百无聊赖之中，我忽然听到远处城楼上传来了呜咽的《小单于》曲，这更加使我感到无限郁闷。一年中的最后一个夜晚，对于我来说，竟是这般孤寂凄凉，漫长难耐。

我只身在异乡漂泊，孤苦伶仃，曾经无数次地在梦中与亲人团聚，可是今天就连这种回家的美梦都做不成了。风风雨雨，坎坎坷坷之间，又迎来了一年一度的除夕之夜。如果是在衡阳，还会有鸿雁传信，可是现在是在郴阳，这里连雁儿也飞不到。

鹧鸪天

【注释】

①间：夹杂，间杂。

②安排：排遣，打发。

③甫：刚才，刚刚。

枝上流莺和泪闻，新啼痕间旧啼痕[1]。一春鱼雁无消息，千里关山劳梦魂。

无一语，对芳尊，安排肠断到黄昏[2]。甫能炙得灯儿了[3]，雨打梨花深闭门。

【新解】

我含着热泪，听着黄莺在枝头一声声地啼鸣，思念之情顿时涌上心头。旧的泪痕还未干，新的泪水就又涌出来了，新旧泪痕交杂在一起，将我的衣袖都浸湿了。等了整整一个春天了，还是没有得到关于他的任何音信。我们彼此之间相距千里，山水阻隔，我也只能在梦中才能见他一面了。

我默默无语，独自对着酒杯发呆，想借酒浇愁，希望让这杯杯苦酒陪伴我捱到黄昏。夜深人静之时，我辗转难眠，好不容易捱到灯油燃尽了，可屋外又传来了淅淅沥沥的雨打梨花的声音，为了赶走这令人烦恼的雨声，我只好紧紧地闭上了房门。

李甲（生卒年不详），字景元。善画翎毛，兼工写竹。词学柳永。

帝台春

芳草碧色，萋萋遍南陌。暖絮乱红，也似知人，春愁无力。忆得盈盈拾翠侣[1]，共携赏、凤城寒食[2]。到今来，海角逢春，天涯为客。

愁旋释，还似织；泪暗拭，又偷滴。谩倚遍危阑[3]，尽黄昏，也只是、暮云凝碧。拼则而今已拼了[4]，忘则怎生便忘得。又还问鳞鸿[5]，试重寻消息。

【注释】

①拾翠：拾取翠鸟的羽毛作为首饰，后泛指女子踏青游春。

②凤城：指京城。

③谩：徒然，白白地。

④拼：舍弃，放开。

⑤鳞鸿：指鱼雁。

【新解】

春光明媚，城南的小路上，芳草茵茵。柳絮随风飘舞，落花满地都是，它们都飘然坠落，显得格外有气无力，是不是它们也知道这样的景色很容易引起人们的春愁呢？还记得那次与她一起踏青拾翠，风姿俏丽的她步履轻盈，我们在寒食节一起携手游赏京城美丽的春色，当时那情景真是太令人销魂了。然而现在的我却客居天涯海角，只能孤零零地面对同样的春色，回想那些往事，真是让人伤心。

好不容易才将万般愁情排释出去，可是它一会儿就又像乱麻一样在心中重新织起。暗暗将那伤心的泪水拭去，可它马上就又偷偷地涌了出来。我独自在栏杆旁徘徊，凝视远方，直到黄昏，云雾苍茫，也没能盼到她的踪影。能拼命舍弃的都已经拼命舍弃了，但是，想要忘却的却怎么都忘却不了。我只好再次托鱼雁来传递书信，试着重新寻觅她的消息。

赵令畤（1051—1134）初字景贶，改字德麟，自号聊复翁。宋太祖次子燕王德昭玄孙。其词善于抒情，凄婉感伤。

蝶恋花

欲减罗衣寒未去，不卷珠帘，人在深深处。红杏枝头花几许？啼痕止恨清明雨[1]。

尽日沉烟香一缕[2]，宿酒醒迟[3]，恼破春情绪[4]。飞燕又将归信误，小屏风上西江路[5]。

【注释】

①止：通"只"。

②沉烟香：点燃的沉香。

③宿酒：隔夜残存之酒。

④恼：撩惹，恼怒。

⑤西江路：离人所去之路。西江，古诗词中常泛称江河为西江。

【新解】

春寒料峭，想要脱去罗衣还不成。一个人独守深闺，珠帘也懒得卷起，不知红杏枝头还剩下几朵残花？我憔悴的脸上还留着泪痕，只怨恨这清明时节没完没了的春雨。

终日百无聊赖，只有看着那一缕沉香的轻烟出神。昨夜饮酒过量，今天很晚才醒来。眼看春天就要匆匆归去，我心中满是惆怅。飞回的燕子又没有带回远人的书信，我只有呆望着小屏风上画着的遥远的西江水路。

清平乐

春风依旧，着意隋堤柳[1]。搓得鹅儿黄欲就[2]，天气清明时候。

去年紫陌青门[3]，今宵雨魄云魂[4]。断送一生憔悴，只消几个黄昏。

【注释】

①着意：有意于，用心于。

②鹅儿黄：幼鹅毛色黄嫩。此处用以比喻娇嫩淡黄的柳叶。

③紫陌青门：此处泛指京城游冶之地。

④雨魄云魂：此处指与佳人别后，只能在梦中相见。

【新解】

天气清和明丽，春风如同往年，吹拂着柳枝，像一双温柔的手搓揉得柳条儿长出了鹅黄的嫩叶。

去年此时京城青门游春，与她邂逅花间，“人面桃花相映红”，而今却不见伊人，只能幽会梦中。不知要消磨多少寂寞的黄昏，才能了却一生的憔悴。

贺铸（1052—1125），字方回，自号庆湖遗老。其词刚柔兼济，或盛丽妖冶，或幽洁悲壮，既有语精意新的婉约佳篇，又有直抒胸臆的慷慨悲歌。他善于化用中晚唐诗句，题材意境均有所开拓，风格多样。

更漏子

上东门[1]，门外柳，赠别每烦纤手。一叶落，几番秋，江南独倚楼。

曲阑干，凝伫久，薄暮更堪搔首。无际恨，见闲愁，侵寻天尽头[2]。

【注释】

①东门：指京城东门。

②侵寻：渐进，渐渐扩展。

【新解】

京城东门外有一棵柳树长得郁郁葱葱，每次我要离开京城的时候，她都会多情地为我折下一枝柳条来送别。我独自在江南的小楼上，倚靠着栏杆，望着满地被初秋的风吹落的树叶，往事一幕幕地浮现在脑海中。

我久久地站立在栏杆的拐角处，眺望着远方，希望能看到她的身影。夜幕降临，我不由得开始心绪烦乱，不住地挠头。无穷无尽的幽恨闲愁，仿佛一直延伸到了天的尽头。

青玉案

凌波不过横塘路[1]，但目送、芳尘去[2]。锦瑟华年谁与度[3]？月桥花院，琐窗朱户[4]，只有春知处。

【注释】

①凌波：比喻美人轻盈之步履。

②芳尘：指美人经过的时候扬起的尘土。这里指美人的身影。

③锦瑟华年：指美好的青春年华。

④琐窗：雕有花纹的窗子。

⑤冉冉：缓慢行进的样子。

飞云冉冉蘅皋暮⑤，彩笔新题断肠句。试问闲愁都几许？一川烟草，满城风絮，梅子黄时雨。

【新解】

佳人轻盈的步履偏偏不肯踏上我这横塘路，我只有目送你芳尘远去。你的青春年华将与谁共度？那花团锦簇的庭院中的偃月桥上，那朱红色门中的雕花窗里，该是你的芳踪所在吧！恐怕只有春风才知你的去处。

直到暮霭沉沉，我还踯躅在蘅皋之上。不见你的倩影，我提起彩笔，写下了断肠的诗句。你若问我心中有多少相思的惆怅，那多得像烟雾笼罩下的一川青草、满城铺天盖地随风飘舞的柳絮、黄梅时节连绵不绝的霏霏细雨。

感皇恩

兰芷满汀洲①，游丝横路②。罗袜尘生步迎顾③。整鬟颦黛④，脉脉两情难语。细风吹柳絮，人南渡。

回首旧游，山无重数。花底深、朱户何处？半黄梅子，向晚一帘疏雨。断魂分付与、春将去⑤。

【注释】

①兰芷：兰草和白芷，泛指香草。

②游丝：指柳丝。

③罗袜：丝绸袜子。这里指美人的脚步。

④颦黛：皱眉。

⑤将去：携去，带去。

【新解】

江边的小洲上长满了青青芳草，柔嫩的柳丝在微风的吹拂下轻轻摇曳，不时随风飘荡到路中。她迈着轻盈的脚步款款地向我走来，带起了一缕淡淡的芳尘。她向我走来的时候，一直在深情地注视着我，她那双犹如秋水般明亮的眼睛勾人心魄。走到我身旁的时候，她举手整理了一下云鬟，但是却轻轻地皱了一下秀眉，好像有什么哀伤的事情。我俩脉脉深情地互相看着对方，千言万语，一时竟不知从何说起。微风吹起柳絮，漫天飞舞，好像在诉说着无尽的离愁。最终，她还是解舟飘然南渡而去。

回首我俩曾经一起携手游玩过的踪迹，青山重叠，云水无数。此时此刻，她身在何处呢？或许是在一个百花深掩的朱门大户里吧。但是，那又在什么地方呢？梅子已经半黄，傍晚时分，绵绵细雨轻轻地滴落在门帘上，好似我满腹无法排解的愁绪。眼看着春光也要离去了，那么，就让我把这深深的离愁托付给春光一起带走吧。

薄 幸

艳真多态，更的的[①]、频回眄睐[②]。便认得、琴心先许，欲绾宜男双带[③]。记画堂、斜月朦胧，轻颦浅笑娇无奈。向睡鸭炉边，翔鸳屏里，羞把香罗偷解。

自过了收灯后[④]，都不见、踏青挑菜[⑤]。几回凭双燕，丁宁深意[⑥]，往来却恨重帘碍。约何时再，正春浓酒暖，人闲昼永无聊赖。厌厌睡起[⑦]，犹有花梢日在。

【注释】

①的的：明亮，明媚的样子。

②眄睐（miǎnài）：斜眼相视。

③宜男：旧时祝妇人多子的说法。这里指婚配。

④收灯：唐代有元宵节“烧灯”（点花灯）三日的风俗，之后则称“收灯”。

⑤踏青挑菜：踏青节和挑菜节。过了元宵节，女子可以在踏青节、挑菜节的时候到郊外踏青赏春。

⑥丁宁：叮嘱。

⑦厌厌：同“恹恹”，

【新解】

她并没有浓妆艳抹，但那脸庞姣好白皙，仍然显得妩媚动人。一袭素雅的衣服，更将她轻盈的体态衬托得风姿绰约。她那双明亮的眼睛频频斜顾，仿佛就是卓文君心许司马相如时的目光，想把两人的衣带挽成表示相爱的合欢结。记得那天晚上，月明风清，在那华丽的堂屋廊下，她秀眉微蹙，朝我露出浅浅的微笑，当时的她是那么的妩媚娇柔。我们携手走到画有双飞鸳鸯的屏风后面，她悄悄地解下随身佩带着的丝罗香带，羞答答地塞到我的手中，将它作为定情的信物。

过了元宵节之后，我一直期盼着和她见面，但是在踏青节和挑菜节那熙熙攘攘游春的人群中，我还是没能见到她的身影。有好几次我都深切地叮嘱那双双春燕，希望它们能为我捎信，但是每次都因为门深帘重而不能自由出入她家。唉！什么时候才能再次约她出来呢？如此良辰美景，要是能与她携酒同游，一同享受这明媚的春光，该多好啊！可惜现在只剩我一人闲散无聊，无从打发时间。昏昏沉沉地睡了一天，到醒来的时候，太阳居然还挂在花梢上。

形容精神压抑，委靡不振。

浣溪沙

不信芳春厌老人，老人几度送余春，惜春行乐莫辞频。
巧笑艳歌皆我意，恼花颠酒拼君瞋[1]，物情唯有醉中真[2]。

【注释】

①颠酒：不拘礼节，疯狂饮酒。瞋，怒目而视。

②物情：世情。

【新解】

我就不相信这美好的春天会厌烦老人。老人虽然不像年轻人那样朝气蓬勃，但是他们同样也恋恋不舍地送走有限的余春，而不应一再推辞每一个珍惜春天、及时行乐的机会。

酒宴上美人的欢歌笑语、翩翩舞姿，都会使我感到赏心惬意。别人也许会说我这么大年纪了还不知羞耻，但是我不在乎这些，我确实会像年轻人一样为花落春去而烦恼。我也经常开怀畅饮到酩酊大醉，其实只有在醉乡里，才能显示出一个人的率真情意。

石州慢

薄雨初寒，斜照弄晴，春意空阔。长亭柳色才黄，远客一枝先折。烟横水际，映带几点归鸦，东风消尽龙沙雪[1]。还记出关来，恰而今时节。

将发，画楼芳酒，红泪清歌[2]，顿成轻别。回首经年，杳杳音

【注释】

①龙沙：这里借指漠北。

②红泪：这里指女子悲伤的眼泪。

③方寸：指心。

尘多绝。欲知方寸[3]，共有几许清愁？芭蕉不展丁香结[4]。枉望断天涯，两厌厌风月。

④“芭蕉”句：形容人的愁结不解。化用李商隐《代赠》“芭蕉不展丁香结，同向春风各自愁。”

【新解】

蒙蒙细雨将初春的寒气驱散，雨过天晴，斜晖洒满大地，为人间带来了无限春意。送别的长亭旁，柳树刚刚吐出淡黄色的嫩芽，远行之人马上就要启程了。不知道是谁已经迫不及待地折下一枝柳枝相送。暮霭茫茫，水波漫漫，映衬着长空中几只回飞的大雁。放眼望去，塞外广袤的沙地上，和煦的春风已经将积雪融化。还记得去年出关远赴边疆的时候，也是在这样一个春回大地的时节。

临行前，你在豪华酒楼为我饯行，面对芬芳的美酒，我却没有心情品尝。你眼中噙着悲伤的泪水，为我唱了一首凄婉的歌曲，然后我们就这样轻易地离别了。回想这一年多来，山重水远，没有你的一点消息。要问从那之后，我心中新添了多少忧愁，我天天愁眉不展，就像芭蕉新叶，卷曲难舒；愁苦之情，就像还没开放的丁香花结，抑郁难解。漂泊天涯，相思愁苦，使我变得憔悴不堪。你我天各一方，虽然风月不同，但是两心相连，却是一样的凄凉忧伤。

蝶恋花

几许伤春春复暮，杨柳清阴，偏碍游丝度。天际小山桃叶步，白蘋花满湔裙处[1]。

竟日微吟长短句，帘影灯昏，心寄胡琴语。数点雨声风约住[2]，朦胧淡月云来去。

【注释】

①湔（jiān）裙：古时风俗，每年旧历正月初一至月末，要在水边洗涤衣裙，驱除不祥之气。

②风约住：被风约束住，这里指雨被风吹散。

【新解】

一个人的美好年华会在明媚的春光中不知不觉地消逝，当人们因此而伤春惜春的时候，春天已经悄悄地过去了。这个时候的杨柳已经郁郁葱葱，绿叶成荫了。初春时，柳枝还是柔嫩摇曳、婀娜多姿，而此时已经逐渐长得粗壮坚实了。遥远的天边有一座小山，她款款来到河边洗衣，水面上飘满了浮游不定的白蘋花，可是她又能把花赠给谁呢？

她整日独自吟诵着当年欢会时他写给她的歌词，细细品味其中无尽的情意。夜深人静的时候，一盏孤寒的灯光映射着窗帘，她按捺不住寂寞的芳心，轻轻拨动琵琶，让那哀婉的琴声来寄托自己的相思。微风轻轻地吹拂，那淅淅沥沥的小雨也已停住，朦胧夜色中，一弯淡月静悄悄地悬挂在空中，云彩在悠悠地飘荡。

天门谣

牛渚天门险，限南北、七雄豪占①。清雾敛，与闲人登览。

待月上潮平波滟滟②，塞管轻吹新阿滥③。风满槛，历历数、西州更点④。

【注释】

①七雄豪占：天门山险要，为兵家必争之地。七雄指“六朝”加上南唐。

②滟滟：水波闪闪发光。

③塞管：泛指塞外民族的管乐器，如羌笛、胡笳之类。

④历历：分明可数。

【新解】

天门山附近江面狭窄，地势险要，有如一道天堑分割南北。它不仅是长江的咽喉重地，也是当时六朝和南唐的必争之地。昔日的群雄争霸已如同清冷的晨雾消散，如今只有我这悠闲的人登临游览。

明月当空，江面波浪不起，水光潋滟，江风满亭，羌笛轻轻吹奏着新曲《阿滥》，从西州城传来的打更鼓声清晰可数。

天 香

烟络横林，山沉远照，迤逦黄昏钟鼓[①]。烛映帘栊，蛩催机杼[②]，共苦清秋风露。不眠思妇，齐应和、几声砧杵。惊动天涯倦宦[③]，骎骎岁华行暮[④]。

当年酒狂自负，谓东君、以春相付[⑤]。流浪征骖北道[⑥]，客樯南浦[⑦]，幽恨无人晤语。赖明月、曾知旧游处，好伴云来，还将梦去。

【新解】

暮霭沉沉，烟雾笼罩着广阔无边的树林，夕阳西下，落日的余晖渐渐消失在蜿蜒起伏的群山之后，远处隐隐约约传来断断续续的报时钟鼓声。摇曳的烛光映照着窗帘，催人机织的蟋蟀声声哀鸣，好像在与人一起为寒秋的风露而悲苦。就这样，那些彻夜不眠的思妇们齐声应和，在夜以继日的捣衣声中为远方的亲人缝制寒衣。这一切，使一个已经厌倦了游宦生活的天涯浪子受到了强烈震撼，美好的时光就像骏马奔驰一样，青春年华就这样悄悄地逝去了。

想当年，酒酣气壮，意气风发，壮志凌云，总以为春神会将播洒人间春光的重任托付给我。结果，多年来南北奔波，仕途坎坷，马上征尘，水上漂泊，任岁月蹉跎，而我却一事无成。满腔的幽恨无处诉说，幸亏还有明月曾经知道我昔日的欢游之处。那么，就请你陪伴她化作彩云飞到我的梦中，同时，也将我的梦带给她吧。

【注释】

①迤逦（yǐlǐ）：曲折绵延。

②蛩（qióng）：蟋蟀，又名促织。

③倦宦：这里是作者自指。

④骎（qīn）骎：马奔驰的样子。形容岁月急速逝去。

⑤东君：司春之神。

⑥征骖（cān）：指所乘的马。

⑦南浦：南方的水路。

望湘人

厌莺声到枕，花气动帘，醉魂愁梦相半。被惜余薰，带惊剩眼[1]，几许伤春春晚。泪竹痕鲜[2]，佩兰香老，湘天浓暖。记小江、风月佳时，屡约非烟游伴[3]。

须信鸾弦易断[4]，奈云和再鼓，曲终人远。认罗袜无踪，旧处弄波清浅。青翰棹舣[5]，白蘋洲畔，尽目临皋飞观[6]。不解寄、一字相思，幸有归来双燕。

【注释】

①带惊剩眼：因日渐消瘦而感到吃惊。剩眼，人变瘦后，腰带上空出来的孔眼越来越多。

②泪竹：尧有二女，同为舜妃。舜死后，二妃悲伤欲绝，泪洒竹上，留下斑斑泪痕，称斑竹，也称泪竹或湘妃竹。

③非烟：唐武公业爱妾名。这里指作者的情人。

④鸾弦易断：形容恩爱断绝。

⑤舣（yǐ）：使船靠岸。

⑥飞观：高耸的楼观。

【新解】

清晨，黄莺婉转的啼鸣声传到了枕头边，浓郁的花香仿佛要掀起门帘往屋里扑一样。外面春光明媚，景色怡人，但我却对此有点厌烦。我还没有完全从酒醉中清醒过来，愁梦萦绕，醉愁交加。被子里还留有昔日欢会时的余香，可我却相思成疾，日渐憔悴，腰带上空出了越来越多的孔眼，这不禁让我大吃一惊。春天悄然逝去，我不知有多少次为此而悲哀，但今年的春天也眼看就要过去了。斑竹上的泪痕还是那么清晰可见，美人佩饰过的兰花香气犹存，楚国湘天，春意盎然，暖风袭人，让人触景生情啊！记得当初也是在这样一个春天，也是这样一个美好的春色，我多少次地与她相约，在小河边上游春。

到现在，我才终于相信，人间的情事就像那琴瑟上的弦一样，脆弱易断，即使重新弹奏一曲，但乐曲终了后，伊人仍然是遥不可见，真是让人无奈。我努力寻找她的踪迹，可是当初我们一同戏水的清浅河边，再也看不到她的身影。站在高高的临皋亭上向远处眺望，白蘋萋萋的江畔，零零落落地停靠着几只饰有青鸟的画船，当初送她离去时，景色也是这样，一点都没有变。她走后，杳无音信，连一封信都没有给我寄来。忽然间，双双归燕向我飞来，难道是它们已经帮我带来了她的消息了？果真是这样的话就太幸运了。

绿头鸭

玉人家，画楼珠箔临津[1]。托微风、彩箫流怨，断肠马上曾闻。宴堂开、艳妆丛里，调琴思、认歌颦。麝蜡烟浓，玉莲漏短[2]，更衣不待酒初醺。绣屏掩，枕鸳相就，香气渐暾暾[3]。回廊影、疏钟淡月，几许消魂。

翠钗分、银笺封泪，舞鞋从此生尘。任兰舟、载将离恨，转南浦、背西曛[4]。记取明年，蔷薇谢后，佳期应未误行云[5]。凤城远、楚梅香嫩，先寄一枝春。青门外，只凭芳草，寻访郎君。

【新解】

临近渡口的那座漂亮的画楼里，住着的是一个冰清玉洁的美人，窗户上挂着用珠子串成的帘子。微风中，传来了她哀怨的箫声，我正好骑马经过那里，听见那箫声，简直让人肠断欲绝。在那宽敞的宴会大厅里，正举行盛大的宴会，那里美女如云，可我还是一下子就看到了她。当时她正一边凝思抚琴，一边柳眉微蹙，缓缓地唱着一支动人的歌。屋里点着麝香蜡烛，烟雾缭绕，时间在这欢歌笑语中悄然逝去，玉莲漏壶的水眼看就要滴完了。我还没有喝醉，但已经按捺不住想马上与她欢会的心情了。轻轻掩上美丽的屏风，我们相拥躺在鸳鸯枕上，她身上散发出越来越浓的香气，简直让我陶醉。廊庑在淡淡的月光下照出了弯弯曲曲的影子，远处隐隐约约传来了断断续续的报晓的钟声，这良辰美景，真是让人销魂。

到分别的时刻了。临行前，她将一支翡翠首饰分成两半，给了我其中的一半作为信物，同时还交给我一封洒满玉泪的信，向我保证从此以后她再也不会出去卖歌献舞了，只会一心等待我回来。夕阳西下的时候，一叶兰舟载着我以及我无尽的离愁别恨，离开了南浦，驶向远方。她还对我说，一定要记住在明年蔷薇花

【注释】

①珠箔：用珠子串成的帘子。

②玉莲漏：形同莲花的玉制漏刻，为古代的计时器。

③暾（tūn）暾：这里指香气浓郁。

④西曛（xūn）：指落日的余晖。

⑤行云：指男女欢会。

谢之后，就回来接她，别耽误了我们纵情欢会的大好时光。楚地与京城之间相隔遥远，明年梅花初开的时候，她会先寄一枝幽香的楚梅给我，向我报春。如果我不回来，她就会到京城的青门外，顺着萋萋芳草来寻找她的郎君。

张耒（1054—1114），字文潜，号柯山，楚州淮阴（今江苏清江）人。他是“苏门四学士”之一，诗风平易淡然。词不多见，清新婉丽，与秦观相近。

风流子

亭皋木叶下，重阳近、又是捣衣秋①。奈愁入庾肠②，老侵潘鬓③，谩簪黄菊，花也应羞。楚天晚、白蘋烟尽处，红蓼水边头④。芳草有情，夕阳无语，雁横南浦，人倚西楼。

玉容知安否？香笺共锦字，两处悠悠。空恨碧云离合，青鸟沉浮。向风前懊恼，芳心一点，寸眉两叶，禁甚闲愁。情到不堪言处，分付东流。

【注释】

①捣衣秋：古人有秋天捣衣的习俗，诗词中常用以象征妻子对远行在外的丈夫的思念之情。

②庾肠：庾信思乡的愁肠。

③潘鬓：西晋文学家潘岳说自己32岁时头发就已变白了。后以此典指中年鬓发初白。

④红廖：一种水草，古称辛菜。据说能使人想起离家之苦。

【新解】

又是一年重阳节即将来临之时，秋风瑟瑟，水边的平地上铺满了纷纷飘落的树叶，已是深秋，妇女们又开始为亲人捶打布帛、缝制寒衣了。我浓浓的思乡愁绪久久地萦绕在心中，以致未老先衰，鬓发早早的就已发白了，对此我也无可奈何。现在的我已经是一大把年纪了，如果还像年轻人一样在头上簪花，那么，即使我自己觉得无所谓，恐怕连花儿也要为我感到害羞了吧，所以就免了吧。遥望故乡楚天的晚空，烟雾尽处，白蘋接天，茫茫水边，红廖连片，我不禁感叹现在的背井离乡之苦。萋萋芳草也有情，好像对远人有无限的思念；默默西下的夕阳也有情，好像在为游子传达来自故乡的问候。一群大雁横穿南浦，按时回归，而我却只能独上西楼，望断天涯。

远方的佳人现在不知是否安好。相思的情书将我们彼此的心紧紧牵系，但是怎奈山高水远，时常无法寄达。天空中的云彩悠悠飘过，信使青鸟也不知隐于何处，让我徒然感叹怨恨。或许她此时此刻正站在簌簌秋风中，为没有收到我的音信而感到苦恼吧？她那芳心因思念而变得愁苦，她那双眉因愁苦而深深紧蹙，那无穷的离愁别绪怎能深藏于心？深深的相思之情已经无法用言语来表达，越说心里越愁苦，还是分一部分给那东逝的流水吧，让它为我转达。

仲殊（生卒年不详），北宋僧人、词人。字师利。本姓张，名挥，仲殊为其法号。年轻时游荡不羁，几乎被妻子毒死，弃家为僧，先后寓居苏州承天寺、杭州宝月寺，因时常食蜜以解毒，人称蜜殊；或又用其俗名称他为僧挥。他与苏轼往来甚厚。

金明池

仲 殊

天阔云高，溪横水远，晚日寒生轻晕。闲阶静，杨花渐少，朱门掩，莺声犹嫩。悔匆匆、过却清明，旋占得、余芳已成幽恨。却几日阴沉，连宵慵困，起来韶华都尽。

怨入双眉闲斗损[①]，乍品得情怀，看承全近[②]。深深态，无非自许，厌厌意，终羞人问。争知道、梦里蓬莱，待忘了余香，时传音信。纵留得莺花，东风不住，也则眼前愁闷[③]。

【注释】

①双眉闲斗损：指容颜因双眉紧蹙而受到损害。双眉闲斗，双眉紧蹙。

②看承全近：极其亲近地对待。看承，对待、看待。全近,极其亲近。

③也则：也便，依然。

【新解】

淡淡的云彩在广袤的天空中高高飘荡，清澈的小溪在大地上潺潺流动，蜿蜒伸向远方。傍晚时感到阵阵寒意，夕阳散射着淡淡的光晕。庭院中，台阶闲静无声，杨花渐渐稀少。轻轻掩上红漆大门，但那一声声稚嫩的莺啼声还能穿过大门，传入耳中。还没来得及尽情地享受美好的春光，转眼间，清明已经匆匆而过，真是让人悔恨莫及。即使比较幸运地看到几朵残留的春花，也都带着将要随春归去的幽恨。不巧赶上连续几日的阴天，整夜慵懒困倦，起来时，美好的时光都已经过去了。

她满目幽怨，双眉紧蹙，使那姣好的容颜看起来有几分凄然。我忽然领悟过来她的情怀，原来是希望我全身心地亲近她。忸怩的姿态，无非是故作矜持；一副恹恹无神的样子，还不好意思让人家问她。可谁知这一切，居然只是在梦中与她幽会。我想彻底将梦中的欢乐忘却，但是她身上散发的余香又时时向我传递着蓬莱的音信。纵使能够留住黄莺和春花，可是东风却不肯长久留驻人间，眼前依然还是暮春的令人烦闷的景色。

晁补之（1053—1110），字无咎，号归来子。“苏门四学士”之一。故其词风亦接近东坡，每有健句豪语，气象雄俊，但不如东坡词之旷达。

水龙吟·次韵林圣予《惜春》

问春何苦匆匆，带风伴雨如驰骤。幽葩细萼[①]，小园低槛，壅培未就[②]。吹尽繁红，占春长久，不如垂柳。算春常不老，人愁春老，愁只是、人间有。

春恨十常八九，忍轻孤[③]、芳醪经口[④]。那知自是，桃花结子，不因春瘦。世上功名，老来风味，春归时候。最多情犹有，尊前青眼，相逢依旧。

【注释】

①幽葩细萼：指各种娇嫩的花朵和细小的花蕾。

②壅（yōng）培：培土，用土或肥料培在植物的根部。

③忍轻孤：怎么忍心轻易辜负。孤，通“辜”，辜负。

④芳醪（láo）：美酒。

【新解】

春天啊，你为何要如此来去匆匆，而且总是这样携风带雨，疾速而逝。在用低矮的栏杆悉心围起来的小花园里，花蕾初绽，人们还没有来得及在花草的根部培好土、上足肥，春天就已经消逝了。繁盛的百花经不住风吹雨打，才经历了几番风雨，就纷纷凋零坠落了。它们没怎么享受美好的春光，还不如生长在水边陌头的垂柳享受春光的时间长呢。仔细论说的话，四季更替，春去春又回，其实春天本身并不会衰老，只是在那些多愁善感的人们眼中，春天仿佛老了。这种愁绪只会在人间才有，大自然是不会有这种感情的。

暮春时节，风雨摧花，落红满地，十天中常有七八天让人心怀幽恨，发出好景不长的感叹。绵绵春恨，怎能轻易辜负用以排忧解愁的美酒呢？人们经常会在看到花谢红落的时候产生悲伤怨恨之情，哪知这其实只是一种误会。桃树是出于结果实的需要才使花凋谢的，而并不是春风故意将桃花吹落的。人们年轻的时候，大都热衷于建功立业，很少有人会想到，人的一生总是由少及壮再到老，总会有豪情不再的时候，与春天终归要离去，都是一样的道理。最让我感动的是，人间尚有真情在。在我失意决心归隐的时候，还有朋友像久别重逢一样，依旧以友好的态度对待我，一起饮酒谈笑。

盐角儿·亳社观梅

开时似雪，谢时似雪，花中奇绝。香非在蕊，香非在萼，骨中香彻。

占溪风，留溪月，堪羞损[①]、山桃如血。直饶更[②]、疏疏淡淡，终有一般情别。

【注释】

①堪羞损：简直能使人感到羞耻。损，煞、很。

②直饶更：即使是，就算是。

【新解】

梅花开放的时候就像雪花一朵朵地点缀在枝头一样，洁白无瑕；凋谢的时候就像雪花铺满了整个大地一样，晶莹洁净。这实在是百花中一种很奇特的花卉。梅花那种淡淡的幽香，不在花蕊，不在花萼，而是一种发自内里的彻骨的香。

寒冬时节，百花凋谢，只有梅花一枝独秀，占尽了溪边风光。溪上的明月洒下一片清辉，照在梅花上，二者互相辉映，构成一幅美妙绝伦的月夜白梅图。清雅高洁的梅花，足以使那些鲜红如血、争奇斗艳的山桃自惭形秽，羞得无地自容。超凡脱俗的寒梅，即便是只有几根疏枝，只有几朵淡淡的小花，也是别有一番情调的。

忆少年·别历下

无穷官柳[①]，无情画舸[②]，无根行客[③]。南山尚相送，只高城人隔。

罨画园林溪绀碧[④]，算重来、尽成陈迹。刘郎鬓如此，况桃花颜色。

【新解】

垂柳齐刷刷地站在堤边，摇曳着千万条柔嫩的细枝，以此来为我送别。而那些装饰华丽的彩船却毫无情意，丝毫不理会柳树对我的依恋，只顾顺风疾驰。这时，我突然间感觉自己就像那无根的浮萍一样，随船漂向远方。绵延起伏的南山也有情有义，含情脉脉地一路为我送行，可是那薄情之人却在高高的城墙之内，与我相隔，不能相见。

历下城中有色彩绚丽、美如图画般的园林，有碧绿青翠的潺潺溪水，但是，景色虽美，到我以后故地重游之时，或许就只剩遗迹了。经过多年的曲折辗转，曾经乐观豁达的刘郎也不免两鬓苍苍，何况那些曾经娇艳一时的桃花！

【注释】

①官柳：古代官府在河岸或大路两边种植柳树，因此称为官柳。

②画舸：彩船。

③行客：出门远行的人。这里是作者自指。

④绀（gàn）碧：青绿色。

洞仙歌

泗州中秋作

青烟幂处[①]，碧海飞金镜，永夜闲阶卧桂影[②]。露凉时，零乱

【注释】

①幂（mì）：遮掩、覆盖。

②永夜：长夜。

多少寒螀[3]。神京远，唯有蓝桥路近[4]。

水晶帘不下，云母屏开，冷浸佳人淡脂粉。待都将许多明，付与金尊，投晓共流霞倾尽[5]。更携取胡床[6]、上南楼，看玉做人间，素秋千顷。

③寒螀：秋蝉。

④蓝桥：这里以蓝桥神仙窟代指嫦娥月宫。

⑤流霞：仙酒，兼指朝霞。

⑥胡床：一种可折叠的坐具，又称交椅、绳床。

【新解】

一轮明月穿破迷茫的烟霭，飞上碧海一般的天空，好像一面金镜。长夜里，桂树的影子倒映在台阶。已是露水沾衣、寒意袭人的时候，忽听得一阵零乱的蝉鸣。身处泗州，离京城实在太远了，此时感到，唯有这月儿离我最近。

将水晶帘高高卷起，打开云母屏风，让清冷的月光照进来，倾泻在娴静、淡敷脂粉的佳人身上。我要将这浓浓的月色全都集中在酒杯之中，等到天明时和着朝霞一饮而尽。我带上交椅登上南楼，观赏月光下如白玉打造的人间，领略这无边无际素白澄澈的秋景。

晁冲之（生卒年不详），字叔用。其词构思新奇。

临江仙

忆昔西池池上饮[1]，年年多少欢娱。别来不寄一行书，寻常相见了，犹道不如初。

安稳锦衾今夜梦[2]，月明好渡江湖。相思休问定何如？情知春去后[3]，管得落花无[4]？

【新解】

遥想当年与朋友们在西池漫游胜地时的纵情豪饮、欢歌笑语，年复一年，大家在一起真不知道有多开心。自从分别后，彼此音信断绝，没有一封书信往来。如今即使大家像往常一样相见了，也不再亲密如初，开怀畅谈。

今夜我在锦衾围绕的卧榻上酣然入梦，忽见友人在月光之下渡过江湖来到我的梦里。尽管彼此都关心对方的境遇，但请不要提起那些往事。既然明知道大好的春光都已经过去了，再打听落花的命运又有何意义呢？

【注释】

①西池：即金明池，在汴京，为五代周世宗所建。

②安稳：布置妥当。

③情知：深知，明知。

④无：用于句末，表示疑问。白居易《问刘十九》诗有：“晚来天欲雪，能饮一杯无？”

周邦彦（1056—1121），字美成，号清真居士。写词严分平仄四声、五音六律、清浊轻重，故音律谐婉，堪称格律词派之开山。词中多拗句；又善于概括、融铸前人诗句；用典自如，又善铺叙。词风富艳而高雅，沉着而拗怒。

瑞龙吟

章台路[①]，还见褪粉梅梢，试花桃树。愔愔坊陌人家[②]，定巢燕子，归来旧处。

黯凝伫，因念个人痴小，乍窥门户[③]。侵晨浅约宫黄[④]，障风映袖[⑤]，盈盈笑语。

前度刘郎重到，访邻寻里，同时歌舞。唯有旧家秋娘[⑥]，声价如故。吟笺赋笔，犹记燕台句。知谁伴，名园露饮[⑦]，东城闲步？事与孤鸿去[⑧]，探春尽是，伤离意绪。官柳低金缕，归骑晚、纤纤池塘飞雨。断肠院落，一帘风絮。

【注释】

①章台路：指歌妓聚居的地方。

②愔（yīn）愔：安静的样子。

③乍窥门户：指姑娘刚开始倚门卖笑。

④宫黄：宫女用来涂抹的黄粉。

⑤障风映袖：用袖挡风掩脸。

⑥秋娘：唐代名妓杜秋娘。这里代指作者旧相识的歌妓。

⑦露饮：脱帽饮酒，表示豪放不羁。

⑧事与孤鸿去：此句化用杜牧诗句："恨如春草多，事逐孤鸿去。"

【新解】

重游京城繁华之地，又见梅花凋零，桃花初开，燕子又飞回到旧巢居住，可是舞榭歌台聚集的里巷却变得冷冷清清。我黯然凝神伫立，不禁想起那个天真活泼、刚开始倚门卖笑的少女。清晨时，她在鬓角抹些淡淡的黄粉。风自门吹进，她举起衣袖挡风，阳光就在因风吹拂而飘舞的袖子上闪耀发光，而她的笑语如同清泉滴水、娇莺啼谷。

如今我又到此寻访邻里，却没有她的消息，只有当时与她一样能歌善舞的姑娘依旧当红。当时她常常唱我填的词句，至今我还记得那些佳句。如今有谁陪我在名园开怀畅饮，到东城悠闲漫步。往事如烟，一切都已随着孤鸿飘然而去。怎料我今日探寻春色，只因眼前物是人非，心头竟涌上离愁别绪。杨柳纷纷垂下金色的丝条。我骑着马迟迟不忍踏上归途，池塘上飞舞着蒙蒙细雨。我面对空寂的院落，不禁黯然神伤，不见旧人，只见东风过处，柳絮如雨，撒在窗帘上。

风流子

新绿小池塘，风帘动、碎影舞斜阳。羡金屋去来①，旧时巢燕；土花缭绕②，前度莓墙③。绣阁里、凤帏深几许？听得理丝簧。欲说又休，虑乖芳信④，未歌先噎，愁近清觞。

遥知新妆了，开朱户、应自待月西厢⑤。最苦梦魂，今宵不到伊行⑥。问甚时说与，佳音密耗，寄将秦镜⑦，偷换韩香？天便教人，霎时厮见何妨！

【新解】

小池塘绿波荡漾，一阵微风吹动风帘，水中破碎的帘影在夕阳金色的波光中摇动。我真羡慕佳人房中又飞回旧巢的燕子，真羡慕佳人房后又长满苔藓的围墙。你的闺阁被绣有凤凰的罗帏隔着，显得多么幽深。我听见你在拨弄琴弦，琴音好像充满幽怨，是生怕误了佳期芳信吧！多少心事欲语还休。朱唇刚启，歌调未成，声音就已经哽咽，好似酒入愁肠。

虽知你刚上好晚妆，将房门半开，在西厢等待着月上中天，但是今晚我却到不了你身旁，真令人痛苦。不知何时，我才能与你互诉衷肠，才能像秦嘉那样寄明镜给你，像韩寿那样收到你赠送的异香。天啊！让我俩匆匆相聚一下吧！这又何妨呢？

【注释】

①金屋：原指金屋藏娇之金屋，这里指闺阁。

②土花：苔藓。

③莓墙：长满青苔的墙。莓，莓苔、青苔。

④乖：违背。

⑤待月西厢：语本元稹《会真记》中诗：“待月西厢下，迎风户半开。”暗指等待情人。

⑥伊行：她那里。

⑦秦镜：东汉秦嘉赴京城，未能与其妻道别，于是留赠诗三首和宝钗、明镜以表情。

兰陵王

柳阴直，烟里丝丝弄碧。隋堤上[①]、曾见几番，拂水飘绵送行色。登临望故国，谁识，京华倦客。长亭路，年去岁来，应折柔条过千尺[②]。

闲寻旧踪迹，又酒趁哀弦，灯照离席，梨花榆火催寒食[③]。愁一箭风快，半篙波暖，回头迢递便数驿，望人在天北。

凄恻，恨堆积。渐别浦萦回[④]，津堠岑寂[⑤]，斜阳冉冉春无极。念月榭携手，露桥闻笛。沉思前事，似梦里，泪暗滴。

【注释】

①隋堤：指汴京附近汴河一带的堤。隋炀帝曾开通济渠，沿渠筑堤，故称隋堤。

②“应折”句：古人送行，多折柳赠别，柳谐音“留”，表示留恋之情。

③“梨花”句：旧历清明前二日为寒食节，有禁火的风俗，节后另取新火。唐宋时，朝廷于清明日取榆柳的火以赐百官。这句指饯别的时令正是梨花盛开的寒食节前。

④别浦萦回：船开棹了，水波在回旋着。

⑤津堠（hòu）岑寂：码头上冷冷清清。津堠，码头上可供守望、住宿的处所。

【新解】

长堤上的柳树，行列整齐，柳树的阴影也连缀成一条直线。笼罩在烟气中的杨柳丝丝飞舞，像是在卖弄它嫩绿的姿色。隋堤之上柳枝拂水、柳絮飘飞，不知送别过多少行人。登高望乡，有谁理解我这个久居京城的游子内心的苦闷？在驿道的长亭旁，我年复一年送别亲友，折下的柳枝应该超过百丈了吧！

现在正是梨花盛开的寒食节，我又来到这熟悉的河堤，又是在悲凉的乐曲声中举杯为友人饯行，昏黄的灯光照着饯别酒席。竹篙半插在暖和的河水中，顺风而行的船只如箭一样飞快，回头一看就已经过了几个驿站，送行的亲友已远在天的北方。

满怀凄凉，重重离恨别苦积压心头。我徘徊在送别的河岸，这时夕阳西下，暮色苍茫，码头已悄然无声。你我曾携手在水榭中赏月，在露桥上倾听悠扬的笛声。默默想起这些恍然如梦的欢乐往事，眼泪忍不住掉了下来。

琐窗寒

暗柳啼鸦，单衣伫立，小帘朱户。桐花半亩，静锁一庭愁雨。洒空阶、夜阑未休，故人剪烛西窗语[①]。似楚江暝宿[②]，风灯零乱，少年羁旅。

迟暮，嬉游处，正店舍无烟，禁城百五[③]。旗亭唤酒，付与高阳俦侣[④]。想东园、桃李自春，小唇秀靥今在否[⑤]？到归时、定有残英，待客携尊俎[⑥]。

【新解】

夜幕降临的时候，初绿的柳色显得暗淡沉郁。几只即将归巢的乌鸦在天空中盘旋聒噪。我穿着单衣，独自站立在窗后，卷起窗帘，久久地向外眺望。正是梧桐树开花的时候，庭院里那半亩大的一片梧桐树开满了朵朵小花。雨点打在梧桐叶上，“吧嗒、吧嗒”作响，听起来单调而又愁苦，好像把所有的孤寂都静静地锁在了这寂寞的庭院里。空寂的台阶上，淅淅沥沥的小雨还在不停地下，已是夜深人静了，因此听起来让人倍感烦闷。如果这个时候能有故友来与我一同剪烛谈心、话旧叙故，该有多好。等以后真与故友相聚之时，我一定要把自己少年漂泊、作客荆州、夜宿长江、风吹灯乱的艰难行旅向他尽情述说。

如今我已到迟暮之年，对旧日嬉戏游玩的地方已经不再感兴趣了。又到了寒食节，京城的店舍都不见了炊烟，显得一片落寞。年轻时经常乘寒食节之机，到酒店饮酒取乐，如今也不再想这些事了，还是让那些嗜酒如命的高阳酒徒们去纵情欢乐吧。家乡东园，过去我经常在那里踏青赏春，现在估计又是桃李盛开、繁花似锦了吧，但是花开得即使再漂亮，如果没人欣赏，也是徒然，只能自开自落。少年时暗恋过的那个秀美的姑娘现在不知是否还在。等我回到家乡的时候，枝头肯定还留有残花，到时候我一定要携上美酒佳肴与亲人们同赏剩留的春色。

【注释】

①剪烛西窗：化用唐李商隐《夜雨寄北》诗“何当共剪西窗烛，却话巴山夜雨时”。

②暝宿：夜宿。

③禁城百五：正是京城寒食节的时候。禁城，京城。百五，冬至后一百零五日，指寒食节。

④高阳俦侣：指酒友。

⑤小唇秀靥（yè）：既指桃李之花，又指美人。靥，酒窝。

⑥尊俎：古代用来盛放酒、肉的器具。尊为酒器，俎为载肉之具。这里指酒席。

六丑

蔷薇谢后作

正单衣试酒[1]，怅客里、光阴虚掷。愿春暂留，春归如过翼[2]，一去无迹。为问花何在？夜来风雨，葬楚宫倾国[3]。钗钿堕处遗香泽，乱点桃蹊，轻翻柳陌。多情为谁追惜？但蜂媒蝶使，时叩窗槅。

东园岑寂，渐蒙笼暗碧。静绕珍丛底，成叹息。长条故惹行客，似牵衣待话，别情无极。残英小、强簪巾帻[4]，终不似、一朵钗头颤袅，向人欹侧[5]。漂流处、莫趁潮汐，恐断红、尚有相思字，何由见得？

【注释】

①正单衣试酒：正是换穿单衣、品尝新酒的时候。

②过翼：飞鸟，形容时光飞逝。

③倾国：指容颜绝代的佳人，这里比喻蔷薇花。

④巾帻：布帽。汉以来，流行以整块布幅包头，称之为巾帻。

⑤欹侧：倾斜，倚靠。

【新解】

正是开始穿单衣、试饮新酒的时候，我独自在异乡虚度光阴，满腹惆怅。多希望春天能再停留一会，可是，它却像小鸟一样匆匆飞掠而逝、了无踪迹。美丽的蔷薇花早已凋谢，不知去处。只怨昨夜一场可恶的风雨，把你这楚宫倾国倾城的美人葬送。花瓣飘落的地方还残留着花的芬芳，散乱的落花飘过桃树下的小径，又轻飞过柳荫下的小道。有谁会为你可悲的命运怜惜咏叹呢？唯有多情的蜜蜂和蝴蝶，飞舞在落花之中，不时撞在窗槅上。

绚烂多彩的东园已经变得冷冷清清，到处绿树成荫，变得朦胧幽暗。我徘徊在花丛之中，默默无语，唯有阵阵叹息。蔷薇长长的枝条似乎有意挽留，牵着我的衣裳，像是有话要对我说，它似乎满怀惜别之情，依依不舍，无限缠绵。我弯腰拾起一朵落花，将它插到头巾上。它在美人的发钗上轻轻地摇曳，倾斜的姿影也惹人怜爱，但毕竟不如盛开的花儿。那点点落花啊，你们顺水漂流可要小心避开潮汐，以免被冲走了，恐怕那飘零的红叶上还题有相思的字句，要是被潮水冲走了，有情人又怎能看见？

夜飞鹊

河桥送人处，良夜何其[①]。斜月远、坠余辉。铜盘烛泪已流尽，霏霏凉露沾衣。相将散离会，探风前津鼓[②]，树杪参旗[③]。花骢会意，纵扬鞭、亦自行迟。

迢递路回清野，人语渐无闻，空带愁归。何意重经前地，遗钿不见[④]，斜径都迷。兔葵燕麦[⑤]，向斜阳、欲与人齐。但徘徊班草[⑥]，欷歔酹酒[⑦]，极望天西。

【注释】

①何其：如何。其，语助词。

②津鼓：古时在渡口处设置的信号鼓，通知开船的鼓声。

③参（shēn）旗：星宿名，又名天旗、天弓，属猎户座。初秋时黎明前出现于东方天际。

④遗钿：指落花。

⑤兔葵燕麦：泛指各种野草。兔葵，一种可以食用的野菜。

⑥班草：布草而坐。

⑦欷歔（xī xū）：抽泣、叹息声。

【新解】

记得在汴河桥边为她送行的那天晚上，夜色温馨而美丽。月亮洒下一片皎洁清冷的余晖，笼罩着茫茫大地。铜盘上的蜡烛已经燃烧尽了，好像是流完了最后一滴眼泪。衣服被浓密的露水沾湿，让人感觉到了丝丝凉意。饯别的筵席就要结束了，我们仔细辨听着从渡口处传来的通知开船的鼓声。天旗星已经挂在了树梢上，天马上就要亮了，马上就该离别了。我恋恋不舍地骑马又送了她一程，我那花骢马非常善解人意，它能理解我们的惜别之意，我不断地扬鞭催它快走，可它就是不听指挥。

一个人离愁满怀，踏上归途，顿觉路途遥远，四野清旷，就连行人的说话声也渐渐地听不到了。路过当时为她饯别的地方，百感交集的我急于寻找当时留下的蛛丝马迹，可此时已经找不到她当时留下来的任何痕迹了，甚至连当时的路径也都已经模糊难辨了。夕阳用它的余晖斜照着大地，新生的兔葵和燕麦，已经长得有人那么高了。我扒开草丛，在曾经与她并肩坐过的草地上坐下来，流连徘徊。我饱含热泪遥望西天，在当年她远去的方向轻轻洒上一杯酒，以此来纪念我们之间这段刻骨铭心的深情吧！

满庭芳

夏日溧水无想山作

风老莺雏[1]，雨肥梅子，午阴嘉树清圆。地卑山近[2]，衣润费炉烟。人静乌鸢自乐[3]，小桥外、新绿溅溅[4]。凭阑久，黄芦苦竹，疑泛九江船[5]。

年年，如社燕[6]，飘流瀚海，来寄修椽[7]。且莫思身外，长近尊前。憔悴江南倦客，不堪听、急管繁弦。歌筵畔，先安簟枕[8]，容我醉时眠。

【注释】

①风老莺雏：小莺在暖风中长大了。

②地卑：地势低洼。

③乌鸢（yuān）：乌鸦和鹰之类的鸟。

④新绿溅溅：春天清澈的山涧发出溅溅的流水声。

⑤疑泛九江船：好像白居易泛舟于九江。这里作者以白居易贬谪江州时的处境和心情自比。

⑥社燕：燕子在春社日（立春后第五个戊日）从南方飞来，在秋社日（立秋后第五个戊日）飞回南方，因此称为社燕。

⑦修椽（chuán）：承托屋瓦的长椽子，这里形容屋檐高大而修长。

⑧簟（diàn）：竹席。

【新解】

小莺在和煦的春风中渐渐长大，梅子在雨水的滋润下日渐肥硕。正午时分的阳光直射着大树，大树投下了一轮圆正的树荫。我住在一个地势低洼、靠近山脚的地方，这里非常潮湿，衣服整天湿湿的，还得用炉火来烤干，费时又费力。这里静悄悄的，只有乌鸢在空中悠悠盘旋，自得其乐；小桥旁，清澈的山涧急流而过，发出哗哗的声响。我久久地伫立在栏杆旁，极目远眺，陷入深深的沉思。眼前这一切，莫非就是白居易所感叹的“黄芦苦竹绕宅生”的低湿的湓江之地吗？此时，我真感觉自己也像白居易一样被贬九江，沦落天涯。

年复一年，我宦海浮沉，就像燕子一样，在浩瀚的大海上漂流过，在人家的屋椽间寄宿过。就不要想那些功名利禄之事了，它们都是些身外事，还不如时不时地把盏痛饮，纵情欢乐。但是，我这漂泊不定的江南游客已经感到很疲倦了，那些丝竹管弦奏出的激烈而急促的乐曲，很容易引起我的伤感，使我无法承受。还是在歌舞筵席边铺床席子，放好枕头，让我在酒醉后好好睡上一觉，在梦中忘却所有的烦忧吧。

过秦楼

水浴清蟾[①]，叶喧凉吹，巷陌马声初断。闲依露井，笑扑流萤，惹破画罗轻扇。人静夜久凭阑，愁不归眠，立残更箭[②]。叹年华一瞬，人今千里，梦沉书远。

空见说、鬓怯琼梳，容消金镜，渐懒趁时匀染。梅风地溽[③]，虹雨苔滋，一架舞红都变[④]。谁信无聊，为伊才减江淹[⑤]，情伤荀倩。但明河影下，还看稀星数点。

【注释】

①清蟾：指明月。传说嫦娥奔月化为蟾，因此以清蟾代指月亮。

②立残更箭：站到更漏将尽的时候。更箭，古代计时器，用铜壶盛水，壶中立箭以计时。

③地溽：地上潮湿。

④舞红：落花。

⑤才减江淹：神情恍惚，使才情大减。

【新解】

在盛夏的一个夜晚，月亮晶莹明澈，像刚从水里洗浴出来一样。一阵凉风吹过，树叶沙沙作响，大街小巷里车马往来的声音已经消失。夜深人静，我悠闲地靠在院内的井栏上，含情脉脉地看着那姑娘手拿一把花扇，欢笑着扑打飞舞着的萤火虫。结果不小心，扑在了花丛的枝桠上，扇子瞬间就被扯破了一大片，两人会心地笑了。又是一个夜深人静的夜晚，我久久地伫立在栏杆旁，满面愁容。夜深了，更漏中最后一滴水也已经滴完，而我还独自呆立在那里，不愿回屋睡觉。华年易逝，真是令人叹息。现在的她远在千里之外，没有给我捎来一点音信，我想在梦中与她相会，竟也那么困难。

听人说她现在经常蓬头垢面，不加打理，甚至不愿揽镜自顾，更不再像过去那样匀粉化妆，追赶时尚了。梅雨时节，连风都是湿乎乎的，潮湿的地上到处都是青苔。满架的花朵在几番风雨的吹打下已经花落红残了。谁会相信我现在神情恍惚，都是因为思念她。深情的相思，使我如江淹一样才情减退。无尽的哀思，让我像荀奉倩那样神魂黯然。我无可奈何，只好在天河的光影下，独自凝望几点星星而已。

花 犯

【注释】

①冰盘同燕喜：与梅花同宴共喜。冰盘，素白的瓷盘。燕，通“宴”。

②可惜：可爱。

③香篝熏素被：白雪覆盖着梅树，像香篝上熏着素被。香篝，熏炉，这里指梅花。

④翠丸：指梅子。

粉墙低，梅花照眼，依然旧风味。露痕轻缀，疑净洗铅华，无限佳丽。去年胜赏曾孤倚，冰盘同燕喜①。更可惜②、雪中高树，香篝熏素被③。

今年对花最匆匆，相逢似有恨，依依愁悴。吟望久，青苔上、旋看飞坠。相将见、翠丸荐酒④，人正在、空江烟浪里。但梦想、一枝潇洒，黄昏斜照水。

【新解】

清雅的梅花不减旧时的天然风韵，在低矮的白粉墙头，仍然显得光彩夺目。花朵上沾着滴滴露水，晶莹透亮，像洗净了脂粉的美人，素洁淡雅，美丽清新。去年的这个时候，我曾独倚梅树，手持素白的瓷盘，与梅花同宴共喜。那时候，正好有厚厚的积雪压在高耸横逸的梅树上，放眼望去，就像是熏炉上覆盖了一层洁白的棉被一样，熏得连雪也有了梅花的幽香，真是惹人怜爱。

而今年，我就要离开这里了，不能再像往年那样从容地品赏梅花了。梅花好像也知道我要离开一样，显得愁眉憔悴。我久久地凝望着梅花，想要吟咏几句诗词以安慰它，却见微风吹过之处，枝梢摇曳，花瓣纷纷坠落在青苔上。不久之后就会结出果实，青青的梅子将是人们佐酒的最好食物。只可惜，那个时候的我估计正泛舟于空阔的江波烟浪之中。不过，我可以在梦中看那一枝横逸的梅枝，清雅脱俗，风骨凛凛地傲立在夕阳映照下的水边。

大 酺

【注释】

①流潦（lǎo）：道路

对宿烟收，春禽静，飞雨时鸣高屋。墙头青玉旆，洗铅霜都

尽，嫩梢相触。润逼琴丝，寒侵枕障，虫网吹粘帘竹。邮亭无人处，听檐声不断，困眠初熟。奈愁极频惊，梦轻难记，自怜幽独。

行人归意速，最先念、流潦妨车毂[1]。怎奈向、兰成憔悴，卫玠清羸[2]，等闲时、易伤心目。未怪平阳客，双泪落、笛中哀曲。况萧索、青芜国[3]，红糁铺地[4]，门外荆桃如菽。夜游共谁秉烛？

积水。

②卫玠：晋朝美男子，但有羸疾。每乘车外出，观者如堵，卫玠因此成病而死。

③青芜国：指杂草丛生的地方。

④红糁（sǎn）：落花。糁，米粒，这里形容花瓣。

【新解】

雨意酝酿了整整一夜，到拂晓的时候，雨烟散尽，大地一片寂静，连春鸟婉转鸣晨的声音都听不到。忽然间下起了倾盆大雨，将屋顶敲得咚咚作响。在春雨的滋润下，墙边的嫩竹已经悄悄伸出了墙头，竹叶青翠，宛如青玉雕成。竹杆外皮上的粉霜已经被雨水冲刷掉了，尖嫩的竹梢在风雨中起伏摇曳，不时地互相触碰。春雨绵绵时节，空气非常潮湿，琴弦受潮以致音色失准。春寒料峭，那寒气直逼床帐。微风吹过，湿漉漉的，蜘蛛网一下子就黏附到了竹帘上。驿馆里只有我一个客人，感觉非常凄冷孤寂。雨点滴答滴答地打在屋檐上，声音单调得让人昏昏欲睡。然而，在愁苦中孤眠，心中其实并不踏实，稍有动静就会被惊醒，而且梦境恍惚，醒来时什么也记不清，更让人感到幽闷孤独。

归心似箭的游子所担心的是淫雨不止，怕道路泥泞，车子无法通行。羁留在异乡，不能回家，使我就像庾信、卫玠那样面容憔悴，日渐消瘦。在这无奈的等待之时，最容易使人伤心落泪。当年马融在平阳客舍听到哀怨的笛声而潸然泪下，写下《长笛赋》，就不足为怪了。经过几番风雨的洗礼，原先繁花盛开的庭院里，已经是杂草丛生、落红满地了，眼前一片萧瑟景象。门外的樱桃已经结出了豆粒般大小的果实，很想点燃一支蜡烛，借着烛光再多看一眼这暮春的景色，可到哪里寻找与我做伴夜游的人呢？

解语花·上元

风消焰蜡[1]，露浥烘炉[2]，花市光相射。桂华流瓦，纤云散，耿耿素娥欲下[3]。衣裳淡雅，看楚女纤腰一把[4]。箫鼓喧，人影参差，满路飘香麝。

因念都城放夜，望千门如昼，嬉笑游冶。钿车罗帕，相逢处、自有暗尘随马[5]。年光是也，唯只见、旧情衰谢。清漏移，飞盖归来[6]，从舞休歌罢。

【注释】

①焰蜡：明亮的蜡烛。

②浥（yì）：沾湿。

③耿耿：形容明亮。

④楚女纤腰：美女纤细的腰肢。这里指身材苗条。

⑤暗尘随马：马飞驰过去之后尘土飞扬。

⑥飞盖：疾驰的车辆。盖，车顶，这里指车。

【新解】

元宵佳节，灯火辉煌，明亮的烛焰在风中摇曳，渐渐消蚀。满街的彩灯被深夜的露水打湿，各式各样的花灯在灯会上竞相闪烁，光彩四射。月光笼罩着大地，照射着屋瓦，片片细小的云彩在夜空中悠然飘散，那素洁的嫦娥好像也要翩翩下凡来享受这人间的欢乐。大街小巷的姑娘们个个身材苗条，穿着淡雅的服装，看起来就像楚王宫殿里的美女一样。街头处处箫管悠扬、鼓声震天，人们纷纷出来赏灯，万千人影在彩灯和月光的映照下交互浮动。姑娘们走过，留下阵阵香气，在空气中飘溢。

回想过去的元宵佳节来临之时，都城开放夜禁，放眼望去，千家万户彻夜亮着花灯，灯火通明，如同白昼。男女老少都出来尽情游乐。装饰华丽的马车上，佳人们挥动着香罗手帕向意中人频频示意。俊男美女们相逢之处，车马走过，扬起阵阵尘土。现在，元宵佳节还是跟往年一样，风俗依旧，光景依旧，可我旧日的豪情逸兴却早已没有了。夜深了，我对外面灯月交辉、追欢逐爱的欢乐场景一点都提不起兴趣来，我还是驾车快快归去，让别人去通宵达旦地歌舞狂欢吧！

定风波

莫倚能歌敛黛眉，此歌能有几人知？他日相逢花月底，重理[①]，好声须记得来时。

苦恨城头传漏水[②]，催起，无情岂解《惜分飞》？休诉金尊推玉臂，从醉，明朝有酒倩谁持[③]。

【注释】

①重理：重新梳理。

②漏水：漏壶滴水，指报时的更声。

③倩：请，恳求。

【新解】

你别因为自己现在能歌善舞就对我不断地皱眉，一副厌烦我的样子。你能领会到现在你所唱的这首美妙的歌曲的真意吗？它是我专门为你而写的，我相信世上没有几个人能知道它的真意。有朝一日，我们还会在花前月下重逢，到那时，你要好好想想我们之间的这段情意，你应该记住这首作为你保留曲目的好歌是怎么来的。

城头传来了更鼓声，催促我赶紧起来，真是让人烦恼。我不禁想起了那首忧伤的《惜分飞》曲，可是，你薄情寡义，怎能理解这首词中的深意呢？我手拿酒杯，醉醺醺地一把把你推开，对此，请你别介意。今天我要一醉方休。马上就要分别了，到明天，即使我想喝酒，也没有人为我把酒持盏了。

蝶恋花

月皎惊乌栖不定，更漏将残，轳辘牵金井[①]。唤起两眸清炯炯[②]，泪花落枕红绵冷[③]。

执手霜风吹鬓影，去意徊徨，别语愁难听[④]。楼上阑干横斗柄，露寒人远鸡相应。

【注释】

①轳辘牵金井：从井边传来了辘轳的汲水声。轳辘，象声词，辘轳转动的声音。

②炯炯：形容眼睛

明亮。

③红绵：填在枕头里的木棉。

④别语愁难听：由于心中愁苦万分，所以不忍听到离别的话语。难听，不忍心听到。

【新解】

明亮而皎洁的月光洒在树上，惊醒了树上栖息着的乌鸦，开始在枝头躁动。更漏将尽，天已蒙蒙发亮，井台边传来了辘轳打水的声音。我赶紧将她唤醒，这时才发现，原来她并没有睡着，眼眶里泪光闪闪，泪珠一颗颗滚落在枕上，将枕心打得又湿又冷。

该分别了，我们紧紧拉住彼此的手，任凭秋风吹打着发髻。我也很想狠狠心离去，可总是欲行又止。还有千言万语想说，只是不忍心听那些离别的话语。北斗星的斗柄此刻已经横挂楼头了，身上沾上露水，让人感到丝丝寒意。远行人已经不见了踪影，只有雄鸡报晓的啼声此起彼伏。

解连环

怨怀无托，嗟情人断绝，信音辽邈。纵妙手、能解连环，似风散雨收，雾轻云薄。燕子楼空，暗尘锁[1]、一床弦索[2]。想移根换叶，尽是旧时，手种红药[3]。

汀洲渐生杜若[4]，料舟依岸曲[5]，人在天角。谩记得、当日音书，把闲语闲言，待总烧却[6]。水驿春回，望寄我、江南梅萼。拼今生[7]、对花对酒，为伊泪落。

【注释】

①暗尘锁：积满灰尘。

②弦索：指乐器。

③红药：红色的芍药。

④杜若：一种香草名。

⑤岸曲：岸边。

⑥待总烧却：把旧日的情书全部烧掉。

⑦拼今生：舍弃此生。

【新解】

情人远去，杳无音信，只剩我空怀一腔幽怨却无处寄托。即使有像齐后那样不按常规、妙解玉连环的高手，也难以解开郁结在我心头的相思结。我无法忘却过去的一切，就像一阵风能够吹散雨意，但总会留有轻云薄雾，难免会藕断丝连。当年曾在燕子楼与她朝夕相处，可如今早已人去楼空，只剩那一床琴瑟还原封未动，覆盖着一层厚厚的尘土。院子里的芍药是她当年表达爱情的时候栽下的，但是现在，芍药的根、叶都已经暗中移换了，仿佛象征着她另觅新欢了一样。

水边长满了一丛丛的杜若，我很想采摘一枝寄给她，以表达我的思念之情，可我却不知道她现在身在何处。也许她的船已经停在了天涯海角的岸边了。当初我们处在热恋中时，她经常给我寄来书信，山盟海誓，甜蜜缠绵，如今，那只不过是一大堆废话罢了。情意已绝，留着也没有用处了，还不如一把火将它们烧掉算了。不过，现在江南又是春天了，她一个人在水边的驿站里，或许会回心转意，就像春回大地一样。她要是能从江南给我寄一枝梅花来，那该多好啊！我这颗愁苦的心也会稍稍安慰一些。但是，就算她真的情断意绝，我也决定舍弃此生，独自对花醉酒，为她留下相思的泪水。

拜星月慢

夜色催更，清尘收露，小曲幽坊月暗①。竹槛灯窗，识秋娘庭院。笑相遇，似觉琼枝玉树相倚，暖日明霞光烂。水眄兰情②，总平生稀见。

画图中、旧识春风面。谁知道、自到瑶台畔。眷恋雨润云温③，苦惊风吹散。念荒寒、寄宿无人馆，重门闭、败壁秋虫叹。怎奈向、一缕相思，隔溪山不断。

【注释】

①小曲幽坊：妓女所居之处。

②水眄兰情：化用唐韩琮《春愁》诗："吴鱼岭雁无消息，水眄兰情别来久。"这里形容作者思念的女子明亮的眼睛和温馨的情感。

③雨润云温：指男女欢会。

【新解】

那天晚上，更鼓声声，夜已深沉，街上的轻尘被清露所收伏。朦胧的月色笼罩着坊曲，显得很幽暗。我第一次来到她所住的庭院，栏槛外种着竹子，窗户里闪着灯光，到处都显得那么清寂幽雅。对她慕名已久，如今有幸和她相遇，我们尽情欢乐。她像琼枝玉树一样高贵洁白，像旭日朝霞一样鲜艳夺目。她那双顾盼多情的眼睛像秋水一样明澈，那温柔的性情像兰花一样优雅。她实在是太完美了，真是平生难遇。

曾经在图画中看到过她那天仙般美丽的面容，没想到，我竟然真的来到了瑶台仙境和她相会。那温柔滋润的情爱真是让人怀恋，可没想到因为意外的变故，我们的姻缘被拆散了，如同惊风吹散了温润的云雨。如今的我独自住宿在这荒寒的驿馆中，将重重门户关上，只听得断垣残壁下，蟋蟀在不断地哀叹。山重水远，而我心底的一缕相思之情却不能被隔断，真是让人无可奈何。

关河令

【注释】

①向暝：接近天黑。

②寒声：指大雁的叫声。

③夜永：指长夜。

秋阴时晴渐向暝[1]，变一庭凄冷。伫听寒声[2]，云深无雁影。

更深人去寂静，但照壁、孤灯相映。酒已都醒，如何消夜永[3]？

【新解】

天渐渐地黑了，阵阵秋风吹来，院子里变得冷冷清清。我独自站立在院子里很长一段时间，听到空中传来声声大雁的叫声，抬头望去，空中乌云密布，看不见大雁的影子。

夜已经深了，人也散去了，四周一片寂静，只有照壁的孤灯陪伴着我。我的酒意已经完全消退，要如何度过这漫漫长夜？

绮寮怨

【注释】

①水曲：河流弯曲的地方。

②去去：一去再去，去了又去。

③杨琼：唐朝歌妓名。元稹被贬江陵时，和

上马人扶残醉，晓风吹未醒。映水曲[1]、翠瓦朱檐，垂杨里、乍见津亭。当时曾题败壁，蛛丝罩，淡墨苔晕青。念去来、岁月如流，徘徊久、叹息愁思盈。

去去倦寻路程[2]，江陵旧事，何曾再问杨琼[3]。旧曲凄清，敛愁黛、与谁听？尊前故人如在，想念我、最关情。何须《渭城》，歌声未尽处，先泪零。

【新解】

我喝醉了酒，别人搀扶着我，将我勉强扶上了马背。晚风阵阵，却未能把我从酒醉中吹醒。我信马由缰，昏昏沉沉地向前走去，猛然发现，在河水的拐弯处，水面上倒映着一座绿瓦红檐的渡口小亭，依依垂柳环绕在小亭的四周。我曾经在那残破的亭壁上题写过诗句，现在这亭子已经是残壁断垣、蛛网密结了。当时的墨迹已经浅淡，唯有苔斑依然青翠，年年如新。自从当年题诗离去，岁月如流水般飞逝，让人感慨万千，不禁在自己当年的笔迹下徘徊。联想到自己飘零的身世，心中充满了无限的愁苦。

宦海浮沉、前途渺茫的我，以后还会被分派到什么荒僻之地呢？我已经没心思再去打探路程了。那些曾经与我尽情欢乐过的金陵佳人们，现在境况如何，我更是没心思向席前的歌妓打听。她正皱着眉头，弹奏着一支送别的旧曲，那声调之凄凉，谁还想听？如果筵席前的老朋友还在身边就好了，那是最能和我沟通思想、最能牵动彼此感情的人了。我们之间，哪还要唱什么《渭城曲》？不等曲子唱完，我就已经泪流满面了。

杨琼情好甚洽。此处泛指歌妓。

尉迟杯

隋堤路，渐日晚、密霭生深树[1]。阴阴淡月笼沙[2]，还宿河桥深处。无情画舸，都不管、烟波隔前浦。等行人、醉拥重衾，载将离恨归去。

因思旧客京华，长偎傍、疏林小槛欢聚。冶叶倡条俱相识，仍惯见、珠歌翠舞。如今向、渔村水驿，夜如岁、焚香独自语。有何人、念我无聊，梦魂凝想鸳侣。

【注释】

①密霭：浓重的暮霭。

②淡月笼沙：淡淡的月光笼罩着水边的沙滩。化用杜牧《泊秦淮》“烟笼寒水月笼沙”。

【新解】

运河河水宽广渺远。天色渐晚，暮霭沉沉，堤畔的柳树笼罩在一片烟雾中。河边的沙滩被淡淡的月光笼罩，河桥深处，水路驿站的旁边，停泊着一条客船。这船太无情无义了，烟波相隔的水边，那么多亲友为我送行，可它却全然不管这些，旅客刚刚醉登船舱，拥被而卧，它就带着远行之人以及其深深的离愁别恨，一同离去了。

想当初客居京城，我常常和她在一起，我们或者相依相偎在低矮的栏杆边，或者欢情相聚于稀疏的林丛中。那个时候，京城的众多歌妓我几乎都熟识，看惯了华丽的歌舞场面。现在要在这临近渔村的水路驿馆边上度过漫漫长夜，在我看来，似乎有一年那么长。焚香独坐，我不禁喃喃自语。有谁能体会我此时的孤寂之感呢？我在梦魂中还在痴痴地想着旧时的情侣。

西河·金陵怀古

佳丽地，南朝盛事谁记？山围故国绕清江，髻鬟对起①。怒涛寂寞打孤城，风樯遥度天际②。

断崖树，犹倒倚，莫愁艇子曾系③。空余旧迹郁苍苍，雾沉半垒。夜深月过女墙来④，伤心东望淮水。

酒旗戏鼓甚处市？想依稀、王谢邻里，燕子不知何世，入寻常、巷陌人家，相对如说兴亡，斜阳里。

【注释】

①髻鬟对起：指金陵附近长江两岸对峙的山，就好像妇女的髻鬟一样耸立在江的两岸。

②风樯：指船头桅杆上顺风张开的帆，这里代指船。樯，桅杆。

③莫愁：指古代美女莫愁，传说她曾在南京的莫愁湖畔居住过。

④女墙：城上的小墙。

【新解】

在古都金陵，有谁还记得发生在那的南朝旧事，以及名动一时的佳丽名姝呢？这一切都已随着滚滚东流的江水归于寂寞。只有清清的江水依旧绕山而行，环绕金陵城的青山依旧耸立在长江两岸，宛如金粉佳丽头上的一对髻鬟。潮起潮落的江水不停地拍打着这座金陵古城。西去东来的点点帆影，点缀在这水天之间，航向天际。

站在江边，只见那陡峭的山崖上，耸立着几棵老树，仿佛人影倒立，紧挨着山崖，向外横斜着生长。那棵树上曾系过美女莫愁的小艇，如今美人不知何处去，惟见树木依旧郁郁苍苍。雾气之中还隐约可见城堡的残垣败垒，好像正诉说着昔日的虎踞龙盘，如今也只是形同虚设罢了。每当到了深夜，那冰冷的月光就照在城墙上。而秦淮河东流不停的江水，仿佛正在诉说着伤心的往事。

当年那些门前飘扬着酒旗的酒楼，传出阵阵悦耳的鼓乐之声的戏馆，如今也不知道到哪里去了。我想这里可能就是王、谢两家居住过的乌衣巷。看着眼前飞来飞去的燕子，依旧在街道屋檐下筑巢安家，也不知道它们在这里居住了几代。到了傍晚时分，斜阳的余晖洒落在残垣断梁上，一双双燕子相对呢喃，它们大概也在谈论着发生在这座古城的盛衰兴亡吧！

瑞鹤仙

悄郊原带郭，行路永、客去车尘漠漠。斜阳映山落，敛馀红，犹恋孤城栏角。凌波步弱[①]。过短亭、何用素约[②]。有流莺劝我[③]，重解绣鞍，缓引春酌。

不记归时早暮，上马谁扶，醒眠朱阁。惊飙动幕[④]，扶残醉，绕红药。叹西园，已是花深无地，东风何事又恶？任流光过却，犹喜洞天自乐[⑤]。

【注释】

①凌波：形容女子步态轻盈，就像在水上漂行。

②素约：事先的约定，旧约。

③流莺：啼声流利婉转的黄莺。流，形容声音婉转，这里指歌妓声音柔美。

④惊飙（biāo）：狂风。

⑤洞天：道家所指的神仙居住的地方。

【新解】

昨日黄昏之时，连着城郭的郊野静悄悄的，漫漫长路一直通向远方。远行之人已经乘车离去，只留下车后滚滚尘土，弥漫在长路上。夕阳落山，余晖还依恋着城楼上的一角栏杆，迟迟不愿收尽最后一抹微弱的红光。同行的歌女脚步越来越慢，在路旁的驿亭休息时，我们又意外地遇上了另外一个歌妓。她苦苦相劝，希望我解下马鞍，坐下来慢慢小酌几杯，缓解一下春乏。

已经记不清到底是什么时候回来的，也不知道究竟是谁扶我上的马，只知道醒来的时候，我已经睡在自家的楼上了。一阵狂风吹来，窗帘随之翻飞，我不禁想起了庭院里的春花，因此，慌忙带着还残留的几分酒意，绕过鲜红的芍药，直奔西园。东风不知何故，一直在猛刮猛吹，将西园吹得落红满地，让人看后为之叹息。就让时光飞快流逝吧，我仍然喜欢在自己家中自得其乐。

浪淘沙慢

昼阴重，霜凋岸草，雾隐城堞[①]。南陌脂车待发，东门帐饮乍阕[②]。正拂面、垂杨堪揽结。掩红泪[③]、玉手亲折。念汉浦、离鸿去何许[④]？经时信音绝。

情切，望中地远天阔。向露冷风清无人处，耿耿寒漏咽[⑤]。嗟万事难忘，唯是轻别。翠尊未竭，凭断云、留取西楼残月。

罗带光消纹衾叠，连环解[⑥]、旧香顿歇；怨歌永、琼壶敲尽缺。恨春去、不与人期，弄夜色、空余满地梨花雪。

【注释】

①城堞：城墙上带有齿状的垛口或射箭孔的矮墙。

②阕：终了。

③红泪：指女子悲伤的眼泪。

④离鸿：比喻分手后的女子。

⑤耿耿：形容心中不安。

⑥连环解：本来是一体的双环被分开了，喻指爱情破裂，两情分拆。

【新解】

沉沉阴霾笼罩着大地，河岸的秋草经过寒霜的摧残，已经枯萎了。城楼上的矮墙隐没在雾霭之中。一辆上过油脂的马车停在南去的路上，整装待发。东门外饯别的筵席结束了，这意味着分手的时刻就要到了，想想就让人心碎。垂柳拂面，好像在深情款款地挽留即将出行的人，让人不忍心揽结攀折。她已经悲伤至极，泣不成声，掩着满面的泪水，亲手折下了一条柳枝送给我。然而，别后至今，一直没有收到她的一点音信，不知她现在究竟身在何处。她就像那汉江之滨的仙女，一去无踪。

我的思念之情是如此深切。登高远眺，望着辽远的大地，广袤的天空，我所盼望的她却依旧渺然无迹。我只能在夜深人静之时，在寒露清风中独自偷偷哭泣，那铜壶滴漏也有情有意，理解我的愁苦，陪我一起落泪，那嘀答嘀答的声音好像是在悲伤地呜咽。人间万事，最让我感觉悔恨、难忘的就是当初离别时太轻率了。杯中的酒还没有喝完，我在等着她回来与我同酌共饮。空中的断云仍在，那就请它留住西楼边上的那弯残月吧，这样我就可以寄托深深的思念了。

她曾经为我缝制的丝带现在已经失去了原来的光泽，往日同眠的绣花被也早已叠了起来闲置一旁。玉连环本来是连为一体的，现在也已被分解开了，昔日她赠给我的香袋也早已失去了芳香。哀伤的歌唱得太久了，唾壶的边沿由于被我有节拍地敲打而变得残缺不齐。这春天就这么匆匆离去了，也不事先告诉我一声，太可恨了！夜色里，只留下满地雪白的梨花。

应天长

条风布暖[①]，霏雾弄晴，池台遍满春色。正是夜堂无月，沉沉暗寒食。梁间燕，前社客[②]，似笑我、闭门愁寂。乱花过、隔院芸香，满地狼藉。

长记那回时，邂逅相逢，郊外驻油壁。又见汉宫传烛，飞烟五侯宅[③]。青青草，迷路陌。强载酒、细寻前迹。市桥远、柳下人家，犹自相识。

【注释】

①条风：调风，指春风。

②前社客：指燕子。燕子在社日前归来。

③五侯：泛指权贵。

【新解】

和煦的春风为人间送来丝丝暖意，晨雾渺渺，又是一个风和日丽的艳阳天。池塘已经微微泛绿，台榭前翠柳轻舞，到处都是春意盎然。但是，在这寒食节的夜晚，天空中却没有月亮，一片黯然。我独自坐在幽暗的厅堂上，闷闷不乐。房梁上的燕子好像在偷偷地嘲笑我，独自寂寞愁苦，而不去享受这大好的春光。乱花被一阵风吹过院墙，为院里送来阵阵香气，纷乱的花瓣，把地上弄得一片狼藉。

常常想起那年的寒食节，她正好从一辆华贵的油壁车上下来，我们就在京城的郊外不期而遇，并且一见钟情。如今，又是寒食节了，京城里依然还是像当年那样“汉宫传烛”、“飞烟五侯”，可她却早已不在了。重游故地，此处已经长满了萋萋芳草，我也找不到和她邂逅相遇的那条小路了。然而，我仍然不甘心，带上酒，仔仔细细寻找当年的踪迹。忽然，我发现在远处的市桥边上，柳树下有一户人家，那正是我们当年一起游春时的旧相识。

夜游宫

叶下斜阳照水[①]，卷轻浪、沉沉千里[②]。桥上酸风射眸子[③]，立多时，看黄昏，灯火市。

古屋寒窗底，听几片、井桐飞坠。不恋单衾再三起，有谁知，为萧娘[④]，书一纸？

【注释】

①叶下：叶落。

②沉沉：形容流水不断的样子。

③酸风射眸子：寒风吹得眼睛发痛。

④萧娘：唐代对女子的泛称。这里指词人的情侣。

【新解】

树叶纷纷飘落，夕阳斜照秋江。江中细浪轻逐，直向沉沉远方奔流而去。我呆呆地站在桥头，任凭寒风吹得睁不开眼睛，许久地凝望那暮色中灯火初上的闹市。

我躺在简陋的茅屋里，窗户破旧，阵阵寒风透过窗户吹了进来，时而还传来井边梧桐树叶飞坠落地的声音。然而，那一床薄被虽然能给人一丝暖意，我却毫无贪恋之意，起而又卧，卧而又起，心神不定。可有谁知道，我这么心神不定，竟完全是因为她的一封信。

叶梦得(1077—1148)，字少蕴，号石林学士。早期词风婉丽，后学苏轼之清旷，能于简淡中时出雄杰，不作柔语蹭人。

贺新郎

睡起流莺语，掩苍苔、房栊向晚[①]，乱红无数。吹尽残花无人见，唯有垂杨自舞。渐暖霭、初回轻暑。宝扇重寻明月影[②]，暗尘侵、上有乘鸾女[③]。惊旧恨，遽如许。

江南梦断横江渚，浪粘天、葡萄涨绿[④]，半空烟雨。无限楼前沧波意，谁采蘋花寄取？但怅望、兰舟容与[⑤]。万里云帆何时到？送孤鸿、目断千山阻。谁为我，唱《金缕》[⑥]？

【注释】

①向晚：傍晚。

②明月影：指团扇。

③乘鸾女：这里指扇上所画仙女。

④葡萄涨绿：指碧绿的江水看起来就像新酿的葡萄酒。

⑤容与：迟缓，舒缓，徘徊不前。

⑥金缕：曲调名，即《金缕曲》。

【新解】

我午睡醒来时，听到了外面黄莺清丽的鸣叫声，拉开窗帘一看，天色已经晚了。庭院里青苔片片，落红无数。在这暮春时节，春风吹尽了残花，可是谁都没有注意到，只有杨柳还在微风中独自摇摆，舞动腰肢。春去夏来，天气渐渐暖和了起来，阵阵暖风为人间送来了初夏的暑热。见此情景，我赶紧将那把珍爱的团扇找了出来。扇子上已经蒙上了一层灰尘，但仍然可以隐隐约约地看见扇面上所画的乘鸾仙女。睹画思情，昔日的离愁别恨，一股脑涌上心头。

昔日的情意就像一场春梦，永远地留在了江南分别时的洲渚边。江上浪花拍天，滔滔江水就像新酿的葡萄酒一样，泛起了翠绿的飞沫，又在半空中化为了蒙蒙烟雨。倚靠高楼，凝望着苍茫的烟波，顿觉情思无限，有谁会采白蘋花寄给我呢？惆怅满怀的我遥望着江上兰舟悠悠驶过，迟缓闲舒。漫漫云水，遥遥万里，什么时候才能到达？我默默地目送孤鸿消逝在连绵起伏的远山之后，不禁感到无限孤独。有谁会唱一曲深情的《金缕曲》，安慰我这颗破碎的心呢？

虞美人

【注释】

①来禽：林檎。北方称沙果，南方称花红。

②袅：缭绕。

③酒阑：酒尽席散之时。

雨后同幹誉、才卿置酒来禽花下作[1]。

落花已作风前舞，又送黄昏雨。晓来庭院半残红，唯有游丝，千丈袅晴空[2]。

殷勤花下同携手，更尽杯中酒。美人不用敛蛾眉，我亦多情无奈酒阑时[3]。

【新解】

暮春时节，凋落的花瓣在风中四处飞舞，昨天黄昏时又下了一场阵雨。清晨起床时一看，院子里遍地都是落花。晴朗的天空中，只有那千丈柳条在微风的吹拂下悠然飘荡，有如一缕缕细丝。

我们几个朋友热情高涨，高兴地拉起手，一起在林檎花下漫步，豪气满怀，不时地举起杯中刚斟满的酒，一饮而尽。不住地为我们劝酒的美人，请不要皱眉嗔怪，你的情意我心里非常明白，可是我已经实在喝得太多了。

潘阆（？—1009），字逍遥。现存词几乎皆是歌咏杭州西湖景色，颇具浪漫色彩，笔调清新，多有佳句，其中以《酒泉子》（一）、（二）、（三）最为著名。

酒泉子

长忆观潮[1]，满郭人争江上望[2]。来疑沧海尽成空，万面鼓声中[3]。

弄潮儿向涛头立，手把红旗旗不湿。别来几向梦中看，梦觉尚心寒。

【注释】

①观潮：即指观看钱塘潮。

②满郭：满城。

③鼓声：比喻潮声。

【新解】

经常回忆起观看钱塘潮时的盛况，满城的人都争先恐后来到江边向江上观望。潮水涌来时，巨浪滔天，让人怀疑是不是海水全都涌向了这里。潮声如万鼓齐鸣，震耳欲聋。

在浪涛中的青年手持红旗，脚踩浪头，迎着浪峰前进，没让红旗沾湿，他们个个身手不凡、英勇无畏。后来，我经常在梦里见到这一场景，醒来后，还感到心惊胆战。

曹组（生卒年不详），字彦章，改字元宠。词极清幽婉丽，在北宋末盛传。

蓦山溪·梅

洗妆真态[1]，不假铅华御[2]。竹外一枝斜，想佳人，天寒日暮。黄昏院落，无处著清香，风细细，雪垂垂，何况江头路。

月边疏影，梦到销魂处。结子欲黄时，又须作、廉纤细雨。孤芳一世，供断有情愁[3]，消瘦损，东阳也，试问花知否？

【注释】

①洗妆真态：洗净脂粉，露出真实的容貌。

②铅华御：用脂粉化妆。铅华，铅粉，古代女子用来化妆的粉。

③供断：无尽地提供。

【新解】

冰清玉洁的梅花就像洗净了铅华的美人，娇艳迷人，纯真自然，没有丝毫脂粉气。它斜出一枝，伸向劲峭挺拔的竹梢稀疏处，看起来就像一个佳人在天寒日暮时分倚靠在修竹上，优雅冷艳，风姿绰约。然而黄昏时分，院子里没有地方能闻到梅花的清香，几枝疏梅矗立在江边小路的尽头，在西风飒飒、白雪皑皑中，谁会前去欣赏呢？

朦胧的月色，淡淡的梅影，那种独立傲世的景致，使人在梦中也不禁为之伤心欲绝。梅子将黄之时总是细雨绵绵，这更令人平添了几多伤感。梅花孤芳自赏、恬淡一世，为多情的词人骚客们提供了无穷无尽的愁思。我这人逸世不群，特立独行，以至于像沈约那样抑郁终日，渐渐消瘦，这种忧伤的情怀，不知梅花知道不知道。

万俟咏（生卒年不详），复姓万俟（mòqí），字雅言，自号大梁词隐。词多应制而作，小词平和雅丽，不事雕琢。

三台·清明应制

见梨花初带夜月，海棠半含朝雨。内苑春、不禁过青门，御沟涨、潜通南浦。东风静，细柳垂金缕。望凤阙[①]、非烟非雾。好时代、朝野多欢，遍九陌[②]、太平箫鼓。

乍莺儿百啭断续，燕子飞来飞去。近绿水、台榭映秋千，斗草聚[③]、双双游女。饧香更[④]、酒冷踏青路；会暗识、夭桃朱户[⑤]。向晚骤、宝马雕鞍，醉襟惹、乱花飞絮。

正轻寒轻暖昼永，半阴半晴云暮。禁火天、已是试新妆，岁华到、三分佳处。清明看、汉蜡传宫炬，散翠烟、飞入槐府。敛兵卫、阊阖门开[⑥]，住传宣、又还休务[⑦]。

【注释】

①凤阙：这里指皇宫。

②九陌：这里泛指都城中的大路。

③斗草：古代的一种游戏，又称“斗百草”，采集各种花草比赛优劣多寡，常行于端午。

④饧（xíng）：麦芽糖。

⑤夭桃：比喻美丽的女子。

⑥阊阖（chānghé）门：京都城门，这里指皇宫的正门。

⑦休务：停止办公，官员放假。

【新解】

梨花刚刚开放，一片洁白清雅的景象，好像还带着昨夜朦胧的月色。海棠花开，娇艳鲜红，盛如织锦，清晨的雨滴还残留在枝叶上。春光越过重重宫门，使皇宫内苑春意盎然。御河里绿波荡漾，新涨的春水连接着宫外的河道，将皇宫中的春意传到了每一处水边。东风好像是故意停止了吹拂，想让这明媚的春光永驻人间。杨柳婀娜多姿，静静地垂着金黄色的柳丝，倒映在水汽弥漫的河面上，远远望去，整座皇宫就像烟雾笼罩着的仙境。在这美好的时代，朝野上下，到处都沉浸在一片欢乐祥和的气氛中。大街小巷，箫笛悠扬，鼓声阵阵，到处都是喜庆平安的欢歌笑语。

黄莺在树林里啼鸣，燕子在田野上穿梭。碧绿的河水平静得像一面镜子，倒映着河边的亭台楼榭，倒映着飘荡的秋千。游春的佳人们正在嬉笑追逐，玩着斗草的游戏。在这寒食节赏春的日子里，我也带着香喷喷的麦芽糖粥和清醇的美酒去郊外踏青，见如此美丽可爱的佳人，不由暗暗记下了她们所在的那扇朱漆门户，以便日后找她们约会。晚上，醉意熏熏的我骑着那匹装饰华丽的骏马，飞快地在回城的路上奔驰，衣襟上也沾满了落花和柳絮。

寒食节当天，天气乍暖还寒，似阴又晴。这一天有禁火的习俗，佳人们都忙着尝试新妆、踏青游春。每年一到这个节日，就会自然而然地出现三分妩媚的景色。到清明节那天，更是可以观赏特赦赐火、飞马传烛的传统景观，这些承蒙皇恩赐给的烛火，散发着翠碧的烟雾，一一飞入了公卿贵人的府第。这一天，宫门大开，皇宫门口也设有戒备森严的卫兵；朝廷那天会停止传呼宣召，文武百官都可以安心地享受这难得的休假。

徐伸（生卒年不详），字干臣。仅存词一首，亦婉曲深致。

二郎神

闷来弹鹊[1]，又搅碎、一帘花影。漫试著春衫，还思纤手，熏彻金猊烬冷[2]。动是愁端如何向[3]？但怪得、新来多病。嗟旧日沈腰[4]，如今潘鬓，怎堪临镜？

重省，别时泪湿，罗衣犹凝。料为我厌厌，日高慵起，长托春酲未醒[5]。雁足不来，马蹄难驻，门掩一庭芳景。空伫立，尽日阑干倚遍，昼长人静。

【注释】

①弹鹊：用弹弓把喜鹊赶走。

②金猊（ní）：香炉。

③动是愁端：触动处，尽是愁端。

④沈腰：《梁书·沈约传》载沈约与徐勉书："老病百日数旬，革带常应移孔。"指人瘦得极快。此处"沈腰"即指日益变瘦的腰。

⑤春酲（chéng）：春日病酒，因醉酒而神志不清。酲，醉酒。

【新解】

我心里烦闷至极，可是喜鹊却偏要叽叽喳喳地假传喜讯，真是讨厌极了，我忍不住用弹弓把它赶走，可是弹丸却搅碎了满帘的花影，见此情景，我又平添了许多惆怅。随意试穿了一件春衣，不由得想起了她那双纤细灵巧的手。就是那双手，曾经多次为我熏衣，每次都要熏到香炉里的香料燃尽、炉火冷却为止。现在她不在我的身边，可是凡触动处，都有她的身影，引发我的愁绪，我该怎么办？难怪我近来老是生病。现在的我愁病交加，仍然像过去一样日渐消瘦，再加上鬓发也开始斑白了，这叫我怎么敢面对镜子呢？

当初离别的时候，她伤心的泪水滴湿了罗衫，估计到现在还留有泪痕吧？她精神委靡不振，就像生了病一样，这全都是因为思念我。太阳都已经升得很高了，可她还慵懒得不愿意起床。幽恨与愁思相交织，她只能借酒浇愁，把一切无法向人诉说的病愁慵懒，以春饮醉酒未醒来掩饰。她无时无刻不在盼望着我的消息，可传递书信的鸿雁却不知道在哪里，始终不见踪影。她肯定希望我有一天会突然出现在她的身边，然而，至今都没有马蹄声在门前留驻。她也只能将庭院大门紧紧关闭，掩藏起满园春色。她伫立在栏杆边上，凝望远方，痴痴地等待着我的归来，从早到晚，倚遍了所有的栏杆，脑海中幻想着我会在哪一个方向上出现，可谁知，这漫长的一天，四周竟空寂得听不到一点人声。

田为（生卒年不详），字不伐。善琵琶，通音律。慢词颇婉约含蓄。

江神子慢

玉台挂秋月①，铅素浅②，梅花傅香雪③。冰姿洁，金莲衬、小小凌波罗袜。雨初歇，楼外孤鸿声渐远，远山外、行人音信绝。此恨对语犹难，那堪更寄书说？

教人红销翠减，觉衣宽金缕，都为轻别。太情切，销魂处、画角黄昏时节。声呜咽，落尽庭花春去也，银蟾迥④、无情圆又缺。恨伊不似余香，惹鸳鸯结。

【注释】

①玉台：传说中天帝居住的地方。

②铅素浅：指淡施脂粉。

③傅：抹。

④银蟾：指月亮。

【新解】

她那姣好的容颜就像一轮悬挂在天庭上的明净透彻的秋月，光洁的肌肤上淡施脂粉，就像在梅花上均匀地涂上了一层雪粉。她身姿优美，有如冰玉一般高雅素洁；她步态轻盈，宛如凌波仙子，仿佛每走一步，小巧的脚下都会生出金莲。一场春雨过后，小楼外，孤鸿的哀鸣声渐渐远去，还是没有带来任何音信。难道远在千山万水之外的他，真的就这么一走了之，杳无音信了？这种沉痛的离愁别恨，就算是面对面也很难尽情倾诉，何况千里迢迢让他寄封书信，诉说分别的痛苦，就更是难上加难了。

当初太轻易地就让他离开了，以至于她思念太深切了，肌肤消瘦，容颜憔悴，往日的衣服都已经显得肥大了。这种情意实在太深切了，黄昏时分远处传来呜咽悲鸣的号角声，更让人断肠销魂。不知不觉又送走了一个春天，院子里的花朵也已经凋谢殆尽了。天空中的月亮圆了又缺，缺了又圆，全然不顾人间的悲欢离合。可恨啊！他连那凋落的残花都不如。残花的余香沾染在鸳鸯结上，多多少少还能滞留身边几天，可他离去之后，就再也没有了音信。

陈克（1081—？），字子高，自号赤城居士。他亲历两宋之交的战乱，有少数作品写身世之感，关注严酷现实；大多数词则婉雅闲丽，意境恬淡，有“花间派”遗风。

菩萨蛮

赤阑桥尽香街直，笼街细柳娇无力[1]。金碧上青空，花晴帘影红。

黄衫飞白马[2]，日日青楼下[3]。醉眼不逢人，午香吹暗尘。

【注释】

①娇无力：原指女子娇媚柔弱的姿态，这里是用拟人的修辞手法形容杨柳。

②黄衫：隋唐时少年华贵的服装，这里借指纨绔子弟。

③青楼：指妓院。

【新解】

桥上是朱红色的栏杆，过桥便是笔直的大街，大街上处处飘香。街道两旁的柳树高大茂密，柳枝随风飘摆。大街两旁金碧辉煌的高楼直上云天。在晴天丽日下，映着帘影的花儿一片火红。

身着黄衫的公子哥骑着白马，天天都到青楼妓馆厮混。他们醉眼惺忪，骑着马旁若无人地在街上横冲直闯，马蹄掀起的尘土还夹杂着正午的花香。

查荎（生卒年不详），约北宋末至南宋初词人。

透碧霄

舣兰舟[①]，十分端是载离愁[②]。练波送远[③]，屏山遮断，此去难留。相从争奈，心期久要[④]，屡变霜秋。叹人生、杳似萍浮。又翻成轻别，都将深恨，付与东流。

想斜阳影里，寒烟明处，双桨去悠悠。爱渚梅、幽香动，须采撷，倩纤柔。艳歌粲发[⑤]，谁传余韵，来说仙游。念故人、留此遐州[⑥]。但春风老后，秋月圆时，独倚江楼。

【注释】

①舣兰舟：使兰舟靠岸。

②端是：真是。

③练波：白色的水波。

④久要：旧约。

⑤粲发：启齿歌唱。

⑥遐州：偏僻、边远的地方。

【新解】

一叶扁舟已经靠岸，船上所载的全都是说不尽、道不完的离愁别恨。清澈明净的江水就像白色的绸带一样，快速地把行船送向遥远的天边。远山连绵起伏，就像曲折的屏风一样，无情地遮住了送行人的目光。他这次是决意离去了，实在难以挽留。无奈不能与他相随，我心中一直记挂着旧约，不料转眼就过去了好几个春秋。可叹人的一生就像水面上的浮萍一样，不知会飘流到多远的地方，也不知何时又会面对新的离别。深深的离愁别恨，全都付与了滔滔东去的流水。

夕阳西斜，估计小船现在已经悠悠地驶到了烟雾单薄的江面开阔之处了吧？他最喜爱江边的梅花了，等到明年梅花幽香浮动的时候，一定要采撷一枝送给他，向他报告此地的春意。我们曾经一起高声歌唱艳歌，今后谁还会像他一样，能把这首歌唱得如此高亢悠扬、余韵袅袅呢？但愿他还能想起在这荒远的地方，还有他曾经的一个老朋友。每年春花谢后、秋月圆时，都会有一个人倚靠在西楼的栏杆上，深情地怀念着他。

周紫芝（1082—1155），字小隐，号竹坡居士，宣城（今属安徽）人。其词清丽婉曲，造语自然，兼采晏几道、李之仪等数家之长，刊除秾丽，自成一路。

鹧鸪天

【注释】

①釭：灯。

②宝瑟：指琴。

③金猊（ní）：香炉。

④鹧鸪词：指歌唱男女爱情的词曲。

一点残釭欲尽时[1]，乍凉秋气满屏帏。梧桐叶上三更雨，叶叶声声是别离。

调宝瑟[2]，拨金猊[3]，那时同唱《鹧鸪词》[4]。如今风雨西楼夜，不听清歌也泪垂。

【新解】

一盏孤灯已经耗尽了灯油，马上就要熄灭了。虽然还是乍寒初凉时节，但秋天凄清肃杀的气氛已经充满了整个画屏帷幕之间。夜深人静，稀疏的雨点不断地敲打在梧桐树叶上，每一片树叶上的每一滴雨声，仿佛都在泣诉着离愁。

当年我们曾经并肩而坐，她轻轻地调拨着琴弦，而我则在香炉里燃上一柱薰香。我们一起唱那深情的《鹧鸪词》，真是好温馨啊！如今，我独居西楼，在这样一个风雨交加的寒夜里，即使不听清婉哀怨的歌曲，我也会泪流不止。

踏莎行

【注释】

①游丝：指细长柔软的柳枝。

②阁定：静止不动。

情似游丝[1]，人如飞絮，泪珠阁定空相觑[2]。一溪烟柳万丝垂，无因系得兰舟住。

雁过斜阳，草迷烟渚[3]，如今已是愁无数。明朝且做莫思量，

如何过得今宵去?

【新解】

马上就要分别了，深深的情意就像万缕游丝一样缠绵，但是人却将要远行，就像那飞扬的柳絮，随风飘泊，居无定所。我俩的眼里都噙满了泪水，彼此默默地注视着对方，一言不发。潺潺溪水轻轻流淌，岸边杨柳成荫，千万缕轻柔的柳丝低垂到水面上，在微风中轻轻摇摆，然而，竟没有一缕柳丝能将远行的兰舟系住。

一群鸿雁在余晖里向遥远的天边飞去，洲渚上，烟雾蒙蒙，草色青青，凄清而迷离。这样的情景，让我不禁愁思无限。先不去考虑明天该怎么办，还是想象今天晚上怎样才能消遣过去吧。

阁，通“搁”，停住。

③烟渚：烟雾缭绕的水中小洲。

廖世美（生卒年不详），约生活在北宋末南宋初。存词两首。

烛影摇红·题安陆浮云楼

【注释】

①云渚：指天河，银河。

②紫薇：星宿名，位于北斗星东北方。这里指唐代诗人杜牧。唐代称中书省为紫薇，杜牧曾任中书舍人，人称“杜紫薇”。

③平楚：平旷辽阔的楚中大地。

④晚霁：晚晴。

霭霭春空，画楼森耸凌云渚[①]。紫薇登览最关情[②]，绝妙夸能赋。惆怅相思迟暮，记当日、朱阑共语。塞鸿难问，岸柳何穷，别愁纷絮。

催促年光，旧来流水知何处？断肠何必更残阳，极目伤平楚[③]。晚霁波声带雨[④]，悄无人、舟横野渡。数峰江上，芳草天涯，参差烟树。

【新解】

春天，天空中聚集着浓密的云气，雕梁画栋高高耸立，直插云天。登高望远很容易触动人的情感，当年杜牧就是在这个地方登高望远，写下了为人传诵的佳句，真不愧为“登高能赋”的才子。夜幕降临的时候，我登上高楼，凭栏远眺，无限的惆怅相思之情顿时涌上心头。想当年，你我一起倚靠在漆着红漆的栏杆上，促膝交谈，欢声笑语，好不温馨。可是自从分别之后，便如孤鸿一般，一去无踪，难觅音信。我的相思就像岸边无尽的柳树和漫天飞舞的柳絮一样，绵绵无穷。

岁月像流水一样逝去，一去不复返，不知已经流到了何处。我独自登楼，极目远眺，只见芳草萋萋，楚地平旷。渺渺归路，本来就够令人神伤的了，何必再增加一抹残阳？岂不是在人悲痛欲绝的心上再平添一分悲凉凄怆吗？夜晚下起了阵雨，江涛声与雨声和在一起，渡口静悄悄的，空无一人，只有一叶扁舟斜漂在荒凉的江边。等到雨过天晴的时候，只见江上耸立着几座青翠的山峰，碧绿的芳草一直延伸到天边；江岸上，参差错落的柳树笼罩在一片雾霭之中。

李清照（1084—1155），自号易安居士，宋代（南北宋之交）杰出女词人。前期词清新婉约，语新意隽，多为情歌或写景。她因北宋党争而丧父，因战乱逃亡而丧夫，晚年颠沛流离，故后期词多怀乡念旧，孤苦凄凉，每有故国之思。在艺术上讲求格律，巧于构思，语言精巧，善用白描，刻画细腻，形象生动，比喻新颖，独出心裁。清照创词“别是一家”之说，其词创为“易安体”，为宋词一家。

如梦令

昨夜雨疏风骤[①]，浓睡不消残酒。试问卷帘人[②]，却道海棠依旧。知否？知否？应是绿肥红瘦[③]。

【注释】
①骤：迅疾。
②卷帘人：站在窗口卷帘子的侍女。
③绿肥红瘦：形容叶繁花少。绿肥，绿叶茂盛。红瘦，红花稀少。

【新解】

昨夜凄苦的晚风中，稀稀疏疏飘着雨，我一夜睡得很沉，但早上醒来，依然酒意未消。我问卷帘的侍女，窗外的海棠怎么样了？侍女答说海棠依旧开放，我听后不以为然，对侍女说：“你知道吗？海棠的叶儿浸泡了一夜的雨水，应该更加肥大，而海棠花瓣在风雨之后应该凋落了不少，更显清瘦。”

凤凰台上忆吹箫

香冷金猊[①]，被翻红浪，起来慵自梳头[②]。任宝奁尘满[③]，日上帘钩。生怕离怀别苦，多少事、欲说还休。新来瘦，非干病酒[④]，不是悲秋。

休休，这回去也，千万遍《阳关》[⑤]，也则难留[⑥]。念武陵人远，烟锁秦楼。唯有楼前流水，应念我、终日凝眸。凝眸处，从

【注释】
①金猊：铜制狮形香炉。猊，也称“狻猊”，即狮子。
②慵自：懒自。
③宝奁（lián）：华贵

的梳妆匣。奁，古代盛梳妆用品的匣子。
④非干：不关。
⑤《阳关》：即《阳关曲》，送别的歌。
⑥也则：依然。

今又添，一段新愁。

【新解】

金狮香炉里的香已经熄灭了，灰烬也冷了，一夜辗转反侧，锦被如同波浪一样翻卷。早晨起来无精打采，懒得梳妆，任凭梳妆盒上布满灰尘，也不理会日头已高，阳光照在了帘钩上。最怕那离别的痛苦，多少话欲言又止。近来，我日渐消瘦，不过既不是因为饮酒过多，也不是逢秋生悲。

算了吧！夫君这次离家远行，即使我将《阳关》曲弹上千万次，也难将你留下。如今，你就像五柳先生文中的武陵渔人去了世外桃源，留下我独守这烟雾笼罩的空楼。也许只有楼前的流水同情我终日凝视远方。可是，总是不见郎君的归影，只是旧愁上又添了一段新愁。

醉花阴

【注释】
①永昼：整天。
②金兽：兽形的铜香炉。
③纱厨：纱帐，在长方的木架上罩上纱罗以避蚊蝇。
④东篱：指种菊花的园地。
⑤黄花：菊花。

薄雾浓云愁永昼[①]，瑞脑消金兽[②]。佳节又重阳，玉枕纱厨[③]，半夜凉初透。

东篱把酒黄昏后[④]，有暗香盈袖。莫道不消魂？帘卷西风，人比黄花瘦[⑤]。

【新解】

时值重阳佳节，四周笼罩着稀薄的雾气，空中堆积着厚厚的云层，天气十分阴沉，让人整天都觉得愁闷。铜香炉里的瑞脑香已经烧尽了，夜已经深了。睡在碧纱厨，枕着瓷枕头，半夜醒来，觉得有些凉。

想起今日黄昏时，坐在菊花的幽香之中，饮酒赏花。别说忧愁不伤身啊！西风吹起帘子时，你可见屋里伊人比那东篱的菊花还瘦？

声声慢

寻寻觅觅，冷冷清清，凄凄惨惨戚戚。乍暖还寒时候[1]，最难将息[2]。三杯两盏淡酒，怎敌他、晚来风急。雁过也，正伤心，却是旧时相识。

满地黄花堆积，憔悴损、如今有谁堪摘[3]？守着窗儿，独自怎生得黑[4]！梧桐更兼细雨，到黄昏、点点滴滴。这次第[5]，怎一个愁字了得[6]！

【新解】

我能到哪里去寻求安慰呢？周围景物都是冷清萧索，我满怀悲苦，无限凄凉。在这时暖时寒的日子，身体最难以将息。饮下两三杯淡淡的酒，也抵不住晚风的寒冷。看见大雁飞过，更使我心里悲伤，因为它是我以往的相识。

飘零的菊花堆满了一地，都已枯萎，没有一朵值得采摘。我伫立窗前，不知一个人怎样才能捱到天黑。到了黄昏时分，细雨点点滴滴地打在梧桐叶上。此情此景，怎是一个“愁”字可以包含得了的？

【注释】

①乍暖还寒：时而暖和，时而寒冷。指初春天气忽冷忽热。

②将息：排遣调息，休养。

③有谁堪摘：犹言无甚可摘，一说“有谁堪与共摘”。谁，何，承上文，指花。

④怎生得黑：怎样才能捱到天黑。

⑤这次第：犹言这般光景。

⑥了得：怎能包含得了。

念奴娇

萧条庭院，又斜风细雨，重门须闭。宠柳娇花寒食近，种种恼人天气。险韵诗成[1]，扶头酒醒[2]，别是闲滋味。征鸿过尽[3]，万千心事难寄。

楼上几日春寒，帘垂四面，玉阑干慵倚。被冷香消新梦觉，不许愁人不起。清露晨流，新桐初引[4]，多少游春意。日高烟敛，更看今日晴未[5]。

【注释】

①险韵诗：以生僻字押韵的诗。

②扶头酒：一种烈性的酒，使人一饮即沉沉大醉。如贺铸《南乡子》：“易醉扶头酒，难逢敌手棋。”

③征鸿：飞翔的鸿雁。

④“清露晨流”二句：清晨时的露水仿佛在滴流，梧桐树抽出了新芽。

⑤更：再。

【新解】

庭院里冷冷清清，偏又是斜风细雨，看来这样的天气出去游春赏景是不可行了，只得独锁深闺，将重重门窗紧闭。寒食节将近，柳色青青花儿娇媚，可是这风雨天气实在恼人。我以作用生僻字押韵的诗解闷，借一饮就醉的酒来浇愁，但诗成酒醒后，依然百无聊赖。远行的鸿雁都已经飞过，我万千心事无法寄给远人。

这几日楼上春寒冷冽，我垂下了房间四面的帘幕，心情沉郁，懒得走动，不再去倚栏观望。孤枕独眠，好梦初醒，觉得一身清冷，炉中的香已经烧尽了，时间也不早了，不容我这愁苦不堪的人儿安眠不起。起来看见花瓣上晨露晶莹欲滴，梧桐也长出了新叶，这使我大有兴致游春去。太阳已经升高，烟雾已经散去，不知今儿是否真的放晴。

永遇乐

落日熔金[①]，暮云合璧，人在何处？染柳烟浓，吹梅笛怨[②]，春意知几许？元宵佳节，融和天气，次第岂无风雨[③]。来相召、香车宝马，谢他酒朋诗侣。

中州盛日，闺门多暇，记得偏重三五[④]。铺翠冠儿，捻金雪柳，簇带争济楚[⑤]。如今憔悴，风鬟霜鬓[⑥]，怕见夜间出去。不如向、帘儿底下，听人笑语。

【注释】

①落日熔金：形容落日之光犹如金销熔般璀璨夺目。

②吹梅笛怨：笛子吹出来的《梅花落》曲调幽怨。

③次第：转眼间。

④三五：指阴历正月十五元宵节。宋以元宵节为重要节日，故云。

⑤济楚：整齐，漂亮。

⑥风鬟霜鬓：头发蓬松散乱的样子。

【新解】

夕阳好像熔化了的金子一样璀璨夺目，暮云弥漫，如壁玉相合。天色已晚，但我的夫君在什么地方呢？眼前杨柳茂盛，春梅盛开，春意不知又增添了几许。元宵佳节又至，天气融和宜人，可谁能保证这光景不会转瞬即变？虽然有酒朋诗友的华美车马来接我去赏灯，但我谢绝了他们的邀请。

想起当年汴京繁华的时候，闲暇无事的妇女们特别重视正月十五元宵节。那时妇女们戴着镶有翡翠珠玉的帽子和用金线捻丝的雪柳，头上的装饰众多，比赛谁穿戴得更整齐漂亮。而如今，我的容颜憔悴、鬟髻蓬松、鬓发斑白，怕在元宵节这天夜间出去。自己心情不好，又是这副模样，与其出门献丑，不如独自一人，在帘儿底下，听着别人的欢声笑语。

浣溪沙

髻子伤春慵更梳①，晚风庭院落梅初，淡云来往月疏疏。

玉鸭熏炉闲瑞脑②，朱樱斗帐掩流苏，通犀还解辟寒无？

【注释】

①髻：盘在头顶或脑后的发结。

②玉鸭：又称宝鸭，是香炉的美称，多睡形，故又称睡鸭。

【新解】

傍晚在庭院中，晚风吹来时，我看到梅花开始凋谢，春天就要归去了！天空中，淡云往来，月光也是稀稀疏疏的，一点儿也不清朗，让人打不起精神，我也懒得再梳理髻子。

玉鸭形的熏炉中，瑞脑香闲着没有燃烧，令人生寒。朱红色丝缕的小帐子被垂下的流苏遮掩，如此寒夜独眠，不知那避寒的通犀可否避寒？

蔡伸（1088—1156），字伸道，号友古居士，书法家蔡襄之孙。工词，好融化前人诗句入词，凄婉感伤。

苏武慢

【注释】

①邃馆：深院。

②金徽：这里代指琴。

③迟留：久留。

雁落平沙，烟笼寒水，古垒鸣笳声断。青山隐隐，败叶萧萧，天际暝鸦零乱。楼上黄昏，片帆千里归程，年华将晚。望碧云空暮，佳人何处，梦魂俱远。

忆旧游，邃馆朱扉[1]、小园香径，尚想桃花人面。书盈锦轴，恨满金徽[2]，难写寸心幽怨。两地离愁，一尊芳酒凄凉，危阑倚遍。尽迟留[3]，凭仗西风，吹干泪眼。

【新解】

沙滩上渺无人烟，一群大雁栖息于此，秋江被浓浓烟霭所笼罩，寒气逼人。古垒中，悲鸣的胡笳声已经沉寂。隐隐约约的远山似有似无，秋叶已经枯黄，纷纷飘落，同时发出沙沙的响声。归巢的乌鸦在夕阳的残照中飞行，纷杂零乱。黄昏时分，登楼远眺，一叶孤帆正驶向千里归程。见此情景，不由得为自己年岁已暮却不能归乡而感到悲伤。遥望暮色中的天空，浮云朵朵，漂游不定，不知分别已久的佳人如今身在何方？我们之间远隔千山万水，虽然日夜思念，但是连梦中都难以相见。

回想旧日，我们一起出游伤春。当时的我们，时而携手相伴于深院朱门的豪宅里，时而漫步在百花飘香的庭院小径上，人面桃花，交相辉映。她一定也在思念我，为我写了许多轴深情的织锦书信吧？她的琴声里也一定充满了幽怨之音吧？即使是这样，也无法淋漓尽致地表达她内心的相思之恨。这深深的离愁别恨让我苦恼，我只能一个人孤独地倚靠在高楼的栏杆上借酒浇愁。久久地徘徊在栏杆旁，任凭清冷的西风将我酸楚的眼泪吹干。

柳梢青

数声鶗鴂[①]。可怜又是，春归时节。满院东风，海棠铺绣，梨花飘雪。

丁香露泣残枝[②]，算未比、愁肠寸结。自是休文，多情多感，不干风月。

【新解】

春天就在杜鹃的声声啼鸣中悄然逝去了，实在是让人觉得可惜。庭院里，春风吹拂，海棠花竞相开放，争奇斗艳，就像铺展开了一幅美丽的绣锦；梨花盛开，风姿绰约，洁白如雪，好像瑞雪飘然落地。

丁香枝头上一粒粒的露珠晶莹透亮，仿佛人们惜春的眼泪；残剩的花蕾郁结成丛，也比不上我悲苦的愁肠抑郁难解。我和沈约一样多愁善感，只因壮志难酬，让我平添几番哀愁，跟花鸟风月没有任何关系。

【注释】

①鶗鴂：指杜鹃。

②丁香：因丁香花蕾丛生，故诗文中经常用来比喻愁结难解。

陈与义(1090—1138)，字去非，号简斋。后人称他为“江西诗派三宗”之一。其诗重意境，擅白描，学杜甫。其词则吐言天拔，语意超绝，清婉绮丽。

临江仙

【注释】

①午日：指阴历五月初五端午节。

②戎葵：蜀葵，一种植物名。

③湘中：指湖南一带。

高咏楚词酬午日[1]，天涯节序匆匆。榴花不似舞裙红，无人知此意，歌罢满帘风。

万事一身伤老矣，戎葵凝笑墙东[2]。酒杯深浅去年同，试浇桥下水，今夕到湘中[3]。

【新解】

在这个端午节，我只能以长歌《楚辞》来抒发自己的悲怀，现在沦落他乡，顿觉季节更迭频繁，时光流逝得太快了。石榴花此时已经火红如焰，但无论怎么看，我都觉得不如洛阳美人的舞裙更加鲜艳夺目。这番心意谁人知晓？我高歌唱罢《楚辞》，顿觉慷慨激昂之风四起，鼓动着帘幕飘扬飞舞。

国事、家事、个人身世，太多的事情让我感叹；虽然我已经年老，但我还是像墙东的蜀葵一样，永远迎着太阳展开笑容。值得庆幸的是，杯中之酒还和去年一样满，证明我的酒量不减当年，仍然可以为国效力。我将杯中酒浇洒在桥下的江水里，以此来表达我对屈原的虔诚吊祭和真挚怀念。今晚这酒就会流到汨罗江中。

临江仙·夜登小阁忆洛中旧游

【注释】

①午桥：桥名。

忆昔午桥桥上饮[1]，坐中多是豪英。长沟流月去无声[2]，杏花

疏影里，吹笛到天明。

二十余年如一梦，此身虽在堪惊。闲登小阁看新晴，古今多少事，渔唱起三更。

②长沟：即长河，河道。

【新解】

回忆当年在午桥畅饮，在座的都是英雄豪杰。月光映在河面，随水悄悄流逝，在杏花的淡淡影子里，吹起竹笛直到天明。

二十多年的岁月仿佛一场春梦，我虽身在，回首往昔却胆战心惊。百无聊赖中登上小阁楼观看新雨初晴的景致。古往今来多少历史事迹，都让渔人在半夜里当歌来唱。

李玉（生卒年不详），约生活在北宋末南宋初。词不多见，然风流蕴藉。

贺新郎

篆缕销金鼎[①]，醉沉沉、庭阴转午，画堂人静。芳草王孙知何处[②]？唯有杨花糁径[③]。渐玉枕、腾腾春醒[④]。帘外残红春已透，镇无聊、殢酒厌厌病[⑤]。云鬓乱，未忺整[⑥]。

江南旧事休重省，遍天涯、寻消问息，断鸿难倩。月满西楼凭阑久，依旧归期未定。又只恐、瓶沉金井[⑦]。嘶骑不来银烛暗，枉教人、立尽梧桐影。谁伴我，对鸾镜。

【注释】

①篆缕销金鼎：铜炉里的香烟袅袅上升，盘旋缭绕，像篆字。篆缕，盘香的烟缕。

②王孙：古时对男子的尊称，有时也代指出门远行者。

③糁（sǎn）：飘散。

④腾腾：形容喝醉酒之后初醒时懒散的样子。

⑤殢（tì）酒：困酒，病酒。

⑥未忺(xiān)整：无意修整。忺，高兴、惬意。

⑦瓶沉金井：比喻爱情破裂，永远分离。

【新解】

铜炉里的香烟袅袅上升，像篆字般盘旋缭绕，此时也已经消散了。我独守空房，醉意朦胧。中午已过，院子里的树荫已经开始向东偏斜了，华丽的厅堂里空无一人，静悄悄的。天地间，芳草绿茵茵的，春天眼看就要过去了，而我日思夜想的“王孙”，现在在哪里呢？窗外纷纷扬扬地飘着柳絮，一会儿工夫便铺满了院子里的小径。慢慢地从枕头上坐起来，酒醉已经醒了，可是身体还是懒懒地不想动。帘外，凋落的残花弄得遍地都是，在这暮春时节，更让人感到百般无聊。因此，整日饮酒无度，醉醺醺的，一副委靡不振的样子，甚至连散乱蓬松的鬓发都懒得去梳理。

不要再提江南时那一段温馨美好的岁月了。曾经寻遍天涯海角，到处打探他的消息，可结果还是杳无音信。想给他捎去我满怀的思念，却又难以找到可以传情达意的鸿雁。皎洁的月光洒满大地，我独自登临西楼，久久地凭栏远眺，忍不住痴痴地胡思乱想。或许此时他正要回来，只是还没有最终确定具体的归期罢了。不过我担心这次的分别真的变成绳断瓶沉，银瓶永落井底。遥望明月，多么希望能听到他归来的马嘶声。然而，直到屋里的蜡烛快燃烧完了，仍然不见有人归来，我只好眼睁睁地看着明月西沉，梧桐树影一点点消失。我独守空闺，谁来陪伴我在妆镜前梳妆打扮呢?

张元幹（1091—1160？），字仲宗，自号真隐山人，又号芦川居士、芦川老隐等，永福（今福建省永泰县）人。其词慷慨悲凉，壮志激昂，洋溢着爱国主义豪情，融入了时代与社会重大事件，对南宋爱国词人有重要影响。也有伤漂泊、叹人生，啸傲山林、抒情写景的词篇，清丽而明畅。

石州慢

寒水依痕[①]，春意渐回，沙际烟阔。溪梅晴照生香，冷蕊数枝争发。天涯旧恨，试看几许消魂？长亭门外山重叠。不尽眼中青，是愁来时节。

情切，画楼深闭，想见东风，暗消肌雪[②]。孤负枕前云雨，尊前花月。心期切处，更有多少凄凉，殷勤留与归时说。到得再相逢，恰经年离别[③]。

【注释】

①寒水依痕：溪水尚寒，岸边冬日时的水痕依稀可见。

②暗消肌雪：指人渐渐消瘦。肌雪，肌肤白皙似雪。

③经年：整整一年。

【新解】

溪水仍有几分寒意，岸边冬日时的水痕仍然依稀可见。春回大地，远处的沙洲上笼罩着浓浓的烟雾。溪边挺立着几棵梅树，疏落的枝条上绽放出朵朵花蕊，散发出淡淡的幽香。在天涯海角漂泊已久，昔日的离愁别恨涌上心头，不禁黯然神伤。从路旁的长亭门外望去，连绵起伏的青山层层叠叠，好似我心中无穷的离愁。春天竟是这样一个让人愁苦的季节。

难以割舍绵绵情思。她深居画楼闺房，思念着我，和煦的东风轻轻吹拂，不知不觉便消瘦憔悴了。曾经的枕畔云雨之欢，把盏共游花前月下之趣，如今都没有了，真是辜负了这大好春光啊！我殷切地期望回家与亲人相见时，能把这无限的孤独尽情地倾诉。然而，还要再过整整一年才是重逢之日。

兰陵王

卷珠箔，朝雨轻阴乍阁[1]。阑干外、烟柳弄晴，芳草侵阶映红药。东风妒花恶，吹落梢头嫩萼。屏山掩、沉水倦熏[2]，中酒心情怯杯勺[3]。

寻思旧京洛[4]，正年少疏狂，歌笑迷著。障泥油壁催梳掠，曾驰道同载[5]，上林携手，灯夜初过早共约[6]，又争信飘泊？

寂寞，念行乐。甚粉淡衣襟，音断丝索，琼枝璧月春如昨。怅别后华表[7]，那回双鹤。相思除是，向醉里，暂忘却。

【新解】

卷起珍珠帘，晨雨已停歇，天气晴朗。倚栏杆远望，轻烟中柳条随风飘拂，台阶上青草与绽放的芍药相辉映。春风嫉妒鲜花美，有意作恶，吹落桃李梢头浓艳的花瓣。屏风掩映，沉水香也懒得熏了，我因饮酒成病而害怕碰触酒杯。

回想往昔在汴京时，正当年少轻狂，莺歌燕笑令人着迷。车马齐备催我整装出发，曾经和美人同车在御道上飞驰，手拉着手共游上林苑。刚过了元宵节又定新游期，那时候怎会料到今天竟会如此动荡漂泊呢？

寂寞无聊，回想过去寻欢游乐。脂粉已消，香散尽，歌声断，乐声杳。花好月圆春光依旧。即便化鹤归去，又怎能见故国华表。美好的岁月，如今只能去醉里梦中寻找，以暂时忘却现实的处境。

【注释】

①乍阁：初停。阁，通“搁”，停。

②沉水：沉香，一种香料。

③中酒：嗜酒成病。

④旧京洛：指北宋都城汴京和西京洛阳。

⑤驰道：御道，皇帝经过的道路，泛指车马行经的大道。

⑥灯夜：即元宵节。

⑦华表：设在桥梁、城垣或陵墓前作为标志和装饰的石柱。

吕滨老（生卒年不详），一名渭老，字圣求。宣和、靖康间朝士，有诗名。其词甚工。

薄 幸

青楼春晚[1]，昼寂寂、梳匀又懒。乍听得、鸦啼莺弄，惹起新愁无限。记年时[2]、偷掷春心，花间隔雾遥相见。便角枕题诗[3]，宝钗贳酒[4]，共醉青苔深院。

怎忘得、回廊下，携手处、花明月满。如今但暮雨，蜂愁蝶恨，小窗闲对芭蕉展。却谁拘管？尽无言、闲品秦筝，泪满参差雁[5]。腰肢渐小，心与杨花共远。

【注释】

①青楼：这里指装饰华美的楼房，闺房。

②年时：那年。

③角枕：用兽角装饰或制作的枕头。

④贳（shì）酒：赊欠酒钱。贳，赊欠。

⑤参差雁：指筝柱。

【新解】

晚春时节，那座华丽的闺房中静悄悄的，一位美丽的女子正无聊地对镜梳妆。猛然间，传来一阵鸟儿欢快的啼鸣声，这顿时引发了她无限的忧伤、惆怅之情。想当年，芳心暗许，专情于那个英俊的少年。两人彼此隔着薄雾缭绕的花丛遥相对视，羞涩得脸都红了。两情相悦，在角枕旁含情脉脉地赋诗题词。也曾用宝钗换酒，两人一同醉倒在遍地青苔的深宅大院里。那美好时刻，真是永生难忘。

怎么能够忘记，在那月光明媚、花香袭人的夜晚，俩人携手漫步于回环曲折的廊庑下的美好情景。而如今，细雨蒙蒙，夜色昏暗，蜜蜂和蝴蝶平常看起来总是那么快乐，此时却也好像充满了忧愁怨恨。默默地站在小窗前，见芭蕉已经渐渐展开了它那硕大的叶片，而我却是愁绪满怀，难以舒解。此时此刻，谁会来关心、呵护我？默默无言地拨弄着秦筝，不知不觉，忧伤的眼泪已经洒满了参差排列的筝柱。我越来越憔悴，因为我的心早已随着飘舞的杨花，飞到了远方情人的身边。

岳飞(1103—1142)，字鹏举，相州汤阴(今属河南)人。南宋抗金名将，存词三首，充溢爱国豪情。

满江红

怒发冲冠[1]，凭阑处、潇潇雨歇。抬望眼、仰天长啸，壮怀激烈。三十功名尘与土[2]，八千里路云和月[3]。莫等闲、白了少年头，空悲切。

靖康耻，犹未雪。臣子恨，何时灭。驾长车踏破、贺兰山缺。壮志饥餐胡虏肉，笑谈渴饮匈奴血。待从头、收拾旧山河，朝天阙[4]。

【注释】

①怒发冲冠：言悲愤已极，发皆上指，似乎将冲去冠帽。

②三十功名尘与土：虽然建立了一些功业，但像尘土一样微不足道。

③八千里路云和月：转战几千里，披星戴月。

④天阙：皇帝居住的地方。

【新解】

愤怒填膺发冲冠，倚栏看骤雨初歇。抬头远望，禁不住仰天长叹，悲壮的情怀难以抑制。三十年所建功业如尘土，还要披星戴月转战万里。不要轻易抛弃青春岁月，空留得心怀悲悲切切。

靖康之耻至今未雪，心中的仇恨何时能平息。率重兵驾战车迅猛出击，将贺兰山踏成平地。心怀杀敌复国的宏愿，饿吃敌人肉，渴饮敌人血。让我从头来，驱逐敌寇整顿江山，到那时，再来朝见圣明的君主。

韩元吉(1118—1187)，南宋词人。字无咎，号南涧翁。其词雄浑豪放，或寓故国之悲，或抒山林情趣，清幽感人。

六州歌头

【注释】

①著意：中意，有意。

②跋（bá）马：勒马，使马回转。这里指驰马。

③燕脂：即胭脂。

东风著意①，先上小桃枝。红粉腻，娇如醉，倚朱扉。记年时，隐映新妆面，临水岸。春将半，云日暖，斜桥转，夹城西。草软沙平，跋马垂杨渡②，玉勒争嘶。认蛾眉凝笑，脸薄拂燕脂③，绣户曾窥，恨依依。

共携手处，香如雾，红随步，怨春迟。消瘦损，凭谁问？只花知，泪空垂。旧日堂前燕，和烟雨，又双飞。人自老，春长好，梦佳期。前度刘郎，几许风流地，花也应悲。但茫茫暮霭，目断武陵溪，往事难追。

【新解】

春天到了，东风好像对小桃情有独钟，正月里的时候，小桃就已经花满枝头了。那鲜艳的花朵有如浓施红粉、如娇似醉、斜倚朱门的美人。记得那一年，妆扮一新的她来到岸边，与桃花相映成趣，隐隐相映于水中。当时是风和日丽的仲春时节，在夹城西面的斜桥转弯处，有一个沙草平软、垂杨依依的渡口。当时，我们几个好朋友骑着华丽的骏马，在那儿游春赏花，奔驰征逐。正是在那里，我第一次见到了她。当时她凝视着我，冲我嫣然一笑，姣好的面容，薄施脂粉，美艳极了。如今，我曾经经常去的她的住所，已经人去楼空了，这怎能不让我心生惆怅呢？

桃花瓣像雨雾一样纷纷飘落在我们昔日携手漫步的河岸上。满地的残花，在人走过之后随步翻飞。这暮春的景色怎能不让人心生怨恨？谁会来问我为什么竟如此消瘦憔悴？只有桃花知道我的泪水是为相思而流。旧日相识的燕子，现在又在春日的烟雨中双双飞翔，可我还是孤身一人。人已经老了，不过春天还是那么美好，我只能在梦中回到过去的美好时光了。东汉的刘晨重访当年曾经风流艳遇的旧地，而今我也像他一样，见我如此痴心，估计桃花也会为我伤悲。然而如今，我心中的这片桃花源，暮霭茫茫，将武陵溪水望遍，也无法找到我憧憬的往事踪迹。

好事近

汴京赐宴[①]，闻教坊乐有感。

凝碧旧池头，一听管弦凄切。多少梨园声在，总不堪华发。

杏花无处避春愁，也傍野烟发[②]。唯有御沟声断[③]，似知人呜咽。

【新解】

重新回到汴京，听到管弦凄凄切切。这是故国乐师吹弹的旧曲，却令我生起老大迟暮之感。

杏花无法躲避春日的闲愁，在野地的薄雾中绽放。只有皇宫流水寂静无声，好像它也知道我的内心正在悲哀哭泣。

【注释】

①赐宴：指招待南宋使者的宴会。

②野烟：暗喻万户伤心之处。

③御沟：流经皇宫的河道。

张抡（生卒年不详），字才甫，自号莲社居士。以华艳邀宠，亦有清秀之作。

烛影摇红·上元有怀

双阙中天[①]，凤楼十二春寒浅[②]。去年元夜奉宸游[③]，曾侍瑶池宴。玉殿珠帘尽卷，拥群仙、蓬壶阆苑[④]。五云深处[⑤]，万烛光中，揭天丝管。

驰隙流年，恍如一瞬星霜换。今宵谁念泣孤臣，回首长安远。可是尘缘未断[⑥]，漫惆怅、华胥梦短[⑦]。满怀幽恨，数点寒灯，几声归雁。

【注释】

①双阙：宫门两侧高大的楼台。

②凤楼十二：形容皇宫中楼观极多。

③宸（chén）游：帝王的巡游。

④蓬壶阆苑：指帝王的宫殿。

⑤五云：青、白、赤、黑、黄五种云色，象征祥瑞。这里代指皇帝所在地。

⑥尘缘未断：未能忘记世俗之情，这里指未能忘怀国事。

⑦华胥：寓言中的理想之国。这里指梦境。

【新解】

宫门两侧的楼观高耸入云，宏伟高大。元宵佳节的时候，宫殿里的重重楼台凤阁中仍略有丝丝早春的寒气。去年的元宵之夜，我侍奉皇上游赏宴饮。那天晚上，华丽的宫门大开，串珠镶玉的门帘全都被卷了起来，一群群盛装艳抹的嫔妃宫女从四面八方的宫殿中走来，她们就像仙女一样，在神山仙苑里游赏花灯。万千彩色花灯齐放光芒，将夜空照得如同白昼，就连天上的云朵都变得五彩缤纷；灯海深处，丝竹管弦齐鸣，美妙的乐曲声直上云霄。

岁月像白驹过隙一样匆匆消逝，一眨眼便霜天更换，斗转星移，物是人非。今天又到了元宵节了，谁会想到我这个故老孤臣会在此遥望故都汴京垂涕悲泣呢？难道是我对禁宫内夜游的那段往事至今还没能忘怀吗？美好的往事就像一场美梦，已经消逝，我只能徒自悲伤。如今，满怀怨恨的我，只能看着眼前寒夜中的三两点灯烛，倾听几声归雁凄凉的哀鸣。

袁去华（生卒年不详），字宣卿。其词豪爽幽畅，真切动人。

瑞鹤仙

郊原初过雨，见数叶零乱，风定犹舞。斜阳挂深树，映浓愁浅黛，遥山眉妩[①]。来时旧路，尚岩花、娇黄半吐。到而今，唯有溪边流水，见人如故。

无语，邮亭深静[②]，下马还寻，旧曾题处。无聊倦旅，伤离恨，最愁苦。纵收香藏镜[③]，他年重到，人面桃花在否？念沉沉、小阁幽窗，有时梦去。

【新解】

郊外的原野广袤平旷，刚刚下过一场阵雨。现在雨停风住了，几片树叶还在空中飘舞。树林边上，夕阳西下，斜挂在树梢上，黛青色的远山在夕阳余晖的映照下，像伊人紧皱的双眉，清浅而妩媚。我沿着来时的旧路往回走，想起当初岩石上的黄花刚刚开放，现在，岩花早已凋谢，只有潺潺的溪水依旧奔流不息。

时过境迁，我一路上默默无语，回忆着过去的景色。当我到达邮亭投宿的时候，天色已晚，四处已经寂静无声了。下马后，我迫不及待地去寻找当初路过这里时题过字的地方。这单调无聊的旅途，真让人感到厌倦，无尽的离愁别恨让人烦恼，这是最愁苦的事情了。即使有奇香、半镜作为定情信物，可来年回到故乡的时候，谁知道有如桃花般娇艳的她是否还在？我难以排解对她的思念之情，偶尔会在梦中来到她闺房的小窗前。

【注释】

①眉妩：像美人之眉一样妩媚可爱。

②邮亭：古代在官道上设置的供过往行人歇宿的馆舍。

③藏镜：南朝陈灭亡后，驸马徐德言与妻子乐昌公主各执半镜而离散，后团聚，合镜重圆。

剑器近

【注释】

①悄：寂静。

②烟波：茫茫江水。

③浑无定据：没有一点确切消息。

夜来雨，赖倩得、东风吹住。海棠正妖娆处，且留取。悄庭户[①]，试细听、莺啼燕语，分明共人愁绪，怕春去。

佳树，翠阴初转午。重帘未卷，乍睡起、寂寞看风絮。偷弹清泪寄烟波[②]，见江头故人，为言憔悴如许。彩笺无数，去却寒暄，到了浑无定据[③]。断肠落日千山暮。

【新解】

昨夜下了一场大雨，幸亏请到了一阵强劲的东风，才把它吹停。雨后的海棠花格外娇艳，暂且留下了一丝春意。

院子里静悄悄的，不过，仔细听的话，会发现黄莺在婉转啼鸣，燕子在呢喃细语。它们分明也是和人一样忧心忡忡，害怕春天就要过去。

院子里的树木郁郁葱葱，树荫刚刚转到正午的位置。午睡醒来时，透过重重帘幔向外看，只见漫天柳絮纷纷飘扬，让人内心顿感寂寞无聊。江上烟波浩淼，我忍不住暗暗地将相思之泪托付于它：如果你在江边遇到了我的故人，请你告诉他，我由于思念深重而变得如此憔悴。虽然他也给我寄来了很多信，但除了那些客套寒暄之语，从来没有确切地告诉过我他回来的日期。我远眺着夕阳映照下的万千重山峰，愁肠寸断。

安公子

【注释】

①鸦啼处：这里指柳树丛中。

②个人人：那个人儿。

弱柳丝千缕，嫩黄匀遍鸦啼处[①]。寒入罗衣春尚浅，过一番风雨。问燕子来时，绿水桥边路，曾画楼、见个人人否[②]？料静掩云窗，尘满哀弦危柱[③]。

庾信愁如许，为谁都著眉端聚。独立东风弹泪眼，寄烟波东去。念永昼春闲[4]，人倦如何度？闲傍枕，百啭黄鹂语。唤觉来厌厌，残照依然花坞[5]。

这里是情人的昵称。

③哀弦危柱：泛指琴瑟乐器。

④永昼春闲：春日闲寂无聊，感觉天很长，难以打发。永昼，漫长的天。

⑤花坞：花圃，花木丛生的地方。

【新解】

在微风的吹拂下，千万条柔嫩的柳枝轻轻摇曳，婀娜多姿；柳树丛中，鸟雀的声声啼鸣，向人们预告着春天的来临。在这早春时节，经过一番风雨的洗礼，仍然春寒料峭。刚换上的丝罗春衫，看来还是比较单薄，难以抵挡寒气的侵袭。这个乍暖还寒的时节，最易勾起人的思乡情怀。借问春归的燕子，你们在来时的路上，经过绿水桥边的那座画楼时，看见我那日思夜想的伊人了吗？她一定是紧闭着绮丽的窗户，百无聊赖地坐在那里，无心做任何事情，就连琴瑟上都积满了灰尘。

身在异乡的我，跟当年的庾信一样，将满怀的愁绪都攒集在眉峰上了。这一切究竟是为了谁？站在东风中独自垂泪，伤心欲绝，只能将这泪水寄付烟波迷蒙的东流之水了。感觉春天的白昼特别漫长，我闲寂无聊，精神委靡不振，怎样才能捱过去这漫长的春日？百无聊赖中，我倚靠着枕头慵懒地躺在床上，在黄鹂婉转的娇啼声中恍惚入睡，然而，只一会儿工夫，就被同样的莺啼声从睡梦中唤醒。醒来后，精神更加委靡；春日迟迟，夕阳的余晖还映照在花圃中。唉！为何这难捱的一天还没有过去？

陆淞（1109—1182），字子逸，号雪溪，宋代山阴（今属山西）人。陆佃之孙，陆游长兄。存词二首，景中带情，有汉魏乐府之遗意。

瑞鹤仙

【注释】

①睡觉来：睡觉醒来。

②麝（shè）煤：一种名贵的香墨。这里指屏风上的墨画。

③朱幌（huǎng）：朱红色的帷帐。幌，帘帷。

④迥：遥远。

⑤因循：拖延，疏懒，虚度光阴。

⑥青春：这里指美好的春天。

脸霞红印枕，睡觉来[①]、冠儿还是不整。屏间麝煤冷[②]，但眉峰压翠，泪珠弹粉。堂深昼永，燕交飞、风帘露井。恨无人，与说相思，近日带围宽尽。

重省，残灯朱幌[③]，淡月纱窗，那时风景。阳台路迥[④]，云雨梦，便无准。待归来，先指花梢教看，却把心期细问。问因循[⑤]、过了青春[⑥]，怎生意稳?

【新解】

她那红艳如霞的脸上还印着枕痕，睡觉醒来的时候，万分慵懒，衣冠不整。冰冷的屏风上，那幅墨画让人看后不由得触景生情，她翠眉紧锁，眼泪顺着粉扑扑的脸颊流了下来。堂屋深邃凄清，幽静冷寂，白天是如此的漫长，让人难以打发。百无聊赖中，只见一对燕子在空中飞舞，追逐着穿过门帘，停在井沿上，呢喃细语，好不亲热。而她却依然孤独一人，寂寞难耐，满怀的愁苦无处诉说。日夜的愁思让她消瘦不堪，连衣带都变得宽大无比了。

回想当初欢聚时的情形：朱红色的帷帐里灯烛幽暗，皎洁的月光洒在纱窗上，四周静谧和谐，温馨恬淡。现在，隔着千山万水，只能在梦中与他相聚。然而好梦难成，梦中之事也常常没有定准。等到他回来的时候，首先要指着树梢上的花朵给他看，一定要让他知道好花不常开，好景不常在，青春易逝的道理；然后再细细问他心里究竟在想些什么，难道他就安心将这大好的春光蹉跎浪费？

陆游（1125—1210），字务观，号放翁。一生仕途坎坷，却始终为恢复中原奔走呼号，爱国豪情至死不渝。陆游诗多姿多彩。词则婉约而雅洁，飘逸而超俗；亦有饱含报国热忱、荡漾爱国激情的词章。

卜算子·咏梅

驿外断桥边[1]，寂寞开无主[2]。已是黄昏独自愁，更著风和雨[3]。

无意苦争春，一任群芳妒。零落成泥碾作尘[4]，只有香如故。

【新解】

驿站外断桥边，一树野梅寂寞地开放。黄昏时分，凄风冷雨令人愁绪万千。不愿与百花争艳，却遭到她们的嫉恨。虽凋零飘落化为尘土，却依然清香如故。

【注释】

①驿（yì）：驿站，古代官办的交通站，供传递公文的人或往来官员暂住、换马之用。

②无主：这里指没有人看护、欣赏的野梅。

③著：加上。

④碾（niǎn）：碾碎，滚压。

渔家傲·寄仲高

东望山阴何处是？往来一万三千里。写得家书空满纸，流清泪，书回已是明年事。

寄语红桥桥下水[1]，扁舟何日寻兄弟？行遍天涯真老矣！愁无寐，鬓丝几缕茶烟里。

【新解】

遥望东方，我的故乡山阴在哪里？千山万水，路途迢迢，往来相隔足有一万三千里。我将深深的思乡之情写在纸上，密密麻麻，我含着热泪把它寄出去之后，一直要到明年才能收到家里的

【注释】

①寄语：传话，传语。

回信。

有句话想问问红桥下的流水：什么时候我才能驾一叶扁舟回到家乡寻找我的兄弟们呢？我像浮萍一样漂泊，浪迹天涯，如今真的发觉自己已经老了。满怀的离愁别绪，常常使我整夜不能安睡。我只能任凭鬓发斑白，将岁月消磨在闲散无聊的茶烟生活里。

定风波

进贤道上见梅[①]，赠王伯寿[②]。

攲帽垂鞭送客回[③]，小桥流水一枝梅。衰病逢春都不记。谁谓？幽香却解逐人来。

安得身闲频置酒，携手，与君看到十分开[④]。少壮相从今雪鬓，因甚？流年羁恨两相催[⑤]。

【注释】

①进贤：今江西进贤。

②王伯寿：作者友人。

③攲帽：斜侧着帽子。

④十分开：指梅花开到最好的时候。

⑤羁恨：羁旅之恨，旅途的愁苦。

【新解】

送走了客人，我斜侧着帽子，垂下马鞭，慢慢地往回走。忽然看到小桥边上、溪水侧畔，一枝寒梅迎风怒放，向人们报告着春天已经来临。这些日子我病魔缠身，竟然连春天已经来临都忘了。想不到，梅花还能理解我的愁苦，悄悄把幽香送到了人前。

空闲的时候，应该常备一壶酒，和你携手漫步在梅花丛中，尽情地欣赏这盛开的梅花。还在少壮的时候，我们就已经相识，开始交往，如今你我都已经是两鬓斑白，这都是因为岁月空逝，而我们却老大无成，加之客居异乡、思念故乡，这双重愁绪，催得我们这么早就衰老了。

范成大（1126—1193），字致能，号石湖居士。其田园诗成就最高，清俊瑰丽，初步摆脱江西诗派影响。其词早期柔情幽冷，后期气韵沉雅，多写自然风光和农村景色，清疏有致。

忆秦娥

楼阴缺[1]，阑干影卧东厢月。东厢月，一天风露[2]，杏花如雪。

隔烟催漏金虬咽[3]，罗帏黯淡灯花结。灯花结，片时春梦[4]，江南天阔。

【新解】

楼房从树荫里露出一面，月照东厢，栏杆的影子也映在地上，满天清风凉露，杏花像雪片一般飘落。

夜雾迷茫，更漏呜咽，催着时光流逝。红烛结花，房间里更加幽暗。烛光暗淡，美梦短暂，人在江南，远隔千万里。

【注释】

①楼阴缺：楼房从树荫里露出一面。缺，指房子没有被树木遮住的一面。

②一天：满天。

③金虬（qiú）：铜制的龙头，装在漏斗上用来计时。

④春梦：指和心上人在梦里相会。

醉落魄

栖鸟飞绝，绛河绿雾星明灭[1]。烧香曳簟眠清樾[2]。花影吹笙，满地淡黄月。

好风碎竹声如雪，昭华三弄临风咽[3]。鬓丝撩乱纶巾折。凉满北窗，休共软红说[4]。

【新解】

天空中已经不见飞翔的鸟雀了，它们都回巢栖息了。夜空中

【注释】

①绛河：指银河。

②清樾（yuè）：清凉的树荫。樾，树荫。

③昭华：古时乐器名。这里指笙曲。

④软红：红尘。这里代指那些追求名利富

贵的世俗之人。

银河仿佛蒙上了一层绿色的雾障，点点繁星，若隐若现。我点燃瑞香，铺开凉席，在清凉的树荫下躺了下来。一阵悦耳的笙乐声从花影丛中传来，月亮将清辉洒向大地，到处都笼罩在淡黄色的月光中。

笙声飞扬，仿佛轻风吹碎了竹叶，青翠明快；又好像大雪漫天飞扬，凄凉悠远。笙曲吹过三遍，在悠悠的清风中呜咽而止。风力越吹越大，将我雪白的鬓发吹乱，将我头上的纶巾吹歪。这时，凉风估计已经吹透了我书房的北窗。那些碌碌奔走于红尘的人，是不会欣赏更无法理解这良辰美景的。

霜天晓角

晚晴风歇，一夜春威折[1]。脉脉花疏天淡，云来去，数枝雪[2]。

胜绝[3]，愁亦绝，此情谁共说。唯有两行低雁，知人倚、画楼月。

【注释】

①一夜春威折：夜间春寒的威力渐渐减退。

②雪：这里指雪白的梅花。

③胜绝：美极了。

【新解】

傍晚时分，风停天晴，夜间春寒凛冽的威力已经大大减退了。几朵初放的早梅分布在稀疏的枝头上，默默相对，在朵朵轻云的衬托下，更显得风姿绰约。白云悠悠漂浮，白梅洁莹如雪，二者相互映衬，构成了一幅超凡绝俗的美景。

胜境是如此的绝妙至极，而我的愁绪也深到了极点，幽到了极点。这种微妙奇绝的感情，该向谁诉说？只有两行低低飞过的大雁知道在这月明风清美如画的夜晚，有个人正倚靠在画楼的栏杆上，静静地遥望天空。

张孝祥（1132—1169），字安国，号於湖居士。其词反映社会现实，表现爱国思想，上承苏轼，下启辛弃疾，是豪放词代表作家。词作淋漓酣畅，气势雄健，声律宏迈，善于化用前人诗句而又流畅自然，意俊而语峭。

六州歌头

长淮望断[1]，关塞莽然平[2]。征尘暗，霜风劲，悄边声[3]，黯消凝！追想当年事，殆天数，非人力。洙泗上，弦歌地[4]，亦膻腥。隔水毡乡[5]，落日牛羊下，区脱纵横[6]。看名王宵猎，骑火一川明，笳鼓悲鸣，遣人惊。

念腰间箭，匣中剑，空埃蠹，竟何成！时易失，心徒壮，岁将零，渺神京。干羽方怀远[7]，静烽燧，且休兵。冠盖使[8]，纷驰骛，若为情。闻道中原遗老，常南望、翠葆霓旌。使行人到此，忠愤气填膺，有泪如倾。

【注释】

①长淮：即淮河，南宋和金的界河。

②莽然：草木茂盛的样子。

③悄边声：边境上静悄悄的，没有了兵马之声。指停止了军事行动。

④洙泗上，弦歌地：指文化教育发达的地方。

⑤毡乡：谓胡人所居之处，此指金人所占领的中原地区。

⑥区（ōu）脱：胡人土房，汉朝时匈奴用来守边的建筑。

⑦干羽方怀远：用礼乐文化怀柔远方，指向金人妥协求和。

⑧冠盖使：指向金人求和的使臣。

【新解】

远望淮河，草木和关塞一样高，飞尘阴暗，寒风猛烈，边地一片沉寂。此情此景，不禁令人黯然神伤！回想当年中原沦丧，仿佛是天命注定，不关人事。连礼乐繁华的洙水、泗水，也被金兵的腥臊玷污了。淮河以北就是金人的毡帐，日落时分牛羊归家，剩下遍地突兀的碉堡。夜里能够看见金人的夜行军，将帅和兵卒都骑着骏马，举着火把将原野照得通明。军乐齐奏，令人胆战心惊。

腰间的箭被虫蛀坏了，鞘中的宝剑也被锈蚀了，年岁已经老大却仍一事无成！时光悄悄地流逝，心中徒生悲愤，这一生就将耗尽，归返汴京的希望更加渺茫了。君王用礼乐文化怀柔金人，以妥协求和。使臣往返奔走，不难为情吗？听说留在中原的旧民，还常常南望，盼君王率领军队回归汴京。倘若游人到这里看到眼前的情景，必然满腔义愤，忍不住泪下如雨。

辛弃疾（1140－1207），字幼安，号稼轩居士。为抗金献计献策，却始终不得重用。一腔忠愤泄于词中，抒发爱国豪情，感慨国事身世，歌唱抗金、恢复中原成为辛词主旋律，农村词和爱情词亦质朴清新、充满活力。他以诗体赋体入词，善于用典用事，熔铸经史而无斧凿痕，丰富了词的表现手法和语言技巧。辛词题材多样，桀骜雄奇，慷慨纵横，是豪放词最高产的代表作家。

贺新郎·别茂嘉十二弟

绿树听鹈鴂。更那堪、鹧鸪声住，杜鹃声切。啼到春归无寻处，苦恨芳菲都歇。算未抵、人间离别。马上琵琶关塞黑，更长门、翠辇辞金阙[①]。看燕燕，送归妾。

将军百战身名裂，向河梁、回头万里，故人长绝。易水萧萧西风冷，满座衣冠似雪。正壮士、悲歌未彻。啼鸟还知如许恨，料不啼清泪长啼血。谁共我，醉明月。

【注释】

①翠辇（niǎn）：用翠羽装饰的宫车。金阙：皇帝的宫殿。

【新解】

听鹈鴂在绿荫中啼鸣，怎能忍受鹧鸪刚叫完“行不得也”，杜鹃又叫“不如归去”，叫得多么悲切！直叫到春归去而无处寻觅，叫人怨恨百花都凋谢。算来这还比不上人间离别的痛苦。当初王昭君骑在马上，弹起琵琶，走向边塞，眼前一片黑暗；汉武帝的陈皇后失宠后从宫中出来，乘翠辇，辞别皇帝的宫阙；春秋时卫庄公妻庄姜送别庄公妾戴妫时，曾作有《燕燕》一诗。

李陵身经百战，最后落得身败名裂。当年他在桥上送别苏武时，哀叹故人将远隔万里，长相离别。西风萧萧易水寒，满座送别荆轲的人衣帽白似雪，正是壮士悲歌没唱完的时候。啼鸣的鸟儿如果也知道人间有这许多离别的恨事，料想它不仅流泪还要呕血。还有谁，会陪我在月下痛饮？

贺新郎·赋琵琶

凤尾龙香拨[1]，自开元、《霓裳曲》罢，几番风月。最苦浔阳江头客，画舸亭亭待发。记出塞、黄云堆雪。马上离愁三万里，望昭阳[2]、宫殿孤鸿没。弦解语，恨难说。

辽阳驿使音尘绝[3]，琐窗寒、轻拢慢捻，泪珠盈睫。推手含情还却手，一抹《梁州》哀彻。千古事、云飞烟灭。贺老定场无消息[4]，想沉香亭北繁华歇。弹到此，为呜咽。

【新解】

这是当年杨贵妃用过的那种凤尾槽琵琶、龙香木拨子，非常名贵。然而，自从天宝年间“安史之乱”惊破了始于开元盛世的《霓裳羽衣曲》后，又过去了多少春秋？一代盛世已经化为历史离我们而去了。最痛苦的莫过于那浔阳江头的游客，就在画船即将出发的时候，忽闻水上传来琵琶声，无尽的哀愁幽恨一股脑儿涌上心头。汉代王昭君出塞的时候，天上黄云成阵，马前积雪茫茫。她要远嫁到塞外，离家三万里之遥，回首汉宫昭阳殿，只见孤鸿远飞，隐没于天际。琵琶似乎能理解昭君当时的心情，化作悲音，尽管如此，她心中的愁恨实在难以说尽。

北国辽阳的信使音信全无。闺中少妇思念征人，紧锁寒窗，寂寥孤苦，轻轻弹起琵琶来诉说衷肠，立刻便泪流满面。她的手指飞快地来回拨弄着琴弦，弹唱了一曲哀怨至极的《梁州曲》。千百年的往事，如浮云风烟般转眼逝去。好久没有听到像贺怀智那样技镇全场的演奏了，想必那沉香亭也早已失去了往日的繁华。琵琶弹至此，只能化作悲哀的呜咽之声。

【注释】

①凤尾龙香拨：指杨贵妃用过的凤尾槽琵琶和龙香木拨子，形容琵琶之名贵。

②昭阳：汉代未央宫内的宫殿名。

③辽阳：指今辽宁辽阳。这里泛指北方边塞。

④贺老：即贺怀智，唐玄宗时的著名琵琶艺人。

水龙吟·登建康赏心亭

楚天千里清秋，水随天去秋无际。遥岑远目[1]，献愁供恨，玉簪螺髻[2]。落日楼头，断鸿声里，江南游子，把吴钩看了[3]，阑杆拍遍，无人会、登临意。

休说鲈鱼堪脍，尽西风、季鹰归未[4]？求田问舍，怕应羞见，刘郎才气。可惜流年，忧愁风雨，树犹如此。倩何人，唤取红巾翠袖[5]，揾英雄泪[6]。

【注释】

①遥岑：远山，指长江北岸被金人占领的地区。

②玉簪螺髻：比喻远山像美人头上的玉簪和螺旋形的发髻。

③吴钩：古时产于吴地的一种宝刀。

④“休说”二句意谓自己虽不得志，但也不想学张翰（字子鹰）那样弃官回乡。

⑤红巾翠袖：少女的装束，借指歌女。宋朝时宴会上多用歌女唱歌劝酒。

⑥揾(wèn)：擦掉。

【新解】

南方的秋天无比辽阔，水天相接、苍茫无际。遥望远山，好像女人头上插的玉簪和螺壳形的发髻，它处处惹起人无限愁怨。站在夕阳斜照的赏心亭上，听孤雁鸣叫，我仔细地把宝剑看过，拍遍了栏杆，没有人可领会我登高望远的复杂心情。

不要说鲈鱼可做好菜，任西风猛吹，张季鹰回去没有？求田问舍的许汜，恐怕应该羞于见到雄才大略的刘备了吧！可惜光阴像流水，国事仍然风雨飘摇，连树木都已老去，我怎经得起岁月的风霜。请什么人去唤来美丽的歌女，来为我擦掉伤心的眼泪呢？

摸 鱼 儿

淳熙己亥，自湖北漕移湖南[1]，同官王正之置酒小山亭[2]，为赋。

更能消[3]、几番风雨，匆匆春又归去。惜春长怕花开早，何况落红无数。春且住，见说道、天涯芳草迷归路。怨春不语，算只有殷勤，画檐蛛网，尽日惹飞絮[4]。

【注释】

①漕：漕司，宋朝称转运使为漕司，是管钱粮的官。

②王正之：名特起，是辛弃疾的同僚，也是他的老朋友。

长门事[5]，准拟佳期又误，蛾眉曾有人妒。千金纵买相如赋，脉脉此情谁诉？君莫舞，君不见、玉环飞燕皆尘土。闲愁最苦，休去倚危阑，斜阳正在，烟柳断肠处。

③消：经得起，消受。

④尽日：整天。

⑤长门事：指汉武帝时陈皇后失宠后，别居长门宫一事。

【新解】

经不起几次风吹雨打，春天便又匆匆过去。爱怜春光，总怕花开得太早，何况万花已凋谢。春光啊！你暂停一下吧！听说芳草铺满天涯路，你找不到归路。可恨春光不说话，只有屋檐下的蜘蛛网，整天招惹杨花柳絮，殷勤地挽留春天。

长门宫的事，已无可挽回。陈皇后遭人嫉妒失宠，即使花千金买来司马相如的赋，无限的悲愁又能向谁诉说！你们不要得意，你们没看见吗？杨玉环、赵飞燕早已化为尘土。不要靠近高楼上的栏杆，夕阳西下，暮烟笼罩着杨柳，最使人愁苦。

永遇乐·京口北固亭怀古

千古江山，英雄无觅、孙仲谋处。舞榭歌台，风流总被[1]、雨打风吹去。斜阳草树，寻常巷陌，人道寄奴曾住[2]。想当年，金戈铁马，气吞万里如虎。

元嘉草草，封狼居胥[3]，赢得仓皇北顾。四十三年，望中犹记、烽火扬州路。可堪回首，佛狸祠下，一片神鸦社鼓。凭谁问，廉颇老矣，尚能饭否？

【注释】

①风流：英雄业绩。

②寄奴：南朝宋武帝刘裕的小名。他的先世从彭城移居京口，他在京口平定桓玄之乱，推翻东晋做了皇帝。

③封狼居胥：表示驱逐敌人，北伐立功。狼居胥，山名，在今内蒙古西北。霍去病曾到这里封山而还。

【新解】

江山千古在，却找不到像孙权那样的英雄。当年的舞榭歌台和英雄事迹都随时光一起消失。夕阳下的草树，平常的街道，人们说刘裕曾经住过。想当年，他率领精兵劲旅北伐，势如猛虎，气吞万里山河。

元嘉年间宋文帝毫无准备，草率北伐，结果落得惨败仓皇南逃。已经过去43年，但仍记得在扬州路上与金兵激战的情景。怎忍心回顾过去！现在佛狸祠下，乌鸦的叫声和社鼓声乱成一片。谁还来过问，像廉颇一样的老英雄还有没有能力征战沙场？

木兰花慢·滁州送范倅

老来情味减，对别酒、怯流年。况屈指中秋，十分好月，不照人圆。无情水、都不管，共西风、只管送归船。秋晚莼鲈江上[1]，夜深儿女灯前。

征衫，便好去朝天，玉殿正思贤。想夜半承明[2]，留教视草[3]，却遣筹边。长安故人问我，道愁肠、殢酒只依然[4]。目断秋霄落雁，醉来时响空弦。

【注释】

①莼鲈：莼菜羹和鲈鱼。这里代指思乡。

②想夜半承明：想来朝廷会在半夜让你到承明庐候朝。承明，指承明庐。

③视草：代皇帝审视诏书草稿。

④殢（tì）酒：酒后困乏。

【新解】

我已经老了，年轻时的兴致和趣味大大减退。面对离别的酒筵，我总担心自己的人生一事无成，担心美好的年华像滚滚东逝的江水一样一去不复返。屈指一算，马上就要到中秋佳节了，到时候，月亮将会十分圆满美好，但你却要离开了，月亮再亮也照不见我们的欢聚了。滔滔江水无情无义，一点都不能理解人们分别时的痛苦，只管和西风一起，把载着朋友的船送走。在这晚秋时节，等你回到故乡，就能品尝到家乡美味的佳肴，享受到和儿女在灯前团聚叙谈的天伦之乐了。

希望你不要忘情于天伦之乐，趁现在征衫未脱之时赶紧去朝见天子，皇宫里正希望有贤德之人去帮助料理国事呢。想来皇上会把你留在承明庐，让你处理紧急的公务，在半夜里让你审定重要文书，请你一起筹划边疆的军机大事。到时候，如果京城的老朋友问起我，你就说，他还是老样子，一事无成，每天借酒浇愁。但是，即使是喝醉了酒，他也能极目远望，空弦虚射，惊落秋雁。

祝英台近

宝钗分[1]，桃叶渡，烟柳暗南浦。怕上层楼，十日九风雨。断肠片片飞红，都无人管，更谁劝，啼莺声住？

鬓边觑[2]，试把花卜归期，才簪又重数。罗帐灯昏，呜咽梦中语。是他春带愁来，春归何处？却不解、带将愁去。

【新解】

分钗留念，渡口送别，春已晚，绿柳成荫。怕上高楼远眺，总见到凄风冷雨。落红满地，没有人管，有谁来劝说黄莺，叫它不要再啼叫。

取下鬓边的花儿，细数花瓣，占卜离人归期，刚卜过，又取下重卜一遍。罗帐中灯光昏暗，睡梦中流着泪说："是那春天带来了愁，现在不知春到哪里去了，而它却没把忧愁带走。"

【注释】

①宝钗分：古代情人分别时，分钗作为离别的纪念。

②觑（qù）：偷看，斜着眼看。

青玉案·元夕

东风夜放花千树[1]，更吹落、星如雨。宝马雕车香满路，凤箫声动，玉壶光转[2]，一夜鱼龙舞[3]。

蛾儿雪柳黄金缕，笑语盈盈暗香去[4]。众里寻他千百度，蓦然回首，那人却在，灯火阑珊处[5]。

【新解】

一夜东风吹开了千树繁星，好似流星雨洒入夜幕。华丽的香车宝马来来往往，醉人的香气弥漫在欢腾的大街上。悦耳的音乐四处飘荡，明月的清光在空中流转，鱼灯、龙灯整夜随风飘转。

美人的头上都戴着亮丽的饰物，笑语欢声，体态轻盈，带着

【注释】

①东风夜放花千树：形容灯火多。

②玉壶：喻指月亮。

③鱼龙：鱼形、龙形的灯。

④暗香：指美人。

⑤阑珊：零落。

一缕诱人的清香而去。在熙熙攘攘的人群里，我千百遍寻觅着她的踪迹，却不见伊人的倩影，不经意间回头一望，却看见她伫立在灯火零落的暗处。

鹧鸪天·鹅湖归病起作

【注释】

①簟：竹席子。

②休休：退休归隐。

③一丘一壑：指寄情山水，隐居起来。

枕簟溪堂冷欲秋[①]，断云依水晚来收。红莲相倚浑如醉，白鸟无言定自愁。

书咄咄，且休休[②]，一丘一壑也风流[③]。不知筋力衰多少，但觉新来懒上楼。

【新解】

枕着竹席在水边亭台里休息，感到天凉，就要到秋天了，漂浮在水上的烟云在夜里都散掉了。红色莲花像醉酒一样相互倚靠着，白鸟不啼叫，它也一定在独自发愁。

像殷浩那样用手指在空中书写“咄咄怪事”，像司空图那样隐居中条山，山水丘壑也表现出风流韵味。不知道自己的精力衰退了多少，只觉得近来懒得登楼。

菩萨蛮·书江西造口壁

【注释】

①清江：指赣江。

②长安：这里代指北宋都城汴京。

③愁余：使我发愁。

郁孤台下清江水[①]，中间多少行人泪。西北望长安[②]，可怜无数山。

青山遮不住，毕竟东流去。江晚正愁余[③]，山深闻鹧鸪。

【新解】

郁孤台下的清江水里，有无数人民的血泪。向西北望中原故都，可惜被无数的青山挡住了视线。

青山能挡住人们的视线，却挡不住清江滚滚的流水。傍晚我站在江边发愁，听到鹧鸪“行不得也”的叫声。

程垓（生卒年不详），字正伯，号书舟。其词凄婉绵丽，隽永洒脱。

水龙吟

【注释】

①等闲：随便，轻易地。

②慵：懒。

③容易：指时光匆匆而逝。

④风味：感受。

⑤留云借月：指努力珍惜时光。

夜来风雨匆匆，故园定是花无几。愁多怨极，等闲孤负[①]，一年芳意。柳困桃慵[②]，杏青梅小，对人容易[③]。算好春长在，好花长见，原只是、人憔悴。

回首池南旧事，恨星星、不堪重记。如今但有，看花老眼，伤时清泪。不怕逢花瘦，只愁怕、老来风味[④]。待繁红乱处，留云借月[⑤]，也须拼醉。

【新解】

昨晚风雨交加，故乡园圃里枝头的花朵一定被吹打得所剩无几了吧？身处异乡的我，不禁愁怨满怀。我就这么轻易地将岁月蹉跎，辜负了又一个美好的春天。在这暮春时节，柳树也好像很困倦，将它那柔嫩的枝条慵懒地垂了下来，桃花也慵倦地收敛起了它的笑颜。杏子、梅子这时都已结出了小巧而青翠的果实，预示着春天马上就要过去了。美好的春天年复一年，周而复始，娇艳的花朵年年都可见，所不同的是，伤春惜花之人已经憔悴了。

面对此情此景，我不由得想起了故乡池南的旧事。然而，曾经那些美好的往事现在都已变成了依稀恍惚、星星点点的片段，不堪回首。如今，只剩下赏花时的一双昏花老眼和伤感时留下的一掬清泪。事实上，红衰翠减的暮春景色并不可怕，可怕的是花落春残时所引发的迟暮衰颓的感受。因此，就算是在这繁花凋零、落红满地的暮春时节，我也要尽量珍惜，努力使这美好的时光延长。我一定要努力邀请彩云和明月同我在花前月下一醉方休。

陈亮（1143—1194），字同甫，人称龙川先生。倡议中兴复国，反对理学，笔力纵横。其词自抒胸臆，充满爱国愤世之情，亦有清幽疏宕之作。

水龙吟

闹花深处层楼，画帘半卷东风软。春归翠陌，平莎茸嫩，垂杨金浅。迟日催花①，淡云阁雨②，轻寒轻暖。恨芳菲世界，游人未赏，都付与、莺和燕。

寂寞凭高念远。向南楼、一声归雁。金钗斗草③，青丝勒马，风流云散。罗绶分香④，翠绡封泪，几多幽怨。正销魂、又是疏烟淡月，子规声断。

【注释】

①迟日：指春天白昼漫长。

②阁雨：使雨停止。阁，通“搁”。

③金钗斗草：女孩子玩斗百草的游戏。金钗，代指女子。

④罗绶（shòu）分香：把香罗送给爱人，作为纪念。罗绶，即罗带。

【新解】

高楼在繁花深处，春风轻柔地掀起美丽的帘幕。春到原野，遍地野草柔嫩，垂杨叶芽浅黄。春天的日子长了，催促着百花开放，云淡雨止，乍暖还寒。恨百花盛开的美丽世界，竟没有游人来玩赏，美景都被莺和燕占据了。

寂寞无聊地登高远望怀念远方的人，南来的大雁发出一声啼鸣。少女们斗草游戏，少年勒住马缰不忍离去，可是我美丽的年华都已成为过去。把香罗带分给爱人，离别后手巾里还残留着泪痕，有多少难言的愁怨啊！正是伤心的时候，又看见轻轻的雾气和淡淡的月光，听到一声声杜鹃的鸣叫。

张镃（1153—？），字功甫，一字时可，号约斋，张俊曾孙。张镃出身高贵，能诗擅词，又善画竹石古木。曾学诗于陆游，其词浮艳。

满庭芳·促织儿

月洗高梧，露漙幽草[①]，宝钗楼外秋深[②]。土花沿翠[③]，萤火坠墙阴。静听寒声断续，微韵转，凄咽悲沉。争求侣，殷勤劝织、促破晓机心[④]。

儿时曾记得，呼灯灌穴，敛步随音。任满身花影，独自追寻。携向华堂戏斗，亭台小、笼巧妆金。今休说，从渠床下[⑤]，凉夜伴孤吟。

【注释】

①漙（tuán）：形容露水多。

②宝钗楼：古时咸阳一楼名。

③土花：指苔藓。

④晓机：指连夜纺纱，直到天亮。

⑤从渠：任它，由它，听凭它。

【新解】

皎洁的月光洒向大地一片清辉，高高的梧桐树仿佛被洗过一样，洁净挺拔，露水晶莹透亮，浸湿了幽深的芳草，华丽的楼台外秋色已深。墙根下，长满了苍翠的青苔；墙角边，萤火虫尽情地飞舞，点点荧光忽明忽暗，飘忽起落。侧耳静听，蟋蟀在静谧的秋夜里鸣叫，声音时断时续，时而又转为微细的音调，凄凉哽咽。蟋蟀鸣叫，好像是在唱一曲寻求伴侣的爱情之歌，又好像是在殷勤劝勉思妇们赶紧纺纱织布，在织机前劳作，直到天亮。

记得孩提时代最喜欢玩捉蟋蟀的游戏。我们几个顽童提着灯笼在蟋蟀洞穴口大呼小叫，有时还用水灌进洞穴，逼蟋蟀跳出来，或者蹑手蹑脚地寻着蟋蟀的声音判断它所在的位置。就算是月上枝头，花影满身之时，我们仍然追寻不舍，乐此不疲。回来后，我们把蟋蟀关在雕有亭台、镶嵌金玉的精巧的笼子里，然后把它拿到华堂高屋中，饶有兴致地看它们互相厮斗。过去的事情就让它过去吧，不必再说了，现在只能听任蟋蟀钻到我的床底下，在凄凉的夜晚发出一声声孤独的呻吟。

宴山亭

幽梦初回，重阴未开，晓色催成疏雨。竹槛气寒，蕙畹声摇[①]，新绿暗通南浦。未有人行，才半启、回廊朱户。无绪，空望极霓旌[②]，锦书难据。

苔径追忆曾游，念谁伴秋千，彩绳芳柱。犀帘黛卷，凤枕云孤，应也几番凝伫。怎得伊来，花雾绕、小堂深处。留住，直到老、不教归去。

【注释】

①蕙畹（huìwǎn）：种植兰蕙草的园圃。畹，十二亩田地为一畹。

②霓旌（níjīng）：绘有霓虹云霞的旌旗。

【新解】

我刚刚从幽深的睡梦中醒来，沉沉云雾还没有散去，黎明的时候，下起了一场稀疏的小雨。远远望去，园圃周围的竹篱笆仿佛笼罩在一片寒冷的气雾中，雨点落在园圃里的兰蕙草上，发出“沙、沙”的声响。绿茵茵的春草，一直连接到昔日为伊人送别的南浦。天色微微放亮，还没有人走动，就连回廊上漆着红色漆的门户也还是半开半闭的状态。我满怀愁绪，百无聊赖，空望着天边的五彩云霞，却难以把它当做彩笺来书写。

想当初，我曾和她一起在这条长满青苔的小径上漫步徘徊。可现在，秋千孤零零地矗立在院子里，唯有彩绳和秋千柱子相依相伴。用犀牛角装饰的黛色帘子时常卷起，绣有凤凰的枕头缺少了一个，图案上的云彩仿佛也形单影只了。这一切，常常让我站在一边呆呆发愣。她要是还能来到花香雾绕的堂屋深处，我一定要留住她，就算到老也不让她归去。

刘过（1154—1206），字改之，自号龙洲道人。其诗多悲壮之调。其词则感慨国事，痛斥奸佞，始终不忘恢复国土。词风粗豪激越，狂逸之中，自饶俊致。小词亦婉丽。

唐多令

安远楼小集，侑觞歌板之姬黄其姓者[①]，乞词于龙洲道人，为赋此。同柳阜之、刘去非、石民瞻、周嘉仲、陈孟参、孟容，时八月五日也。

芦叶满汀洲，寒沙带浅流。二十年、重过南楼[②]。柳下系船犹未稳，能几日、又中秋。

黄鹤断矶头[③]，故人曾到否？旧江山、浑似新愁。欲买桂花同载酒，终不似、少年游。

【注释】

①侑觞（yòushāng）：陪酒，劝酒。

②南楼：即安远楼。在武昌黄鹤山上。唐宋时成为文人墨客游览的胜地。

③黄鹤断矶头：即黄鹤山。西北有黄鹤矶，黄鹤楼在山上，面临长江。矶，临江的山崖。

【新解】

芦苇茂密满沙洲，水落石出江流浅。二十年后，再到南楼。柳树下还未系稳扁舟，而再过几天，就又到中秋月圆的时候了。

黄鹤矶上黄鹤楼，老友去过没有？江山仍如旧，我却添新愁。二十年前，买花载酒与君同游，豪情正遒，而今再如此，终不似少年时候。

蔡幼学（1154—1217），字行之，是永嘉事功学派集大成者叶适的好友，又是另一永嘉学派巨擘陈傅良的弟子、郑伯英的女婿，相与关系密切，学术观点相近，遂成为永嘉学派继承者。《宋史·儒林》中有《蔡幼学传》。

好事近

日日惜春残，春去更无明日[①]。拟把醉同春住，又醒来岑寂。
明年不怕不逢春，娇春怕无力[②]。待向灯前休睡，与留连今夕[③]。

【注释】
①更无明日：不待明日。
②娇春：惜春。
③留连：留恋，不愿离去。

【新解】

日子一天天地过去，我无时无刻不在为这暮春的残景而怜惜，春天马上就要过去了，它从不会因为人们的惋惜之情而等到明日。我想在沉醉中将春天离去的脚步留住，但又怕酒醒后会更加落寞无聊。

冬去春来，春夏秋冬，周而复始，我并不是担心明年的时候春天就不再回来，而是害怕到明年春天时我就已经年迈衰老了，到时候就无力再像现在这样怜惜春光了。就让我彻夜点灯不眠，好好享受今晚这最后一个春夜吧。

姜夔（1155—1221），字尧章，号白石道人，为人狷洁清高，终老布衣。一生湖海飘零，寄人篱下，迹近清客。其词也有咏叹时事者，多数是写湖山之美和身世之慨，感念旧游，眷怀恋人，寄物托情，均精深华妙。词风潇洒而醇雅，笔力峭拔而隽健，讲究韵律，多自度腔，有十七首词自注工尺旁谱，其音节文采为一时之冠。

点绛唇

丁未冬，过吴松作。

燕雁无心[1]，太湖西畔随云去。数峰清苦[2]，商略黄昏雨[3]。第四桥边，拟共天随住。今何许？凭阑怀古，残柳参差舞。

【注释】

①无心：指大雁无忧无虑地在天空中飞翔。

②清苦：形容寒山寥落荒凉。

③商略：商量、酝酿。

【新解】

大雁无心在北方久留，随云飞往太湖边。乌云笼罩着那几座清寂寥落的山峰，正在酝酿着黄昏时的雨。

想要到第四桥，和陆龟蒙一起归隐。现在我置身何处？倚着栏杆怀想古人，只见衰残的柳枝在寒风中零乱飞舞。

鹧鸪天·元夕有所梦

肥水东流无尽期，当初不合种相思[1]。梦中未比丹青见，暗里忽惊山鸟啼。

春未绿，鬓先丝[2]，人间别久不成悲。谁教岁岁红莲夜[3]，两处沉吟各自知。

【注释】

①不合：不应该。

②鬓先丝：鬓发先花白了。

③红莲：指花灯。

【新解】

离愁别恨恰似肥水滔滔东流不尽。早知今日相思苦，当年何必种相思。梦中依稀见，不如画清晰，山鸟几声啼，惊破模糊梦境。

春意尚浅，愁怨却深，两鬓已斑白。长相离别，欲悲不能。年年元宵夜，美景良辰，甘苦有谁知？唯有两地各沉吟，深深相思。

庆宫春

绍熙辛亥除夕，余别石湖归吴兴，雪后夜过垂虹[①]，尝赋诗云："笠泽茫茫雁影微，玉峰重叠护云衣。长桥寂寞春寒夜，只有诗人一舸归。"后五年冬，复与俞商卿、张平甫、铦朴翁自封禺同载，诣梁溪。道经吴松，山寒天迥，云浪四合，中夕相呼步垂虹，星斗下垂，错杂渔火，朔吹凛凛，卮酒不能支[②]。朴翁以衾自缠，犹相与行吟，因赋此阕，盖过旬，涂稿乃定。朴翁咎余无益，然意所耽，不能自已也。平甫、商卿、朴翁皆工于诗，所出奇诡，余亦强追逐之。此行既归，各得五十余解[③]。

双桨莼波，一蓑松雨，暮愁渐满空阔。呼我盟鸥[④]，翩翩欲下，背人还过木末。那回归去，荡云雪、孤舟夜发。伤心重见，依约眉山，黛痕低压。

采香径里春寒[⑤]，老子婆娑[⑥]，自歌谁答？垂虹西望，飘然引去，此兴平生难遏。酒醒波远，正凝想、明珰素袜[⑦]。如今安在？唯有阑干，伴人一霎。

【注释】

①垂虹：即垂虹桥，本名"利往桥"。

②卮（zhī）酒：杯酒。

③解：乐曲以一章为一解。

④盟鸥：意谓隐者居于云水之乡，如与鸥鸟有约。

⑤采香径：溪名。

⑥婆娑（pósuō）：手舞足蹈的样子。

⑦明珰素袜：女子装束。这里借指作者所想念的意中人。

【新解】

手摇双桨，身披蓑衣，冒雨在波涛起伏的吴淞江上泛舟。天色将晚，心中的愁绪越来越浓，充满宽阔的江面。呼唤与我相伴的江鸥，翩翩飞舞将下未下，转眼间就从树梢上飞过去了。那一回经过这里归去，仍是在冬夜里，风雪中，乘着孤舟。伤心的景象依旧，寒山如黛，宛如伊人愁眉紧锁。

采桑径里春寒袭人，我迈着沉重的脚步，独自吟唱，无人应和。身临垂虹桥，西望太湖，当年范蠡携西施扁舟泛太湖归隐，这种心情一生难平息。酒醒烟波远，冥想着佩明珠、着白袜的意中人小红。她现在何处呢？只有亭上栏杆陪伴着我。

齐天乐

丙辰岁，与张功甫会饮张达可之堂，闻屋壁间蟋蟀有声，功甫约余同赋，以授歌者。功甫先成，词甚美；余徘徊茉莉花间，仰见秋月，顿起幽思，寻亦得此。蟋蟀，中都呼为促织[①]，善斗；好事者或以三二十万钱致一枚，镂象齿为楼观以贮之。

庾郎先自吟《愁赋》，凄凄更闻私语。露湿铜铺[②]，苔侵石井，都是曾听伊处[③]。哀音似诉，正思妇无眠，起寻机杼。曲曲屏山[④]，夜凉独自甚情绪？

西窗又吹暗雨，为谁频断续，相和砧杵[⑤]？候馆迎秋[⑥]，离宫吊月[⑦]，别有伤心无数。《豳》诗漫与[⑧]，笑篱落呼灯，世间儿女。写入琴丝[⑨]，一声声更苦。

【注释】

①中都：南宋京城临安。

②铜铺：铜制铺首。铺首即衔门环的兽面底座。此处代指庭院篱落。

③伊：指蟋蟀。

④屏山：屏风上画有远山，故称屏山。

⑤砧杵（zhēnchǔ）：捣衣的用具。古代妇女常在夜里赶洗衣服寄给征人。

⑥候馆：迎客的馆舍。

⑦离宫：皇帝出游在外的行宫。

⑧漫与：即景写诗，率然而成。

⑨写入琴丝：谱成乐曲，入琴弹奏。

【新解】

仿佛庾信吟咏《愁赋》，又仿佛有人窃窃私语。夜露湿了铜铺首，苍苔爬满了石井栏，这都是听蟋蟀鸣叫的地方。鸣声悲戚，如泣如诉，思念爱人的失眠少妇听了便起来寻找纺织机具。秋夜微凉，思妇独坐看屏风上的遥山远水，静听蟋蟀鸣叫，会有怎样的心情呢？

蟋蟀的鸣声似夜雨敲西窗，时断时续，和捣衣声相应和，这是为了谁？恰似游子在客馆逢秋，帝王在行宫望月，触发无数伤心事。过去诗人即景抒情，把蟋蟀写进诗篇；现在笑看篱落间灯火点点，孩子们你呼我唤捉蟋蟀。有人弹起《蟋蟀吟》，乐曲声声悲苦。

琵琶仙

《吴都赋》云："户藏烟浦，家具画船。"唯吴兴为然。春游之盛，西湖未能过也。己酉岁，余与萧时父载酒南郭[①]，感遇成歌。

双桨来时，有人似、旧曲桃根桃叶[②]。歌扇轻约飞花，蛾眉正奇绝。春渐远，汀洲自绿，更添了、几声啼鴂。十里扬州[③]，三生杜牧，前事休说。

又还是、宫烛分烟，奈愁里、匆匆换时节。都把一襟芳思，与空阶榆荚。千万缕、藏鸦细柳，为玉尊、起舞回雪[④]。想见西出阳关，故人初别。

【新解】

当那双桨画船缓缓地划过来时，我发现，舟中的姑娘非常像我旧时相恋的一对姐妹。姑娘用她手中的团扇，轻轻将空中飞舞着的杨花接住，她那容貌身姿，简直娇美绝伦，让我神魂颠倒。春天渐渐远去了，水中的沙洲已经呈现出一片碧绿的景象，鹈鴂伤春的啼鸣声更加频繁了。往事如烟，就像当年杜牧在十里扬州的青楼风流，已经恍如隔世，就不要再提了。

又到了一年一度的寒食节，愁闷中时序已经匆匆更换。满腔的情思无处诉说，只能付与空庭中随意飘落的榆荚了。千万条垂柳越长越浓郁，有些鸣鸟已经隐藏在其中。柳絮在空中随风飘舞，像雪花一样，在酒杯周围飞旋。面对这青青柳色，我不禁想起了与故人惜别的情景。

【注释】

①萧时父：诗人萧德藻的侄子。

②桃根桃叶：东晋王献之的爱妾名叫桃叶，其妹名叫桃根。这里借指作者曾经的一对恋人。

③十里扬州：代指繁华的城市。

④回雪：指柳絮飞舞盘旋，像雪花一样。

念奴娇

【注释】

①武陵：今湖南常德县，宋属荆湖北路。

②薄：近。

③朅（qiè）来：来到。朅，为发语词。

④相羊：即徜徉，谓消遥悠游。

⑤三十六陂（bēi）：泛指多处荷花淀。三十六，概数，极言其多。陂，池塘。

⑥水佩风裳：原指美人的服饰，这里指荷花荷叶。

⑦菰（gū）蒲：水草，生长在水塘中的植物。

⑧南浦：泛指送别的地方。

⑨田田：形容荷叶连成一片的样子。

余客武陵[①]，湖北宪治在焉。古城野水，乔木参天。余与二三友，日荡舟其间，薄荷花而饮[②]，意象幽闲，不类人境。秋水且涸，荷叶出地寻丈，因列坐其下，上不见日，清风徐来，绿云自动；间于疏处，窥见游人画船，亦一乐也。朅来吴兴[③]，数得相羊荷花中[④]，又夜泛西湖，光景奇绝，故以此句写之。

闹红一舸，记来时，尝与鸳鸯为侣。三十六陂人未到[⑤]，水佩风裳无数[⑥]。翠叶吹凉，玉容销酒，更洒菰蒲雨[⑦]。嫣然摇动，冷香飞上诗句。

日暮，青盖亭亭，情人不见，争忍凌波去？只恐舞衣寒易落，愁入西风南浦[⑧]。高柳垂阴，老鱼吹浪，留我花间住。田田多少[⑨]，几回沙际归路。

【新解】

在盛开的荷花丛中泛舟，记得来时，曾与戏水鸳鸯为伴。许多荷花淀我都没有去过，水叶风荷无数。绿叶送凉，艳丽的花朵像刚消了酒意，清凉的雨点洒在菰蒲上。荷花含笑轻轻摇动，清香被人写进诗句。

天色已晚，碧绿的荷叶像伞一样亭亭耸立，美丽的花儿还没见到意中人，怎忍心凌波而去。只怕碧绿的荷叶经霜凋零，愁情随西风飞往南浦。高高的柳树垂下绿荫，水中的鱼儿吹起层层细浪，留我在繁花中过夜。荷叶茫茫一片，几乎遮断了归路。

扬州慢

淳熙丙申至日[①]，余过维扬[②]。夜雪初霁，荠麦弥望。入其城，则四顾萧条，寒水自碧，暮色渐起，戍角悲吟。余怀怆然，感慨今昔，因自度此曲。千岩老人以为有《黍离》之悲也[③]。

淮左名都，竹西佳处[④]，解鞍少驻初程。过春风十里，尽荠麦青青。自胡马窥江去后，废池乔木，犹厌言兵。渐黄昏、清角吹寒，都在空城。

杜郎俊赏，算而今、重到须惊。纵豆蔻词工，青楼梦好，难赋深情。二十四桥仍在，波心荡、冷月无声。念桥边红药，年年知为谁生？

【注释】

①至日：即冬至日。

②维扬：扬州。

③《黍离》之悲：指故国残破、都城荒凉的悲痛心情。

④竹西：扬州禅智寺侧有竹西亭，那一带环境优美。

【新解】

千古名都扬州城，繁华美丽数第一，有幸经此暂时停。曾听说春风十里，我只见荠麦青青。自从金人侵扰去后，破城古木还厌谈兵事。渐近黄昏角声寒，扬州已经成荒城。

风流倜傥的杜牧之，如今到此定吃惊。纵然能吟青楼豆蔻，也难传我心中情。二十四桥今犹在，寒月无言映波心。想那桥边红芍药，不懂人事盛衰，依旧年年生。

长亭怨慢

余颇喜自制曲。初率意为长短句，然后协以律，故前后阕多不同。桓大司马云："昔年种柳，依依汉南；今看摇落，凄怆江潭；树犹如此，人何以堪？"此语余深爱之。

【注释】

①是处：处处。

②红萼：喻指所爱的女子。

③并刀：即并州所产之

快剪刀。

渐吹尽，枝头香絮，是处人家[1]，绿深门户。远浦萦回，暮帆零乱向何许？阅人多矣，谁得似、长亭树？树若有情时，不会得、青青如此！

日暮，望高城不见，只见乱山无数。韦郎去也，怎忘得、玉环分付。第一是早早归来，怕红萼无人为主[2]。算空有并刀[3]，难剪离愁千缕。

【新解】

春渐老，杨柳梢头花絮飞尽。伊人家在绿柳荫中。河道弯曲绵长，日暮时分心绪零乱，不知船儿漂向何方。我见过的人不计其数，谁能像遮蔽长亭的柳树，依旧青青如故？如果柳树也有情，就不会如此青翠碧绿了。

黄昏时回望合肥城，却被无数高山挡住视线。韦郎离去，怎会忘记赠玉环的深情？他深怕你无依无靠，一定会牢记要早日归来。这千万缕离愁，即使有并州快剪刀也剪不断。

淡黄柳

客居合肥南城赤阑桥之西，巷陌凄凉，与江左异[1]；惟柳色夹道，依依可怜[2]。因度此曲，以纾客怀。

空城晓角，吹入垂杨陌。马上单衣寒恻恻[3]。看尽鹅黄嫩绿[4]，都是江南旧相识。

正岑寂，明朝又寒食。强携酒、小桥宅[5]，怕梨花落尽成秋色。燕燕飞来，问春何在？唯有池塘自碧。

【新解】

空城里晓角声寒，传入垂柳掩映的街道。着单衣骑在马上，感到无比寒冷。柳色淡黄嫩绿，这一切都是江南旧相识。

【注释】

①江左：指江南。

②可怜：可爱的样子。

③恻（cè）恻：形容轻寒凄凉的样子。

④鹅黄：淡黄色，多用来形容初春柳色。这里代指初春的杨柳。

⑤小桥：即小乔，周瑜之妻。这里指姜夔的合肥情人。

四野寂静，明朝又是寒食节。勉强携酒到恋人曾住的地方，生怕梨花落尽春色成秋。见双燕飞来，探问春在何处，只有池塘春水自绿。

暗 香

辛亥之冬，余载雪诣石湖①。止既月，授简索句②，且征新声，作此两曲。石湖把玩不已，使二妓肄习之，音节谐婉，乃名之曰：《暗香》、《疏影》。

旧时月色，算几番照我，梅边吹笛？唤起玉人，不管清寒与攀摘。何逊而今渐老③，都忘却、春风词笔。但怪得、竹外疏花，香冷入瑶席。

江国，正寂寂，叹寄与路遥，夜雪初积。翠尊易泣④，红萼无言耿相忆⑤。长记曾携手处，千树压、西湖寒碧。又片片吹尽也，几时见得？

【新解】

月色依旧，不知她照过我多少回？在梅花下吹《梅花落》，唤起如花似玉的美人，冒着严寒摘梅赏花。如今我已渐渐衰老，忘记了吟诗作赋歌咏梅花。只怪竹边的梅花，将淡雅的清香送到我的坐席间。

江南静谧无声，夜雪刚刚积起，可叹难寄梅花与伊人。面对绿酒红梅，无法忘记伊人，禁不住潸然泪下。常想起我们携手漫步的地方，千树红梅映碧水，西湖水寒冽空碧。一片片梅花被风吹落，什么时候才能重见。

【注释】

①石湖：在苏州城南，范成大晚年居住于此，自号石湖居士。

②授简：给予纸和笔。

③何逊：南朝梁诗人，字仲言，曾在扬州作《咏早梅》诗，后人视其为咏梅诗人的代表。

④翠尊：翠绿的酒杯，指酒。

⑤红萼：红花，指红梅。

疏 影

苔枝缀玉，有翠禽小小，枝上同宿。客里相逢，篱角黄昏，无言自倚修竹[①]。昭君不惯胡沙远，但暗忆、江南江北。想佩环、月夜归来，化作此花幽独。

犹记深宫旧事，那人正睡里，飞近蛾绿。莫似春风，不管盈盈[②]，早与安排金屋[③]。还教一片随波去，又却怨、玉龙哀曲。等恁时、重觅幽香，已入小窗横幅。

【注释】

①无言自倚修竹：把梅花比作美人。

②盈盈：这里借指梅花。

③金屋：引用汉武帝“金屋藏娇”故事。这里借指惜花的心情。

【新解】

梅花像美玉一般点缀枝头，有翠绿的鸟儿栖息枝上，与梅花相伴同宿。客居他乡与君相逢，黄昏时分在篱笆角上，倚着修竹傲然怒放。昭君被迫远嫁，心里暗暗怀念故国家园。想必是她的魂魄乘月归来，化作这幽香的梅花。

还记得南朝宫廷里的故事：寿阳公主正酣睡，梅花飘落在她眉间，就流行起了梅花妆。不要像无情的春风，不知惜花，把她吹落，一定要早备金屋将她珍藏。还是让一片梅花随波漂去，惹得人吹起《梅花落》。等到那时，再寻冷香，梅花已被写进小窗间的画幅里。

翠楼吟

淳熙丙午冬，武昌安远楼成[①]，与刘去非诸友落之，度曲见志。余去武昌十年，故人有泊舟鹦鹉洲者，闻小姬歌此词。问之，颇能道其事；还吴，为余言之，兴怀昔游，且伤今之离索也。

月冷龙沙[②]，尘清虎落[③]，今年汉酺初赐[④]。新翻胡部曲，听毡

【注释】

①安远楼：即武昌南楼。

②龙沙：即西域白龙堆漠。这里借指西北塞外之地。

幕元戎歌吹。层楼高峙，看槛曲萦红，檐牙飞翠。人姝丽，粉香吹下，夜寒风细。

此地宜有词仙，拥素云黄鹤，与君游戏。玉梯凝望久，叹芳草萋萋千里。天涯情味，仗酒祓清愁[5]，花消英气。西山外，晚来还卷，一帘秋霁。

③虎落：在边防所设的遮护城寨的竹篱。

④汉酺（pú）：指宋高宗八十寿辰，犒赏内外诸军的宴会。酺，会聚、饮酒。

⑤祓（fú）：古代人们除灾去邪举行的仪式，引申为洁除的意思。

【新解】

月光照大漠，边塞无战尘，今年皇上初次赐宴欢饮。新翻作的胡部音乐，从帅府的帐幕中传出。安远楼高耸入云，曲折回旋的红色栏杆环绕着它，绿色屋檐如飞鸟展翅凌空。歌姬舞女靓丽无比，脂粉香气随徐徐的晚风飘散，令人陶醉。

这里，应该有词人，揽白云乘黄鹤，和诸位共同游戏。登楼久久凝望，只见萋萋芳草满天涯。身在天涯，只能靠饮酒赏花解愁，消磨志向。西山外，夕阳朗照，好一片晴朗的秋色。

杏花天影

丙午之冬，发沔口[1]。丁未正月二日，道金陵，北望淮、楚[2]，风日清淑，小舟挂席[3]，容与波上。

绿丝低拂鸳鸯浦，想桃叶[4]，当时唤渡。又将愁眼与春风，待去，倚兰桡[5]、更少驻。

金陵路，莺吟燕舞。算潮水、知人最苦。满汀芳草不成归，日暮，更移舟、向甚处?

【注释】

①沔口：在汉水入江处。

②淮：指合肥。楚：指湖北汉阳。

③挂席：扯起船帆。席，船帆。

④桃叶：晋朝王献之爱妾名。这里指桃叶渡。

⑤兰桡（ráo）：兰木做的船桨。

【新解】

鸳鸯戏水的水滨，绿柳低垂，想当初，桃叶曾在此招呼过渡。又到了东风吹柳、满眼春愁的时候，又要离去，停下船儿，再伫望片刻。

金陵城，黄莺婉转啼，春燕翩翩飞舞。料想只有潮水最懂得我内心的愁苦。春草萋萋，人却归不去。天色已黄昏，行舟去何处？

一萼红

【注释】

①丙午人日：即宋孝宗淳熙十三年（1186年）正月初七。

②别驾：古称知府或知州之佐官通判为别驾。

③定王台：故址在湖南长沙，汉朝长沙定王所筑。

④低昂：高低起伏。

⑤雪老：形容积雪还未融化。

丙午人日[①]，余客长沙别驾之观政堂[②]，堂下曲沼，沼西负古垣，有卢橘幽篁，一径深曲。穿径而南，官梅数十株，如椒如菽，或红破白露，枝影扶疏。著屐苍苔细石间，野兴横生，亟命驾登定王台[③]，乱湘流，入麓山；湘云低昂[④]，湘波容与，兴尽悲来，醉吟成调。

古城阴，有官梅几许，红萼未宜簪。池面冰胶，墙腰雪老[⑤]，云意还又沉沉。翠藤共、闲穿径竹，渐笑语、惊起卧沙禽。野老林泉，故王台榭，呼唤登临。

南去北来何事，荡湘云楚水，目极伤心。朱户粘鸡，金盘簇燕，空叹时序侵寻。记曾共、西楼雅集，想垂柳、还袅万丝金。待得归鞍到时，只怕春深。

【新解】

古城北有几十株官梅，含苞欲放。池面结着厚厚的冰，墙边堆着齐腰的积雪，阴云低沉。漫步穿行在青藤翠竹间，兴致渐渐高涨，欢声笑语惊起沙滩上的宿鸟。野老游息的定王台，仿佛在呼唤我登临一览。

登高远眺，极目天际，湘云飞渡，楚水茫茫，满怀伤心，不知我南来北去是为了什么。红色门户贴金鸡，金盘盛着制作精美的纸燕，家家户户度新春，我独自悲叹时序更换，年华虚掷。还记得曾在西楼与伊人欢聚，而如今那里已经垂柳袅娜万枝柔嫩。等我回到故地，只怕已是暮春时节，春已老去。

霓裳中序第一

丙午岁，留长沙，登祝融[①]，因得其祠神之曲，曰《黄帝盐》、《苏合香》。又于乐工故书中得商调《霓裳曲》十八阕，皆虚谱无辞。按沈氏《乐律》，《霓裳》道调，此乃商调。乐天诗云："散序六阕"，此特两阕，未知孰是？然音节闲雅，不类今曲。余不暇尽作，作《中序》一阕传于世。余方羁游，感此古音，不自知其辞之怨抑也。

亭皋正望极[②]，乱落江莲归未得。多病却无气力，况纨扇渐疏[③]，罗衣初索[④]。流光过隙，叹杏梁双燕如客。人何在？一帘淡月，仿佛照颜色。

幽寂，乱蛩吟壁[⑤]，动庾信清愁似织[⑥]。沉思年少浪迹，笛里关山，柳下坊陌。坠红无信息，漫暗水、涓涓溜碧。飘零久，而今何意，醉卧酒垆侧[⑦]。

【新解】

漫步江畔，极目远望，莲花落尽，仍无法归去。近来多病，体弱无力，更何况天气渐凉，团扇渐疏，夏衣也开始闲置。时光飞逝，可叹杏木梁上双燕如旅客，准备返回故居。思念我的人在何处？如水的月光洒在窗帘上，仿佛照见了她的容颜。

清幽静寂。蟋蟀在墙角乱叫，牵动无限愁绪，交织纠缠在一起。沉思年轻时浪迹天涯，常在悲凉的笛声中跋涉关山，在柳荫掩映的街巷寄宿。情人远在天涯没有音讯，只有涓涓碧水悄然流逝。漂泊日久，现在已没有醉卧酒瓮旁的豪情逸兴了。

【注释】

①祝融：衡山七十二峰中的最高峰。

②亭皋：水边平地。

③纨扇：细绢做的团扇。

④初索：开始被闲置。

⑤蛩（qióng）：蟋蟀。

⑥"动庾信"句：触动了庾信当年那样纷乱的愁绪。

⑦醉卧酒垆（lú）侧：飘零离散已久，当年醉卧酒垆侧的豪情雅兴已经没有了。

俞国宝（生卒年不详），字不详，号醒庵。江西诗派著名诗人之一。词作流美句丽可喜，又谐适便口诵。

风入松

一春长费买花钱[1]，日日醉湖边。玉骢惯识西湖路[2]，骄嘶过[3]、沽酒楼前。红杏香中箫鼓，绿杨影里秋千。

暖风十里丽人天[4]，花压鬓云偏。画船载取春归去，余情付、湖水湖烟。明日重扶残醉，来寻陌上花钿[5]。

【注释】

①买花：指赏花。

②玉骢：青白杂色的宝马的美称。

③骄嘶：马儿欢快的嘶鸣声。

④丽人天：指女子踏青赏春的时节。

⑤花钿：一种首饰，用金翠珠宝镶嵌。

【新解】

这个春天，我把钱全花在了踏春赏花之事上了，每天都在湖边喝酒喝得烂醉如泥。我这匹玉骢马现在对湖边的路况已经非常熟悉了，只听它快乐地长嘶一声，就来到了酒楼门前。娇艳的红杏散发着阵阵清香，微风中传来了悠扬的箫声和咚咚的鼓声；柳荫丛中，隐隐约约可以看见丽人们欢快地荡着秋千。

和煦的春风吹拂着大地，十里西湖之路成了美人们的世界。她们那高高耸起的云鬟雾鬓被插着的美丽的鲜花压偏了。每天在这如画的景色中流连，不知不觉间，春光已经乘着画船归去了。但是我还游兴未尽，剩余的闲情逸致就寄付于烟波迷蒙的湖光山色吧。明天我还要带着余醉再次来到这里，寻找美人们遗忘在这里的金钿首饰。

史达祖（生卒年不详），字邦卿，号梅溪，汴（今属河南）人。其词奇秀清逸，辞情俱佳；咏物词善用拟人手法，妥帖轻圆，描写细腻，唯稍嫌纤巧。

绮罗香·咏春雨

做冷欺花，将烟困柳，千里偷催春暮。尽日冥迷[1]，愁里欲飞还住。惊粉重[2]、蝶宿西园，喜泥润、燕归南浦。最妨他、佳约风流，钿车不到杜陵路[3]。

沉沉江上望极，还被春潮晚急，难寻官渡。隐约遥峰，和泪谢娘眉妩[4]。临断岸、新绿生时，是落红、带愁流处。记当日、门掩梨花，剪灯深夜语。

【注释】

①冥迷：迷蒙，昏暗迷离。

②粉重：蝴蝶身上有粉，沾雨便嫌重。

③杜陵：在长安东南，是汉宣帝陵墓所在地。在此指都市里繁华的街道。

④谢娘：唐朝歌妓谢秋娘，后世用来泛指歌女。这里代指美人。

【新解】

春雨添寒，故意损花颜，如烟似雾笼罩着嫩柳，迷茫千万里，悄悄催天向晚。整日迷迷蒙蒙，雨下下停停，缠绵不断，使人愁。雨湿蝶翼，蝶嫌重；春雨润泥，燕筑巢。蒙蒙细雨最妨碍人的佳期密约，华美车盖难去繁华路。

极目远望，江上烟波迷茫无边际。细雨还使春潮涨，难寻觅渡船。远山隐隐，恰似美人含泪的眉峰。靠近河岸，绿芽初生，落花含愁已随波流去。还记得当初雨打梨花落，门紧闭，深夜挑灯情话绵绵。

双双燕·咏燕

过春社了，度帘幕中间，去年尘冷。差池欲住[1]，试入旧巢相

【注释】

①差（cī）池：形容燕

子飞行时，毛羽参差的样子。

②藻井：指屋梁上的承尘板，即今所谓天花板。

③红影：花影。

④红楼：富贵人家楼阁，往往为闺秀所居，也是燕子巢居的地方。

井。还相雕梁藻井[2]，又软语、商量不定。飘然快拂花梢，翠尾分开红影[3]。

芳径，芹泥雨润，爱贴地争飞，竞夸轻俊。红楼归晚[4]，看足柳昏花暝。应自栖香正稳，便忘了、天涯芳信。愁损翠黛双蛾，日日画阑独凭。

【新解】

春社过后燕归来，飞进帘幕重重的华屋，去年的巢穴已经生了尘土，令人倍觉冷清。燕子翩翩飞舞想停住，尝试飞入旧巢并宿。还细看雕花房梁，美丽的天花板，是否依然如故，又温柔地交谈商量，却无法定夺。当燕子轻快地飞过花梢时，翠尾分开了花影。

花径里的泥土已被春雨润湿。燕子爱贴地疾飞，竞相夸耀自己的轻盈俊俏。回巢时，天已晚，也看够了柳暗花昏的黄昏景色。它们在香巢中睡得很甜，便忘了给闺中人传达从远方带来的消息，使得闺中人因愁憔悴，天天倚着栏杆眺望远方。

东风第一枝·春雪

【注释】

①沁：渗透的意思。

②草甲：草初生时所带的外皮。

③信知：料想，料到。

④“料故园”句：暗用双燕传书的典故，表达对故园亲人的思念之情。

⑤后盟：后来加入。

巧沁兰心[1]，偷粘草甲[2]，东风欲障新暖。漫疑碧瓦难留，信知暮寒犹浅[3]。行天入镜，做弄出、轻松纤软。料故园、不卷重帘，误了乍来双燕[4]。

青未了、柳回白眼。红欲断、杏开素面。旧游忆着山阴，后盟遂妨上苑[5]。熏炉重熨，便放慢、春衫针线。怕凤靴、挑菜归来，万一灞桥相见。

【新解】

菲菲春雪沁入了刚刚绽放的兰花花芯，沾到了刚刚萌芽的草叶上，春寒料峭，不期而至，似乎要挡住东风刚送来的一丝暖意。春雪漫天飞舞，落在了碧绿的琉璃瓦上，但不一会儿便消融了，可以看出，这股寒气只是较弱的冷空气而已。池面和桥面上覆盖了一层薄薄的春雪，晶莹明净，雪花好像故意装得纤弱松软。已经好久没有收到家乡的消息了，可能是因为春寒料峭，故乡家中的重帘没有卷起，使得新归的双燕无法飞入屋内为我传书的原因吧。

柳树刚刚发青就被蒙上了一层白雪，杏花刚刚绽放也被洁白的积雪盖住了原来的红色。我不禁想起王徽之居住在山阴时，雪夜泛舟访戴，至门不入而返，以及司马相如雪天赴梁孝王兔园之宴迟到的故事。春雪带来了丝丝寒意，人们又重新点起了取暖的熏炉，又把冬装拿了出来穿上，赶逢春衫的针线活也可以慢慢再做。马上就要到挑菜节了，我所担心的是佳人们在踏青赏春归来时，万一在灞桥上又遇到了风雪该怎么办。

喜迁莺

月波疑滴，望玉壶天近[①]，了无尘隔。翠眼圈花，冰丝织练，黄道宝光相直[②]。自怜诗酒瘦，难应接、许多春色。最无赖[③]，是随香趁烛，曾伴狂客。

踪迹，谩记忆，老了杜郎[④]，忍听东风笛。柳院灯疏，梅厅雪在，谁与细倾春碧[⑤]？旧情拘未定，犹自学、当年游历。怕万一，误玉人夜寒帘隙。

【注释】

①玉壶：喻指月亮。

②黄道宝光相直：月亮好像走进了黄道轨迹，像太阳一样光辉明亮。

③无赖：这里指月光柔美多情。

④杜郎：指唐代诗人杜牧。这里是作者自指。

⑤春碧：美酒。

【新解】

明月高高悬挂在夜空中，洒下了如水的月光，似乎随时都会滴落。天空一尘不染，感觉月亮离我们也近了好多。月亮的清辉穿过翠绿的柳叶，洒在花上，仿佛给大地披上了用冰丝织成的白绢。今晚月光格外明亮，好像月亮走进了太阳运行的黄道轨迹。只可惜，我耽于诗酒，消瘦憔悴，精力有限，无法应接这么多的春色了。最让我觉得月光柔美多情的是，当我焚香点烛、饮酒赋诗的时候，她也曾陪伴我一起翩翩起舞，狂放不羁。

不禁想起这些年走过的路。我已经年老了，曾经在良宵佳夜倾听荡漾在春风里的笛声，好不惬意，而现在实在无法忍受了，因为它使我想起笛中折柳的离愁，会勾起我的思乡之情。这时，柳院里已经点起了灯烛，梅厅前依然是厚厚的白雪堆积，谁来为我轻斟一杯美酒？我还是无法管束住自己旧日的性情，到现在还是跟当年一样，喜欢在晚上四处游历。然而我又担心，万一不在时，月光会在这寒夜穿过帘隙来看我。

三姝媚

烟光摇缥瓦[①]，望晴檐多风，柳花如洒。锦瑟横床，想泪痕尘影，凤弦常下。倦出犀帷，频梦见、王孙骄马。讳道相思，偷理绡裙，自惊腰衩[②]。

惆怅南楼遥夜，记翠箔张灯[③]，枕肩歌罢。又入铜驼[④]，遍旧家门巷，首询声价[⑤]。可惜东风，将恨与闲花俱谢[⑥]。记取崔徽模样[⑦]，归来暗写。

【注释】

①缥瓦：指淡青色的琉璃瓦。

②腰衩：腰带。

③翠箔：翠绿色的门帘。

④铜驼：古时洛阳街道名，这里借指南宋都城临安的街道。

⑤声价：这里指妓女的声名和消息。

⑥闲花：这里比喻妓女。

⑦崔徽：唐朝娼妓名。

【新解】

阳光灿烂，照在烟雾笼罩的琉璃瓦屋顶上，晴空中，数不清的柳絮在屋檐边随风飞舞。她旧居中的那张锦瑟一点都没有变化，还像过去一样横在琴床上。估计在我们分手之后，她经常回忆我们欢聚时的前尘梦影，并因此而泪流满面。没有了知音，她也就无心再弹琴了，因此连锦瑟上的弦都卸了下来。而且她连闺房都懒得出去，经常在闺中床上做着出游在外的情郎骑马归来的梦。可是，她即使有满腔的相思之情，也不愿意说出来，只是在她暗中整理旧日所穿的丝罗裙时，会突然发觉自己的裙腰竟会变得那样宽松，这个时候她才感到吃惊，知道自己真的瘦了许多。

我们曾经在南楼长夜欢会，翠色的门帘里华灯高照，她枕靠在我的肩膀上轻声哼唱。现在，我又回到了都城临安，我迫不及待地向昔日的街坊邻居打听她的消息。然而，她就像一朵无主的闲花，已经在东风中悄悄地凋落了。我只好仔细回忆她的模样，回去之后便请人画成肖像，以此来作为永远的纪念。

秋 霁

江水苍苍，望倦柳愁荷，共感秋色。废阁先凉，古帘空暮，雁程最嫌风力。故园信息，爱渠入眼南山碧①。念上国②，谁是、脍鲈江汉未归客？

还又岁晚，瘦骨临风，夜闻秋声，吹动岑寂。露蛩悲③、青灯冷屋，翻书愁上鬓毛白。年少俊游浑断得④，但可怜处，无奈苒苒魂惊⑤，采香南浦，剪梅烟驿。

【新解】

茫茫江水，岸边柳树一个个都倦怠地空垂着枯黄的枝条，荷叶忧愁地望着残败的荷花，好像都在共同感受着悲凉的秋色。萧瑟的秋风吹来，在废弃的楼阁中能最先感受到秋天的凉意。暮色沉沉，仅仅一张破旧的帘幕怎能抵挡寒风的侵袭。南归的鸿雁也最怕这种强劲的西风了。回望故园，多么希望能得到有关家乡的消息，我最喜欢故乡南山那秀丽的青绿景色了。不知还有谁也和我一样，客居江汉，无法回到故都。

又快到岁暮了，我精神憔悴，面黄肌瘦，形容枯槁，站在瑟瑟的秋风中，哀愁难忍。夜深人静的时候，只听到处都是悲凉肃杀的秋声，这触动了我孤身羁旅的寂寞情怀。秋露降临，耳边不断传来蟋蟀的悲鸣声。凄凉的寒屋中，孤灯独照，我整日翻书解闷，那无尽的忧愁已经将我的鬓发染白。少年时一起游历的朋友们现在已经完全断了联系，可怜我只身一人，独处他乡，正是惊魂丧魄、无可奈何的时候。今天在南浦为君送别，我只能在这烟

【注释】

①渠：他。

②上国：春秋时将中原诸国称为上国。这里指京都。

③露蛩悲：秋露降临的时候，蟋蟀悲鸣。蛩，蟋蟀。

④年少俊游：少年时代的朋友。

⑤苒苒：柔软细嫩的样子。

雾笼罩的驿站里采一枝梅花向远方的朋友表达我的心意了。

夜合花

柳锁莺魂，花翻蝶梦，自知愁染潘郎[①]。轻衫未揽，犹将泪点偷藏。念前事，怯流光，早春窥、酥雨池塘。向消凝里，梅开半面，情满徐妆[②]。

风丝一寸柔肠，曾在歌边惹恨，烛底萦香。芳机瑞锦[③]，如何未织鸳鸯。人扶醉，月依墙，是当初、谁敢疏狂！把闲言语[④]，花房夜久，各自思量。

【注释】

①潘郎：指32岁时头发全花白的潘岳。这里是作者自指。

②徐妆：即半面妆。这里形容半开的梅花。

③芳机：织布机。

④闲言语：指情人之间的悄悄话。

【新解】

春天到了，黄莺躲在柳荫丛中尽情地啼鸣，仿佛是柳丝将它的歌魂勾住了；蝴蝶在百花丛中翩翩起舞，仿佛在梦中都能闻到花香。然而此刻，我却因为春愁，鬓发全白。我现在还没有换上轻薄的春衫，因为上面还留有她的点点泪痕，我一直将它暗暗珍藏，直到现在。往事如烟，每每想起往事，就不禁会惧怕时光的无情流逝。外面正下着蒙蒙细雨，池塘上烟雾迷蒙，春天已经不知不觉来临了。在这消魂凝神的时刻，面对半开着的梅花，我不禁柔情满怀，春愁无限。

春风吹拂，勾起了我相思的情怀。还记得当时，在花烛清新的芳香中，她为我唱着甜美的歌曲。现在，每次想起这歌声，无尽的幽恨便会涌上我的心头。织布机能织出那么美丽的锦缎，可是为什么偏偏织不出鸳鸯？她当时扶着喝得酩酊大醉的我，月亮则依偎在墙边悄悄地看着我们，当初有谁敢像我们爱得那样大胆热烈。如今，我俩天各一方，只能各自回忆当初深夜在花房里的悄悄话了。

玉蝴蝶

晚雨未摧宫树，可怜闲叶，犹抱凉蝉。短景归秋[1]，吟思又接愁边。漏初长、梦魂难禁，人渐老、风月俱寒。想幽欢、土花庭甃[2]，虫网阑干。

无端啼蛄搅夜[3]，恨随团扇，苦近秋莲。一笛当楼，谢娘悬泪立风前。故园晚、强留诗酒，新雁远、不致寒暄。隔苍烟、楚香罗袖，谁伴婵娟?

【注释】

①短景：指秋天白昼变短。

②庭甃（zhòu）：指井壁。

③蛄：蝼蛄。雄虫能鸣，昼伏土穴，夜出飞翔。

【新解】

晚上那一阵急促的阵雨并没有将宫中树木的残叶完全打落，寒蝉还在秋风中紧紧地抱着残留的秋叶。秋天，白昼的时间变得越来越短，此时吟赋诗词，最易牵动人们悲凉的秋思。夜晚开始慢慢变长，往日的魂魄常常乘机来到梦中游荡。人已经渐渐变老了，面对这秋风秋月，不禁感到阵阵凄寒。想起曾经在庭院里幽欢聚饮，而此时庭院里已经长满了苔藓，栏杆上也结满了蜘蛛网。

结果，好好的又被蝼蛄的鸣叫声搅得彻夜难眠。天气渐渐转凉，团扇也已经弃置不用了，想来伊人会因此而感到无尽的怨恨吧；内心酸楚凄苦，就好比那秋日的莲心。还记得那天，她在秋风中，双眼噙满热泪，在楼台上为我吹奏起深情的笛曲。现在已经快到岁暮了，我不能赶回故乡，只能以诗酒勉强消愁。南归的秋雁已经渐渐远去，却不能为我捎一封向她问候的信笺。现在的我和她，远隔千山万水，有谁陪伴着楚地的她呢?

八 归

秋江带雨，寒沙萦水，人瞰画阁愁独。烟蓑散响惊诗思，还

【注释】

①微茫：隐约，不清楚。

②然竹：燃竹炊饭。然，通“燃”。

③一鞭南陌：指在郊外的田野里纵马驰骋。

④几篙官渡：挥篙在官设的渡口泛舟游赏。

⑤歌眉舒绿：歌妓们舒展翠眉，欢快地歌唱。舒绿，代指展眉。

被乱鸥飞去，秀句难续。冷眼尽归图画上，认隔岸、微茫云屋[①]。想半属、渔市樵村，欲暮竞然竹[②]。

须信风流未老，凭持尊酒，慰此凄凉心目。一鞭南陌[③]，几篙官渡[④]，赖有歌眉舒绿[⑤]。只匆匆眺远，早觉闲愁挂乔木。应难奈、故人天际，望彻淮山，相思无雁足。

【新解】

秋日，江面上烟雨蒙蒙，江水萦绕着清冷的沙洲，我在画阁上久久伫立，俯瞰这空旷肃杀的秋景，不禁愁苦满怀。透过迷蒙的烟波，隐隐约约地可以看到披着蓑衣的渔翁，他撒网入水的声响惊散了我吟赋诗词的思绪，我苦心沉思得来的佳句，被那江面上纷飞的鸥鸟打断，再也无法接续。我冷冷地看着这秋江寒雨图，河岸对面的屋舍也笼罩在蒙蒙烟雨中，若隐若现，估计那大多都是渔家的村庄，夜幕降临的时候，家家户户都点燃了柴竹，开始做晚饭了。

过去那种风流情怀还未衰减，这一点我有自信，尽管满目凄凉，凭借一杯清酒，依然可以安慰自己的凄凉心境。还记得当年在郊外的田野里纵马驰骋，在官渡口挥篙泛舟，当时，面容姣好的歌妓就坐在我的坐席旁，舒展翠眉，欢快歌唱。往事如烟，不堪回首，我把目光移向远方天际。高高的乔木在夕阳的残照中，仿佛挂有无尽的闲愁。故人远在天涯之外，纵使我望断淮山，相思绵绵，也看不到为我送信的鸿雁，此情此景，真是让我难以忍受。

卢祖皋（生卒年不详），字申之，又字次夔，号蒲江，永嘉（今属浙江）人。工小令，时有佳趣，纤雅婉秀。

江城子

画楼帘暮卷新晴，掩银屏，晓寒轻。坠粉飘香，日日唤愁生。暗数十年湖上路，能几度、着娉婷[①]。

年华空自感飘零，拥春酲[②]，对谁醒？天阔云闲，无处觅箫声[③]。载酒买花年少事，浑不似、旧心情。

【注释】

①娉婷：形容姿态美好的样子。这里喻指歌女。

②酲（chéng）：醉酒，病酒。

③箫声：传说秦穆公之女弄玉爱上了善于吹箫的箫史，二人吹箫引凤而去。这里指情人。

【新解】

下了一场晨雨，雨过天晴之时，我将楼阁中挡风的帘幕卷起，将华丽的屏风收起，让明媚的阳光照射到屋里。一阵晨风吹过，屋里仍能感到丝丝寒意。一眨眼的工夫，便落红满地，残香满园，不禁让人触景生情，愁绪满怀。我低徊自怜，默默思考这十年中，究竟有多少次和情人在那繁花似锦的西湖路上携手共度良辰？

人能有几年美好的青春年华？岁月如流水般流逝，一去不返，我仕途坎坷，身世飘零，让人空自感叹。难遣这春愁，只好终日醉酒，可是醒来后，心曲向何人倾诉？广袤的天空中白云悠悠，然而，伊人的箫声却无处寻觅。少年时代常在春天买花载酒，倚红偎翠，寻欢作乐，可如今人已衰老，旧时的那份闲情逸致早已消失了。

宴清都

春讯飞琼管[①]，风日薄，度墙啼鸟声乱。江城次第[②]，笙歌翠

【注释】

①飞琼管：古人将芦苇

合，绮罗香暖。溶溶涧渌冰泮[3]。醉梦里，年华暗换。料黛眉、重锁隋堤，芳心还动梁苑[4]。

新来雁阔云音[5]，鸾分鉴影[6]，无计重见。春啼细雨，笼愁淡月，恁时庭院[7]。离肠未语先断，算犹有、凭高望眼。更那堪、芳草连天，飞梅弄晚。

【新解】

律管中有灰飞出来，春天到了。云淡风轻，春光明媚，墙外传来阵阵春鸟的啼鸣声。江城好像一下子就进入了春天，翠袖伴着笙歌翩翩起舞，绮裳罗裙的香气在暖风中荡漾。山涧中冰雪消融，春水清澈，碧波荡漾，在这美好的景色中，岁月悄悄流逝，年华偷偷更换。想来此时，隋堤两岸又该是杨柳婀娜，翠绿茵茵了；园林中也已是百花争艳，春意盎然了。

鸿雁北归，隐入高高的天际，没有带来关于她的任何消息；分别这么久，我们再也没有办法重新见面了。庭院里细雨蒙蒙，仿佛春天在哭泣，此时的我呆呆伫立在雨中，愁绪万千；月色浅淡，似乎被忧愁所笼罩。离别的幽恨还没有说出，愁苦的心绪就已经让我伤心欲绝了。就算是还可以登高望远，缓解愁绪，可那一望无际的衰草、晚风中飘零的梅花，又叫人如何忍受！

灰塞在十二律管里来占气候，哪个管中灰飞出来证明哪个节候至。
②次第：顷刻间。
③渌（lù）：清澈的样子。
④芳心：这里借指园中的百花。
⑤雁阔云音：指没有音信。阔，稀疏。云音，因大雁从空中飞过，故将所传音信称为云音。
⑥鸾分鉴影：喻指夫妻分离。
⑦恁时：此时，这时。

韩疁（生卒年不详），字子耕，号萧闲。南宋词人。其词语浅而情深。

高阳台·除夜

频听银签[①]，重燃绛烛，年华衮衮惊心[②]。饯旧迎新，能消几刻光阴？老来可惯通宵饮？待不眠、还怕寒侵。掩青尊、多谢梅花，伴我微吟。

邻娃已试春妆了，更蜂腰簇翠，燕股横金。句引东风[③]，也知芳思难禁。朱颜那有年年好，逞艳游、赢取如今。恣登临、残雪楼台，迟日园林。

【注释】

①银签：古代用来计时报更的竹签。这里代指更漏。

②衮衮：同“滚滚”，指水流不息。这里形容时间匆匆流逝。

③句引：勾引，引诱。句，通“勾”。

【新解】

除夕守岁，频频地听着银签落下的声音；夜深人静的时候，我又换上了一枝充满喜庆色彩的红烛。美好的年华像奔腾的江水，滚滚而逝，让人万分感慨。辞旧迎新，也只不过是几刻时间的事。我想守岁喝酒，但毕竟年纪大了，已经不习惯通宵饮酒了。但是如果不喝酒，又会受寒气的侵袭。最终我还是无奈地放下了酒杯，感谢窗外的梅花伴着我低声吟咏，陪我一起度过这孤独寂寞的除夕之夜。

在这佳节良宵，想必邻家的少女早已准备好了明日游春的梳妆打扮之物了吧？到时她肯定是全身焕然一新，而且还喜气洋洋地佩戴上钿翠首饰和金制发钗。她那娇艳的打扮引得东风也按耐不住春情，暗地里赶紧为人们安排好随之而来的春光美景。青春容颜虽美丽，但岂能常驻？应该趁此良辰美景，纵情艳游，快乐地度过今日。明天我就将尽情登临残雪未消的楼台，观赏即将到来的园林春景。

刘克庄(1187—1269)，字潜夫，号后村居士。他是江湖派重要作家，又是后期辛（弃疾）派词人中成就最高的。其爱国豪情与雄放风格统一，不受格律局限，散文化句式与议论化倾向发展了词的艺术表现力，又好用壮语，缺点是直致近俗。

生查子·元夕戏陈敬叟

【注释】

①霁华：明月。

②侵明发：直到天明。侵，接近。明发，黎明。

繁灯夺霁华[1]，戏鼓侵明发[2]。物色旧时同，情味中年别。

浅画镜中眉，深拜楼西月。人散市声收，渐入愁时节。

【新解】

元宵节的夜晚，大街小巷的花灯五彩缤纷，光芒四射，将天上明月的光辉都比下去了；锣鼓喧天，此起彼伏，一直响到天明。风俗景物还和往年一样，没有变化，只是人已到中年，个中滋味和心情与以前大不相同了。

这一天，女孩子们会刻意打扮一番，对着镜子浅浅地勾画眉毛，在楼台上对着天空中高悬的明月礼拜作揖，许下美好的心愿。当花街上游人散尽，喧闹停息的时候，热闹一时的人间世界便又渐渐归于愁苦静寂。

贺新郎·端午

【注释】

①练（shū）衣：粗布麻衣。

②结束：打扮，装束。

③钗符艾虎：端午节

深院榴花吐，画帘开、练衣纨扇[1]，午风清暑。儿女纷纷夸结束[2]，新样钗符艾虎[3]。早已有、游人观渡。老大逢场慵作戏，任陌头、年少争旗鼓，溪雨急，浪花舞。

灵均标致高如许[4]，忆平生、既纫兰佩[5]，更怀椒醑[6]。谁信

骚魂千载后，波底垂涎角黍[⑦]。又说是、蛟馋龙怒。把似而今醒到了[⑧]，料当年、醉死差无苦，聊一笑，吊千古。

【新解】

端午节到了，深深的庭院里，火红的石榴花竞相吐艳。我将华美的帘幕卷起，穿一件粗布衣服，执一柄细绢团扇以解暑。中午时分，初夏的暑气被一阵清凉的微风轻轻吹散。青年男女们在这个时节都争相展示自己漂亮的服饰。他们都戴着式样新颖的钗头符，佩饰着精巧的艾虎。游人们为了观看一年一次的龙舟竞渡，早早地就来到了江边。我已经一大把年纪了，无心于随事应景，逢场作戏了。只能看着小伙子们扎着头巾，摇旗呐喊，在震天的鼓声中争先恐后地奋桨划舟。船桨溅起的水点犹如阵阵急雨，飞速向前的龙舟激起无数的浪花，上下飞舞。

屈原是那样的风度高雅。他生平非常喜欢将秋兰连缀在一起佩戴在身上，还经常怀揣着迎神、祭神的香物美酒，来显示其情怀高洁。谁会相信屈原高洁的灵魂在千年之后，会垂涎于水底下的几只粽子？至于蛟龙贪馋，与屈原争食之类的传说，就更不值得一信了。假如屈原独醒到今天，一定会痛苦不堪，因为活到今天实在是不如当年醉死，还可以免除活在人间的许多苦楚。我这种凭吊古人的说法，只是供大家一笑而已。

时采艾草制成虎形的钗头符，戴在头上用以避邪。

④标致：风度、风采。

⑤纫兰佩：将秋兰连缀在一起佩戴在身上，表示高洁的情怀。

⑥怀椒醑（xǔ）：醑，通“糈”。语出《离骚》“怀椒糈而要之”。椒糈，用以迎神的食物。

⑦角黍：指粽子。

⑧把似：假如。

贺新郎·九日

湛湛长空黑[①]，更那堪、斜风细雨，乱愁如织。老眼平生空四海，赖有高楼百尺。看浩荡、千崖秋色。白发书生神州泪，尽凄凉、不向牛山滴[②]。追往事，去无迹。

少年自负凌云笔，到而今、春华落尽，满怀萧瑟。常恨世人新意少，爱说南朝狂客，把破帽、年年拈出。若对黄花孤负酒[③]，怕黄花、也笑人岑寂。鸿北去，日西匿。

【注释】

①湛湛：浓重貌，形容天色昏暗。

②牛山滴：这里指自己的老泪不为个人生死而流。

③若：谁。

【新解】

天色阴沉，哪还禁得起斜风细雨，惹得人愁绪纷乱。我一生看尽天下风光，现在恰好有百尺高楼，能看尽千山万壑广阔秋色。我为神州大地不能统一而流泪，尽管满心凄凉，也不向牛山流泪。追想往事，已渺无踪迹。

青春年少时自负富有文才，到现在青春年华已逝去，满怀家国悲凉之情。经常怨恨文人题咏重阳节没有新意，年年把孟嘉落帽的典故拈出来。面对黄花谁不喝酒，怕黄花也会笑人没有生气。大雁高飞远去，日头西落。

木兰花·戏呈林节推乡兄

年年跃马长安市。客舍似家家似寄。青钱换酒日无何[①]，红烛呼卢宵不寐[②]。

易挑锦妇机中字[③]，难得玉人心下事[④]。男儿西北有神州，莫滴水西桥畔泪[⑤]。

【注释】

①日无何：每日无所事事。

②呼卢：一种赌博游戏。

③锦妇：原指苏蕙，这里指林的妻子。

④玉人：原指容色如玉的人，这里指林所迷恋的妓女。

⑤水西桥：当时妓女聚居的地方。这里指玉人所居之处。

【新解】

每年骑着马在京都游玩，客舍像家，家却像旅社。天天花钱买酒，无事可做；夜夜通宵赌博。

容易理解妻子的深情，难以捉摸妓女的心意。男子汉应该心系中原大地，不要留恋青楼，不应为妓女而洒伤心的泪。

黄孝迈（生卒年不详），字德夫，号雪舟。其词清丽似晏几道、贺铸，绵密如秦观。

湘春夜月

近清明，翠禽枝上消魂①。可惜一片清歌，都付与黄昏。欲共柳花低诉，怕柳花轻薄，不解伤春。念楚乡旅宿，柔情别绪，谁与温存？

空樽夜泣，青山不语，残照当门。翠玉楼前，唯是有、一陂湘水②，摇荡湘云。天长梦短，问甚时、重见桃根③？者次第④，算人间、没个并刀，剪断心上愁痕。

【新解】

清明节快要到了，树枝上的翠鸟愁苦丧魂，在黄昏中不住地鸣唱，实在是可惜了那一副婉转清脆的歌喉了。翠鸟多情，欲向柳絮倾诉心曲，然而，柳絮只会在风中四处飞舞，它那轻薄飘忽的生性，怎能理解伤春之情？我独自客居于楚地旅舍，倍感孤独寂寞，谁用柔情来抚慰我的离愁别绪，温暖我这凄凉破碎的心啊？

漫漫长夜中，空荡荡的酒杯仿佛在悄悄哭泣，远处青山连绵起伏，默默不语，只有一弯残月，洒在门口一片凄寒的清光。站在华美的楼阁里，向远方眺望，湘江在月光的掩映下，波光粼粼，天空中的朵朵浮云映照在湘江中，随波摇荡。长天幽邈，人生梦短，我什么时候才能再次见到我的“桃根”啊？这许许多多的事情令人烦恼，看来，人间已经无处可寻那锋利的并州剪刀了，只有它能够剪断我这万般愁苦的心绪。

【注释】

①翠禽枝上消魂：翠鸟栖息在花枝上，显出无限的愁苦。

②陂：湖泊。

③桃根：指王献之之妾桃叶的妹妹，名叫桃根。这里指情人。

④者次第：这一连串。者，通“这”。

陆叡（？—1266），字景思，号云西。存词三首。

瑞鹤仙

湿云粘雁影，望征路愁迷，离绪难整。千金买光景，但疏钟催晓，乱鸦啼暝。花悰暗省[1]，许多情，相逢梦境。便行云、都不归来，也合寄将音信。

孤迥[2]，盟鸾心在[3]，跨鹤程高[4]，后期无准。情丝待剪，翻惹得[5]、旧时恨。怕天教何处，参差双燕，还染残朱剩粉。对菱花[6]、与说相思，看谁瘦损？

【注释】

①花悰（cóng）：花的心绪。悰，心事。

②孤迥：指孤独寂寞。迥，遥远。

③盟鸾：指爱情的盟约。

④跨鹤：指骑鹤飞升成仙。

⑤翻：反而。

⑥菱花：指铜镜，背面刻有菱花图案。

【新解】

乌云阴湿厚重，大雁贴着乌云飞向天边，漫漫征程，弥漫着无边无际、难以梳理的离愁别绪。我想用千金买回过去的美好时光，然而，城楼上的钟声日复一日地催促着新的黎明到来，群鸦乱啼，又迎接着一个又一个黄昏的来临。在倚红偎翠的欢乐中，我暗自醒悟过来，人世间许多的情爱，不都是在梦中相逢吗？即使旧时曾经相好的美人们都不再归来，但至少也应该给我捎封信回来吧。

现在的我，孤独寂寞，愁绪难解。昔日山盟海誓，保证永不分离，当时的话到现在还在我耳边回响，然而，她已如黄鹤仙去，杳无音信，真不知道以后还能不能再次见面。这份情感藕断丝连，我本想彻底将它剪断，谁知反而更加勾惹起过去的许多幽恨了。只怕老天让这薄情之人在别的地方又和他人双栖双宿了，参差飞舞的双燕身上，分明还带着她的脂粉香气。此刻，我形单影只，只能对着铜镜来倾诉满怀的相思之情了，不知镜中的影子和现实中的我，到底哪个更加憔悴。

萧泰来（生卒年不详），字则阳，或字阳山，号小山。宋代诗人，临江（今四川忠县）人。存词二首，亦见雅俊。

霜天晓角·梅

千霜万雪，受尽寒磨折。赖是生来瘦硬[1]，浑不怕、角吹彻。

清绝，影也别，知心唯有月。原没春风情性[2]，如何共、海棠说。

【新解】

梅花受尽了霜冻冰雪的万千次摧打，受尽了数九寒天的种种折磨，然而，它那生来就瘦硬的枝条，就像铮铮铁骨，丝毫无惧，哪怕是人间最凄凉的号角声，它都傲然不动。

梅花清逸绝尘，甚至连影子都与流俗之花木大不相同，唯有那一轮明月，冰清玉洁，可以算得上是它的知音。本来就没有在融融春风中争奇斗艳的性情，跟那些纤柔娇嫩、以姿色邀宠的海棠、桃李，哪有什么共同语言？

【注释】

①赖是：幸亏。

②春风情性：指春天桃李、海棠那样柔弱娇艳的情性。

吴文英（约1212—约1274），字君特，号梦窗，晚号觉翁。其词绵丽，措意深雅，守律精严，炼字炼句，又多自度腔，独树一帜，对南宋后期词影响很大，缺点是雕琢过甚，题材狭窄。

霜叶飞·重九

断烟离绪，关心事，斜阳红隐霜树。半壶秋水荐黄花①，香噀西风雨②。纵玉勒、轻飞迅羽，凄凉谁吊荒台古。记醉踏南屏，彩扇咽、寒蝉倦梦，不知蛮素③。

聊对旧节传杯④，尘笺蠹管⑤，断阕经岁慵赋⑥。小蟾斜影转东篱⑦，夜冷残蛩语。早白发、缘愁万缕，惊飙纵卷乌纱去。漫细将、茱萸看，但约明年，翠微高处。

【注释】

①荐：献。

②噀（xùn）：喷。

③蛮素：指白居易的二姬小蛮和樊素，小蛮善舞，樊素善歌。这里泛指歌姬舞女。

④旧节：指重阳节。

⑤尘笺蠹管：纸已积尘，笔已虫蛀。

⑥断阕：指写到一半的歌词。

⑦小蟾：月亮。

【新解】

迷乱凄寒的烟云就像我满怀的愁绪。秋阳洒下的余晖慢慢隐没于苍凉的霜树后面，勾起我无限心事。菊花盛开，折下几枝将其插在半壶秋水中，然后细细品玩它，顿时，西风细雨中弥漫着秋菊的幽香。在这风雨之日，谁会纵马飞驰，去荒郊野外凭吊荒凉凄寒的古台？还记得当年醉酒之后，同她一起游览西湖“南屏晚钟”的胜景，当时她手持彩扇，扇底的歌声像寒蝉在呜咽，而我则酒酣梦倦，竟然没有尽兴欣赏她美妙的歌舞。

又是一年重阳到，姑且和大家一起喝酒解愁吧。在这一年多中，我已经变得心灰意懒，无心作歌赋词了，连纸和笔都已经尘封虫蛀了，去年写到一半的歌词也没有心思续完。月亮渐渐西沉，凄冷的月光斜洒在东篱上。夜深人静，只有蟋蟀还在寒风中哀鸣私语，声音凄婉，仿佛在诉说着悲凉的心绪。因为心中愁绪太多，我的头发早早地便花白了，我多么想能和往年一样登高望远，任凭狂风将头上的乌纱帽卷走。我漫不经心地打量着身上佩带着的茱萸，最后还是与朋友约定，到明年重阳节时，再去登上那葱翠的青山凭高望远。

宴清都·连理海棠

绣幄鸳鸯柱，红情密、腻云低护秦树[1]。芳根兼倚，花梢钿合[2]，锦屏人妒。东风睡足交枝，正梦枕、瑶钗燕股[3]。障滟蜡[4]、满照欢丛，嫠蟾冷落羞度[5]。

人间万感幽单，华清惯浴[6]，春盎风露。连鬟并暖，同心共结，向承恩处。凭谁为歌《长恨》？暗殿锁、秋灯夜语。叙旧期、不负春盟[7]，红朝翠暮。

【注释】

①腻云：形容云层浓厚。

②花梢钿合：树梢交合相并。

③瑶钗燕股：指玉燕钗。

④滟蜡：跳跃的烛光。

⑤嫠（lí）蟾：指月亮。嫠，女子无夫。

⑥华清惯浴：海棠沐浴在春风雨露中，就像刚出浴的杨贵妃。

⑦春盟：指爱情的盟约。

【新解】

连理海棠的树干就像鸳鸯双柱，支起了彩绣幕帐般的锦簇花团。树枝上，粉红色的海棠长得茂密繁盛，亲密无间的样子，更像是彩云低垂，垂护于这株秦中的名树。连理海棠树根交叉倚靠，树梢交合相并，那姿态之亲密，简直会让锦屏边的贵妇人心生妒忌。娇艳的海棠花在春风的吹拂下，如酣睡的美人，交合的树枝，在她的梦里变成了象征信物的燕股玉钗。晚上，人们都秉烛夜游，明亮的烛光映红了海棠花丛。月中孤寂的嫦娥，如果见到此情此景，想来会羞于让月光照在花丛上吧。

人世间，多少夫妇天各一方，感受着孤独寂寞的幽恨。只有杨贵妃在华清池中沐浴着风情雨露，感受着盎然春意。她和唐玄宗鬓发相连，同枕共寝于温暖的帷帐之中，永结同心，君王的万般宠爱集于一身。可为什么又生离死别两茫茫，最终还要借助他人写一曲生离死别之歌呢？宫殿高大深邃，笼罩在夜雾中，秋灯昏暗，仿佛有离魂寄语：千万别忘记七月七日我们的期会，以及我们生生世世永为夫妻的爱情盟约，我们将朝朝暮暮，红花绿叶，永不分离。

齐天乐

【注释】

①潮尾：指退潮。

②古柳重攀：重新来到昔日折柳送别之地。

③凉飔（sī）：冷风。

④烟碛（qì）：远处烟雾笼罩着的迷蒙的沙洲。

⑤柔葱蘸雪：纤细的手指如雪一样洁白。

烟波桃叶西陵路，十年断魂潮尾[1]。古柳重攀[2]，轻鸥聚别，陈迹危亭独倚。凉飔乍起[3]，渺烟碛飞帆[4]，暮山横翠。但有江花，共临秋镜照憔悴。

华堂烛暗送客，眼波回盼处，芳艳流水。素骨凝冰，柔葱蘸雪[5]，犹忆分瓜深意。清尊未洗，梦不湿行云，漫沾残泪。可惜秋宵，乱蛩疏雨里。

【新解】

再次来到曾经与情人分别时的渡口，十年前的旧事已经被潮水卷去退却，空留下我伤心欲绝的回忆。重新折一枝古柳拿在手中，不禁感叹人生聚散离合，就像轻捷的鸥鸟一样无常。如今，只剩我一人独自倚靠在曾经送别的高亭栏杆旁怀念往事。突然一阵凉风吹过，眺望远处，远行的飞帆已经消逝在了烟波浩渺的沙洲之外，暮色中，茫茫青山横卧于天际。只有明净如镜的江水，映照着秋花和我憔悴的身影。

想起我们初次见面的那天晚上，堂舍的烛光渐渐昏暗下来，她将其他客人送走，将我留下，眼波顾盼，就像香艳的流水，充满了柔情蜜意。我还清楚地记得她用那冰清玉洁、柔葱一般纤细雪白的手指为我剖瓜的深情厚谊。酒杯中还留有我用来浇愁的剩酒，没必要再更盏洗杯；与她在梦中相会，还没来得及欢会就已风消云散；醒来后，发现衣襟上还沾着未干的残泪。我秋夜难眠，耳边充斥着杂乱的蟋蟀声和稀疏的雨声，心中倍感凄凉孤寂。

花犯·郭希道送水仙索赋

【注释】

①清铅素靥（yè）：

小娉婷，清铅素靥[1]，蜂黄暗偷晕[2]，翠翘攲鬓[3]。昨夜冷中

庭，月下相认，睡浓更苦凄风紧。惊回心未稳，送晓色、一壶葱茜[4]，才知花梦准。

湘娥化作此幽芳，凌波路，古岸云沙遗恨。临砌影，寒香乱、冻梅藏韵[5]。熏炉畔、旋移傍枕，还又见、玉人垂绀鬒[6]。料唤赏、清华池馆，台杯须满引。

【新解】

我在睡梦中，看见了亭亭玉立的水仙花。它那素白的花朵，宛若美人的酒窝边淡淡地施上铅粉；黄色的花冠，就像时髦女郎偷偷地晕染上了蜂黄新妆；叶片翠绿而又修长，仿佛美人头上斜插着的翠玉首饰。昨晚春寒料峭，明月高悬，我在院子里看到了这素雅高洁的水仙。窗外的寒风一阵紧似一阵，将我从睡梦中吹醒，使我的心绪倍感凄苦。当我亲眼看到了这青翠繁茂的水仙时，才意识到，原来这场花梦是确有其事。

据说这水仙是由湘水女神湘夫人变成的。她在哀云低拂、沙洲绕水的湘江岸边凌波飘然而去，留下了多少难言的幽恨。水仙花的影子映照在石阶前，清香幽幽，四处弥漫，寒梅素来以风韵自诩，然而，在水仙面前，它也自感逊色。我把水仙搬到熏炉边，又移到枕头旁，仿佛又看到了伊人，她披散着黑色长发坐在床边。想来友人郭希道会邀请我到清华池馆，在“金盏银台”般的酒杯中斟满美酒，与我共赏这高洁婀娜的凌波仙子吧！

在素洁的脸颊上淡施铅粉。靥，酒窝。

②蜂黄：这里用来形容水仙花的黄色花蕊。

③翠翘敧鬓：形容水仙的绿叶就像美女头上斜插着的翠玉首饰。

④葱茜（qiàn）：青翠茂盛的样子。

⑤冻梅藏韵：指水仙的香气使以风韵自诩的寒梅为之逊色。

⑥绀鬒(gànzhěn)：指青黑色的头发。

浣溪沙

门隔花深梦旧游[1]，夕阳无语燕归愁，玉纤香动小帘钩[2]。
落絮无声春堕泪，行云有影月含羞，东风临夜冷于秋[3]。

【注释】

①门隔花深：那道门掩隔于花丛中。

②玉纤：这里代指美人纤细的手。

③冷于秋：指比秋天还冷。

【新解】

我在梦中又回到了旧游之地。那里花团锦簇，春意盎然，那扇我所熟悉的门掩藏在花丛深处。夕阳默默地将它的余晖斜洒向庭院，双双归燕陪伴着我相对生愁。伊人用她那纤纤素手拉动垂帘的帘钩，将我送出门。

柳絮纷纷飘落，悄然无声，好像春天在流泪；行云悄然遮月，宛如月亮因含羞而掩面。在这静寂的春夜，东风劲峭，此刻的我，感觉比萧瑟的秋天还要凄冷。

点绛唇·试灯夜初晴

【注释】

①素娥：指嫦娥。这里指月亮。

②凌波地：美人经过的地方。

③辇路：帝王车驾行经之路。这里指京城的繁华街道。

卷尽愁云，素娥临夜新梳洗[①]。暗尘不起，酥润凌波地[②]。
辇路重来[③]，仿佛灯前事。情如水，小楼熏被，春梦笙歌里。

【新解】

元宵节的前夜，雨住云收，天空清澈明净，月中的嫦娥妩媚洁雅，好像在入夜时刚刚梳洗一新。空气中没有一点尘土，佳人们走在酥松湿润的街道上，步履轻盈，尽情赏灯夜游。

京城天街繁华似锦，故地重游，一样的夜晚，一样的月色灯光，将我带回了昔日赏灯的情景中。往事如烟，柔情似水，伊人却不知身处何方。我颓然返回小楼中，熏被独眠，在梦中又回到了当年笙歌扇舞的欢乐之中。

祝英台近

【注释】

①幽香：这里指野花。

②翠微路：长满青苔的道路。

③悭（kēng）：吝啬。

春日客龟溪，游废园。

采幽香[①]，巡古苑，竹冷翠微路[②]。斗草溪根，沙印小莲步。
自怜两鬓清霜，一年寒食，又身在、云山深处。

昼闲度，因甚天也悭春[3]，轻阴便成雨？绿暗长亭，归梦趁风絮。有情花影阑干，莺声门径，解留我、霎时凝伫。

【新解】

采一株幽香芳馥的野草，在已经被人废弃的古苑中漫步。竹丛幽深，蜿蜒曲折的小路上长满了青苔。龟溪之畔，许多花草被弃掷在地，踏青斗草的女孩子们在沙滩上留下了小巧的脚印。可叹我已年老，两鬓斑白，当一年一度的寒食节到来的时候，我还只身一人远离故土，云游深山。

等闲度过了这大好的春日时光。老天也吝惜这大好春光，稍有小阴便细雨纷纷，不知是为什么。我仿佛已经踏上了绿草盈盈的长亭路，思乡的梦魂随着风中的柳絮飘然而去。栏杆边花影扶疏，门前小路上莺语婉转，它们仿佛都在深情地安慰我，殷勤地挽留我，我不禁伫立凝思，不忍离去。

祝英台近·除夕立春

剪红情，裁绿意，花信上钗股[1]。残日东风[2]，不放岁华去。有人添烛西窗，不眠侵晓，笑声转、新年莺语。

旧尊俎[3]，玉纤曾擘黄柑[4]，柔香系幽素[5]。旧梦湖边，还迷镜中路。可怜千点吴霜[6]，寒消不尽，又相对、落梅如雨。

【新解】

用彩色的纸剪出红花绿叶，将它们插在鬓发上，就像在春风的吹拂下，钗股上开满了各色花朵。除夕夜里，东风缓缓吹拂，为人间送来了春天的消息，但又好像不想让即将逝去的旧年就这样轻易流逝。这个时候，那些守岁的人们彻夜不眠，在西窗下不断地添换蜡烛，屋里一片欢声笑语。终于，新年的清晨在佳人们莺啼般的笑语声中来临了。

【注释】

①花信上钗股：将花插在鬓发上，就像春风吹上了钗股。花信，花信风，应花期而来的风。

②残日：除夕那天，一年中的最后一天。

③尊俎（zǔ）：这里指代筵席。

④擘（bò）：分开，分割。

⑤幽素：指幽情素心。

⑥吴霜：白发。

想起曾经在家中聚宴，迎接春天的到来，她用她那双纤纤细手，轻轻地为我剖开了春盘里的黄柑，黄柑香气宜人，佳人柔情似水，当时的情景，简直让我如痴如醉，至今还萦绕在我的心头。我在梦中再次回到曾经与她携手同游的湖边，然而，平静的湖水竟然让我迷失了归路。冰雪在春风中渐渐消融，但我鬓发上的千点寒霜却永远也消不去了，我只能默默地看着梅花像雨点般飘落。

澡兰香·淮安重午

盘丝系腕[1]，巧篆垂簪，玉隐绀纱睡觉[2]。银瓶露井，彩箑云窗[3]，往事少年依约。为当时、曾写榴裙，伤心红绡褪萼。黍梦光阴[4]，渐老汀洲烟箬[5]。

莫唱江南古调，怨抑难招，楚江沉魄。薰风燕乳，暗雨梅黄，午镜澡兰帘幕[6]。念秦楼、也拟人归，应剪菖蒲自酌。但怅望、一缕新蟾，随人天角。

【注释】

①盘丝系腕：古时端午节，人们在手腕上系五色丝线用来祛邪。

②绀纱：天青色的纱帐。

③彩箑（shà）：即彩扇。

④黍梦：黄粱梦。

⑤烟箬（ruò）：指初生的柔嫩的蒲草。

⑥午镜：于端午节悬挂的镜子，用来辟邪。

【新解】

她在端午节的时候，总会在手腕上盘系用来驱鬼祛邪的五色丝线，在头上簪戴精巧的写有咒语的篆符，再支起天青色的纱帐，然后躲在里面睡觉。这一天，我通常都会和她一起在露井边上聚宴饮酒，然后看她在窗下轻歌曼舞。年轻时那些往事恍如隔世，现在都很缥缈虚无。我望着窗外凋谢了的石榴花，不禁想起以前还在她的石榴裙上题写过诗句呢。然而，现在的我们天各一方，想起来就令人伤感。人生易逝，光阴似箭，就连沙洲上当初细嫩娇柔的蒲草现在也已变老了。

虽然正值端午，可是最好还是别唱那首为屈原招魂的江南古调了，因为那哀怨抑郁的曲调让人听后实在是难以忍受。故乡现在正是乳燕初生、熏风吹拂的梅雨时节，家家户户都会在中午的时候高悬一面明镜来驱鬼辟邪，还要张挂起帘幕，在里面用兰汤沐浴。估计她在独自饮菖蒲酒的时候，也在盘算着我何时才能归来吧？怅然遥望星空，看来只有那弯新月陪伴我走遍天涯海角了。

风入松

听风听雨过清明，愁草瘗花铭[1]。楼前绿暗分携路，一丝柳、一寸柔情。料峭春寒中酒[2]，交加晓梦啼莺。

西园日日扫林亭[3]，依旧赏新晴。黄蜂频扑秋千索，有当时、纤手香凝。惆怅双鸳不到[4]，幽阶一夜苔生。

【注释】

①瘗（yì）花铭：庾信作有《瘗花铭》。瘗，埋葬。

②料峭：风气微寒貌。

③西园：三国魏都邺都有西园，为游历胜地，曹操所建。

④双鸳：女子的鞋。

【新解】

听着凄风苦雨度过清明时节，我见草发愁，葬花作《瘗花铭》。楼前分别的路上已经绿柳成荫，那条条柳丝一如我的缕缕柔情。在料峭春寒中饮酒，黄莺争鸣，惊醒了我的美梦，无法再入睡。

天天在西园打扫亭台，依旧独自赏春光，黄蜂频频飞向秋千索，那上面还留着当时她纤纤细手上的芳香。她久久不来，令我无比惆怅，台阶上一夜就长满了青苔。

莺啼序·春晚感怀

残寒正欺病酒，掩沉香绣户。燕来晚、飞入西城，似说春事迟暮。画船载、清明过却，晴烟冉冉吴宫树[1]。念羁情游荡，随风化为轻絮。

十载西湖，傍柳系马，趁娇尘软雾。溯红渐招入仙溪[2]，锦儿偷寄幽素[3]。倚银屏、春宽梦窄，断红湿[4]、歌纨金缕。暝堤空，轻把斜阳，总还鸥鹭。

【注释】

①吴宫：指南宋都城的宫苑。

②仙溪：指桃源。这里用刘晨、阮肇在天台上偶遇二位仙女的故事。

③锦儿：指钱塘名妓杨爱爱的侍女。

④断红：指眼泪。

⑤六桥：指杭州西湖苏堤上的六桥，为苏轼守杭州时所建。

⑥苎（zhù）：指苎麻，背面为白色。这里用来形容鬓发斑白。

⑦亸（duǒ）凤：指翅膀下垂的凤凰。这里指情人。

幽兰旋老，杜若还生，水乡尚寄旅。别后访、六桥无信[5]，事往花委，瘗玉埋香，几番风雨。长波妒盼，遥山羞黛，渔灯分影春江宿。记当时、短楫桃根渡，青楼仿佛。临分败壁题诗，泪墨惨淡尘土。

危亭望极，草色天涯，叹鬓侵半苎[6]。暗点检、离痕欢唾，尚染鲛绡，亸凤迷归[7]，破鸾慵舞。殷勤待写，书中长恨，蓝霞辽海沉过雁。漫相思、弹入哀筝柱。伤心千里江南，怨曲重招，断魂在否？

【新解】

春寒未尽，我喝醉酒，闭门独处。今年燕子好像来晚了，直到现在才飞入西城，燕语呢喃，好像在告诉人们春光已经所剩无几了。过了清明节，往日热闹的景象和西湖上的美景仿佛都被游春的画船载走了，只剩下晴日云烟下的宫苑绿树。羁旅之情，就像在风中四处飘荡的柳絮，无边无际。

我在西湖边上住了十年之久。那时，我常常把马拴在柳树下，然后追赏娇红飘尘、雾杨烟柳的美好的湖光山色。曾经有一次，我沿着落花飘香的溪水，一直溯流而上，最终追随到了她的住处，当时锦儿为我偷偷传递她的情愫。那时我们背倚银屏，尽情地享受幽会时的柔情蜜意，只可惜春光无限但美梦短暂，她深情地为我唱着《金缕曲》，眼泪簌簌地落下，沾湿了歌扇。傍晚时分，我们一同在湖边漫步，游人散尽，堤上一片空寂。夕阳西下，我们无心欣赏美丽的西湖景色，将一切都归还给闲鸥野鹭去尽情享用。

光阴似箭，花落草长，转眼间又到了暮春时节，而我却还客居于水乡。我重新回到西湖六桥寻访她的时候，她早已杳无音讯了。曾经那些美好的情事就像落花坠地一样，她的玉骨已经埋在西湖边上了，坟上的草也不知已经经历了几番风雨。想当年，她用那秋水盈盈的美目四下里顾盼，就连微波荡漾的水波也因之妒忌；她那浅淡婉曲的蛾眉，让远山也自感羞愧。那晚，湖面上渔火点点，我俩泛一叶扁舟，在充满诗情画意的春江上栖宿了一晚。

当时的情景，就好像是王献之在渡口迎接桃根、桃叶两姐妹。我来到她曾经住过的青楼前，往事一幕一幕浮现在眼前，临别时我在墙壁上和泪题诗一首，可现在早已字迹暗淡，满是尘土了。

我站在高亭上放眼远眺，青翠的草色绵延到天涯，可叹我已是鬓发斑白了。我在私下里点检亡妾的遗物，发现她曾经送给我的手帕上，还留有临别时的眼泪和欢情时的唾痕。睹物思人，伊人已经如凤折翅，迷失不归；而我却如孤鸾一样，懒得再在破镜前歌舞了。我的心中郁积了无限的愁恨，本想写一封信来舒解一下。然而，蔚蓝的天空中和辽阔的大海上，却看不到可以传递书信的鸿雁，我写了又能寄向何处呢？相思之情漫漫无际，只能倾入一曲哀伤的筝乐。千里江南，对于我来说，尽是伤心之处，我重弹一遍幽怨的招魂曲，还能把她的灵魂招回来吗？她的灵魂到底在什么地方啊？

惜黄花慢

次吴江小泊，夜饮僧窗惜别。邦人赵簿携小妓侑尊[①]，连歌数阕，皆清真词[②]。酒尽已四鼓，赋此词饯尹梅津[③]。

送客吴皋[④]，正试霜夜冷，枫落长桥。望天不尽，背城渐杳，离亭黯黯，恨水迢迢。翠香零落红衣老[⑤]，暮愁锁，残柳眉梢。念瘦腰，沈郎旧日，曾系兰桡[⑥]。

仙人凤咽琼箫，怅断魂送远，《九辩》难招。醉鬟留盼[⑦]，小窗剪烛，歌云载恨，飞上银霄。素秋不解随船去，败红趁、一叶寒涛。梦翠翘[⑧]，怨鸿料过南谯。

【注释】

①侑（yòu）尊：指劝酒。

②清真：指宋代词人周邦彦，字清真。

③尹梅津：作者友人。

④吴皋：吴江边。

⑤翠香：指荷叶。

⑥兰桡：指小舟，船的美称。桡，船桨。

⑦醉鬟：这里指歌姬。

⑧翠翘：本指女子的首饰，这里用来指所思念

【新解】

我在吴江边为朋友饯行，在这秋霜初降、长夜寒冷的季节，枫叶飘飘洒洒地落满了垂虹桥畔。我伫立在长亭边，只见江水

的女子。

无边无际，客船渐行渐远，消失在了水天相接之处。面对此情此景，我黯然神伤，仿佛迢迢江水也充满了离愁别恨。此时，荷叶已经凋零，荷花已经败落，香气已经消散。暮色苍茫，岸边枯残的柳树梢被愁烟笼罩，似乎都在为人间的离别而伤心。我已经渐渐消瘦，完全是因为离别而伤心所致。我过去也曾小泊江边，傍柳系舟，然而，如今却万般愁苦，心情迥异了。

席前的歌姬正在唱着美妙深情的清真词曲。然而，即使箫声犹如弄玉引凤那样神妙，即使才华犹如宋玉《九辩》那样高明，也无法将送行人伤心欲绝的魂魄招回。歌姬此时也醉意朦胧了，但还是留下来继续为我们在僧窗话别助兴，婉转的歌声载着离恨飞上云天。凄凉伤别的秋天不会因客船的离去而消失，就让相思的断魂化作残花，在寒冷的波涛中漂流而去吧。我梦想着远方的伊人，她那幽怨的相思之心，想必也已随着哀鸿飞过了南谯。

高阳台·落梅

宫粉雕痕①，仙云堕影，无人野水荒湾。古石埋香，金沙锁骨连环。南楼不恨吹横笛，恨晓风、千里关山。半飘零、庭上黄昏，月冷阑干。

寿阳空理愁鸾②，问谁调玉髓③，暗补香瘢④？细雨归鸿，孤山无限春寒。离魂难倩招清些⑤，梦缟衣⑥、解佩溪边。最愁人、啼鸟晴明，叶底清圆。

【注释】

①宫粉：本指化妆用的脂粉，这里用来指梅花的颜色。

②寿阳：指南朝宋寿阳公主。

③玉髓：一种香料名。

④瘢（bān）：斑痕。

⑤些：语末助词，无义。

⑥缟（gǎo）衣：白衣。这里指白衣女子。

【新解】

梅花虽然已经凋零，但它依然带着宫粉色；落梅就像仙云一般，随风飘忽，坠落在寂寥无人的荒水野湾。梅花的香魂埋没于古老的沙石中，她那洁净的本体，就像献身于人间的锁骨菩萨一样，圆寂后为世人所敬仰。人们并不怨恨从南楼里飘出的凄幽的笛曲《落梅花》，而是恨晓风残月、千里江山，阻隔了多少有情人。已经有一半的梅花凋落飘零，黄昏之时，庭院里空寂冷落，凄寒的月光静静地照在栏杆上。

寿阳公主独自摆弄着鸾镜，看着自己已经凋零的梅花妆的旧痕，不禁暗自惆怅感叹。谁能调制出玉髓，替美人弥补香瘢呢？鸿雁在蒙蒙细雨中北归，梅乡孤山上落梅纷纷，春寒料峭之时，无限凄凉。落梅的魂魄已经仙去，再也难以把它召唤回来了。我在睡梦中遇见了白衣仙女，在溪边，她多情地解下玉佩赠给我。声声鸟啼呼唤着清明的春光，这是最令人伤心的，梅花落尽之时，绿叶成荫，又到了梅子青圆的时候了。

高阳台·丰乐楼分韵得“如”字

修竹凝妆[①]，垂杨驻马，凭阑浅画成图。山色谁题？楼前有雁斜书。东风紧送斜阳下，弄旧寒、晚酒醒馀[②]。自消凝，能几花前，顿老相如[③]。

伤春不在高楼上，在灯前攲枕，雨外熏炉。怕舣游船[④]，临流可奈清臞[⑤]？飞红若到西湖底，搅翠澜、总是愁鱼。莫重来、吹尽香绵[⑥]，泪满平芜。

【注释】

①凝妆：盛妆。

②醒馀：醒后。

③相如：指西汉辞赋家司马相如。这里是作者自指。

④舣：船靠岸。

⑤清臞（qú）：清瘦。

⑥香绵：指柳絮。

【新解】

翠竹修长，宛若盛妆的佳人，垂杨浓绿，骏马系在垂杨下，凭栏远望，水天相接，就像一幅天然而成的美丽图画。这样美丽的湖光山色，有谁题吟赋咏？一群鸿雁从天空中飞过，就像这幅天然图画上的点点题字。东风吹来，一阵紧似一阵，夕阳西下，旧冬的余寒被晚风带走，我的酒意也被晚风吹醒了。凝神望着此情此景，怎能不让人黯然销魂？人生短暂，能在花前月下流连的朝夕又能有几个？想到此，我顿时感到一下子衰老了许多。

并不是登高望远才让人感伤春天，而是因为在春雨绵绵、熏炉飘烟的时候一个人斜倚枕头、孤灯独对而产生伤感之情。坐船游湖，最害怕的就是游船靠岸；对水照影，最怕看见自己清瘦的脸庞，因为会让人产生春光不再的伤悲。那凋落的春花如果沉到了湖底，就连翻搅翠波的游鱼也会为之悲愁。以后再也不能重游此地了，否则到那时，绵绵柳絮像无声的眼泪一样飘尽，洒落在芜草丛生的大地上，会更令人伤感。

三姝媚·过都城旧居有感

湖山经醉惯，渍春衫啼痕[1]、酒痕无限。又客长安，叹断襟零袂，涴尘谁浣[2]。紫曲门荒[3]，沿败井、风摇青蔓。对语东邻，犹是曾巢、谢堂双燕。

春梦人间须断，但怪得当年，梦缘能短。绣屋秦筝，傍海棠偏爱，夜深开宴。舞歇歌沉，花未减、红颜先变。伫久河桥欲去，斜阳泪满。

【注释】

①渍：染。

②涴尘：为尘土所沾。

③紫曲：里曲，这里用来指旧日情人所居之处。

【新解】

我在这里居住的时候，经常在喝醉酒之后到湖山边浪游，所穿春衫还沾染着当年的斑斑泪痕和酒渍。现在，我又风尘仆仆地回到了都城，旅途困顿，衣衫已经破旧肮脏不堪，但是却再无人为我缝补清洗了。来到里曲，伊人曾经在这里居住，然而，如今门庭已经荒凉破败，院内的旧井上，青青蔓草在风中摇曳。东邻梁上栖息着燕子，它们正在呢喃对语，好像在告诉我，它们就是过去巢居在这间华丽楼堂中的双燕。

过去的美好生活已经像一场春梦，一去不复返。只是没有想到，梦中和她的姻缘竟会如此短暂。想当年，伊人在锦绣的闺房中，用纤纤玉指轻按秦筝，当时我们最喜欢的事情，莫过于傍着艳丽的海棠，深夜摆宴，对酒赏花了。如今，我再也无法看到她那婀娜的舞姿了，再也无法听到她那清丽的歌声了。春花依然娇艳，而那如花似玉的红粉佳人却早已亡故了。夕阳西下，我久久伫立在桥头，凝望旧居，泪流满面，迟迟不肯归去。

八声甘州·灵岩陪庾幕诸公游

渺空烟四远，是何年、青天坠长星？幻苍崖云树，名娃金屋[①]，残霸宫城[②]。箭径酸风射眼[③]，腻水染花腥。时靸双鸳响[④]，廊叶秋声。

宫里吴王沉醉，倩五湖倦客[⑤]，独钓醒醒。问苍天无语，华发奈山青。水涵空、阑干高处，送乱鸦、斜日落渔汀。连呼酒，上琴台去[⑥]，秋与云平。

【注释】

①名娃：美女。这里指越国献给吴王夫差的美女西施。

②残霸：指吴王夫差。夫差曾破越败齐，一度称霸，后国破身亡。

③箭径：即采香径。

④靸（sǎ）：拖鞋，这里指穿着拖鞋。双鸳：鞋子。

⑤五湖倦客：春秋时越国范蠡。他辅佐勾践灭吴后，泛五湖过隐居的生活。

⑥琴台：在灵岩山上，吴国的遗迹。

【新解】

长空无云，四望空阔，是什么时候天上坠下了一颗巨大的星星？化作青山丛林，让吴王夫差在这里建筑宫室，安排金屋给美人住。采香径冷风吹人眼，花朵沾染了脂粉的香味。当时走廊中宫女们的步履声还在回响，现在只能听到秋风吹落叶的声音。

吴王夫差沉迷酒色，只有寄身江湖、弃官而去的范蠡是清醒的。仰头问苍天，苍天沉默不语，只有山色青青，无奈自己头发已白。远处水天相连，凭阑远望，目送乱鸦归去，夕阳已落入水中。有人连声喊拿酒，上琴台去，此时满天秋色与云平。

踏 莎 行

润玉笼绡，檀樱倚扇，绣圈犹带脂香浅。榴心空叠舞裙红，艾枝应压愁鬟乱[①]。

午梦千山[②]，窗阴一箭，香瘢新褪红丝腕。隔江人在雨声中，晚风菰叶生秋怨[③]。

【注释】

①艾枝：古时端午节习俗。用艾叶制成虎形戴于发间，或挂在门上，

用以辟邪。

②午梦千山：指梦中路途遥远。

③菰（gū）：一种水生植物，俗称茭白。

【新解】

她将软绡薄纱轻轻地遮覆在莹润的肌肤上，樱红的嘴唇半隐在五彩歌扇后，绣花妆不时地散发出一阵淡淡的脂粉幽香。石榴舞裙被闲置一旁，空有那么多榴花般的皱褶；此时的她无心歌舞，满脸忧愁，头上的艾枝也压不住她那散乱的鬓发。

在睡梦中走过千山万水，醒来的时候，发现艳阳依然高照，窗前的日影才移动了一箭的长短。她渐渐消瘦下来，手腕上系着的红丝线从原来的印痕处一直往下褪。细雨纷飞，绵绵不断，梦中之人早已消失在隔江的雨声中。晚风摇动菰叶，仿佛在吹奏一曲哀怨凄清的秋歌。

瑞鹤仙

晴丝牵绪乱，对沧江斜日，花飞人远。垂杨暗吴苑[1]，正旗亭烟冷，河桥风暖。兰情蕙盼，惹相思、春根酒畔[2]。又争知、吟骨萦消[3]，渐把旧衫重剪。

凄断流红千浪[4]，缺月孤楼，总难留燕。歌尘凝扇，待凭信，拌分钿[5]。试挑灯欲写，还依不忍，笺幅偷和泪卷。寄残云剩雨蓬莱[6]，也应梦见。

【注释】

①吴苑：指吴王阖闾所建的林苑。

②春根：春末。

③吟骨萦消：指自己的身体因愁吟诗词而日渐消瘦。

④流红千浪：指带有落花的千重波浪。

⑤拌分钿：下决心将定情信物分开。

⑥残云剩雨：指已经过去的欢情。

【新解】

游丝万丈，随风飘荡，牵动着我纷乱的心绪。斜阳映照着清澈的江水，在这落花纷飞的暮春时节，美人离我远去了。吴宫旧苑中，垂柳拂地，浓绿成荫。正值寒食节禁火，酒楼中都已停烟熄火。春风频频送来丝丝暖意，站在河桥上便可感知。她那美好的情意和多情的顾盼，使我忍不住想起曾经在暮春时节的欢宴。可是，她肯定不知道，我因为不断吟诵牵萦相思之词而渐渐消瘦，从前的衣衫现在都已经变得宽大无比，只好拿出来重新进行剪裁。

想必此时也正是她凄凉断魂的时候。千重波浪漫卷残红，一弯弦月映照孤楼，好不凄寒寂寞！就连呢喃的双燕都不愿意留下来相伴。她不再像往日那样轻歌曼舞了，所用的歌扇上早已积满了灰尘。她也曾经想不顾一切地下决心将定情信物分开，永远分手，从此情断义绝，还试着挑亮灯花，写一封诀别的信，却还是于心不忍，最终还是泪眼蒙眬地将写好的信笺偷偷卷起。很久没有收到爱人的消息了，即使寄魂魄于蓬莱仙岛的残云剩雨，也应该能与你在梦中相见啊！

鹧鸪天

化度寺作

池上红衣伴倚栏，栖鸦常带夕阳还。殷云度雨疏桐落①，明月生凉宝扇闲。

乡梦窄②，水天宽，小窗愁黛淡秋山。吴鸿好为传归信，杨柳阊门屋数间③。

【注释】

①殷云：浓云。

②梦窄：梦短。

③阊门：城门名，指苏州城西门。这里指爱人所居之处。

【新解】

池塘中的荷花像红衣仙女一样，静静地伫立在那里，陪伴着倚栏望远的客居之人。夜幕降临之时，归鸦带着夕阳的余晖回来栖宿。浓云为人间带来了一场阵雨，雨点打在稀疏的桐叶上，噼啪作响。雨过天晴，明月高悬，在这凄凉的秋夜，扇子也已闲置不用了。

思乡的好梦太短暂了，而眼前的天光水色却宽广无边；透过窗户往外看，蜿蜒起伏的秋山，像佳人那弯青黛色的愁眉。鸿雁从吴地飞来，一定愿意为我传递归信，苏州城西阊门外，有几间房屋的门前杨柳垂拂，就有劳你把我的消息带到那里吧。

夜游宫

【注释】

①河桥：指送别之地。

②霜丝：比喻白发。

③萧娘：唐朝时用来泛指所爱恋的女子。

人去西楼雁杳，叙别梦、扬州一觉。云淡星疏楚山晓，听啼鸟，立河桥[1]，话未了。

雨外蛩声早，细织就、霜丝多少[2]？说与萧娘未知道[3]，向长安，对秋灯，几人老？

【新解】

她离去已经很久了，好像从西楼前飞过的鸿雁，一去杳无音信。我只能在梦中与她畅叙别情，这么多年，我落魄江湖，应验了当年杜牧“十年一觉扬州梦”的感叹。淡淡的云彩从空中飘过，稀疏的星星闪烁着幽光，送别的时刻临近了，东方已经破晓，鸟雀争相啼鸣，我们站在河桥上，感觉还有太多的柔情蜜语没有来得及说完。

秋雨淅淅沥沥地下着，蟋蟀早早地就开始唧唧私语了，那一点点的雨珠，一声声的虫语，勾起了我无限的悲情。这难解的离愁别绪为我编织出了无数的白发。我一定要把这种感受尽情地向她倾诉。她肯定不知道在这临安城里，究竟有多少人像我一样，在秋夜中孤灯独对，一事无成，空自老去。

青玉案

【注释】

①《双金斗》：曲牌名。

②春词裁烛：蜡烛在一支支春词的歌声中越

新腔一唱《双金斗》[1]，正霜落、分柑手。已是红窗人倦绣，春词裁烛[2]，夜香温被，怕减银壶漏[3]。

吴天雁晓云飞后，百感情怀顿疏酒。彩扇何时翻翠袖？歌边拚取，醉魂和梦，化作梅花瘦。

【新解】

她唱完一支新曲，我们共同举起酒杯畅饮美酒。秋霜初降之时，她用纤纤玉手深情地为我剥开了黄柑。乱红满窗，她倦怠了在窗下引针刺绣，于是轻轻地唱起缠绵多情的春词；红烛在歌声中越燃越短，熏香袅袅，被子已经温暖了；这样的良辰美景，真不舍得时光就那么轻易消逝。

吴地的鸿雁穿过彩云，于拂晓时飞去，见此情景，我百感交集，愁绪无限，顿时连酒都喝不下去了。什么时候才能见到她翠袖翻舞、彩扇纷飞？到那时我一定要在她的歌声中喝个酩酊大醉。我要在梦里将醉魂化作挺拔瘦劲的梅花，在梅树旁陪伴着她翻唱新曲。

燃越短。

③怕减银壶漏：怕银壶更漏的水不断减少，用来形容怕时光流逝。

贺新郎

陪履斋先生沧浪看梅。

乔木生云气，访中兴[①]、英雄陈迹[②]，暗追前事。战舰东风悭借便，梦断神州故里。旋小筑、吴宫闲地。华表月明归夜鹤，叹当时、花竹今如此，枝上露，溅清泪。

遨头小簇行春队[③]，步苍苔、寻幽别墅，问梅开未？重唱梅边新度曲，催发寒梢冻蕊[④]。此心与、东君同意[⑤]，后不如今今非昔，两无言、相对沧浪水，怀此恨，寄残醉。

【注释】

①中兴：指衰败后复兴。

②英雄：指韩世忠。

③遨头：宋代时，知州出游称为“遨头”。

④寒梢冻蕊：指梅花。

⑤同意：指心意相同。

【新解】

大树苍翠挺拔，云烟缭绕，我来到沧浪亭，寻访中兴名将抗金英雄的业迹。往事如烟，当初韩世忠在黄天荡大败金兵，真是让人感到痛快！然而，却未能像当年周瑜那样得到天公的帮助，借东风使敌船全部灰飞烟灭，收复神州故土的理想又一次破灭了，之后便休官退隐，居住于吴国故都的闲地，没有其用武之地了。如果他在月夜化鹤归来，也必然会为当年花繁竹盛的园林如今变得这样冷落而叹息。梅枝上清露点点，那正是他魂游故地时所洒的感时之泪。

太守在众宾客的簇拥下，来到这里赏春，踏着长满青苔的小路，来到了幽深的别墅，探问梅花是否已经开放。我们在梅树下反复吟唱新创作的曲调，催促着枝头上的花苞能够尽快迎风开放，这种心意与东君的是完全相同的。如今国势衰微，每况愈下，已经不能与韩世忠在世时可比了，以后的状况将会更加令人担忧。我和履斋先生望着沧浪亭下静静流淌的溪水，彼此相视，默默无言，心中有无限幽恨，只能通过醉酒来舒缓了。

唐多令

何处合成愁？离人心上秋[①]。纵芭蕉、不雨也飕飕[②]。都道晚凉天气好，有明月、怕登楼。

年事梦中休，花空烟水流。燕辞归、客尚淹留[③]。垂柳不萦裙带住[④]，漫长是、系行舟。

【注释】

①心上秋：这是拆字法，用来解释“愁”字的本义。

②飕飕：风吹的响声，渲染凄凉。

③淹留：久留。

④裙带：借指行人。

【新解】

何处形成愁？离别的人心里感到秋天的凄凉。纵使不下雨，芭蕉也飕飕作响，发出凄凉的声音。人们都说秋天是好季节，在皎洁的月光下，我却怕登上高楼。

年岁在睡梦中匆匆老去，青春已经随水流逝。燕子南飞去，我却滞留在异地他乡。垂柳留不住行人，却总是空费心思系住行舟。

潘牥（1205—1246），字庭坚，号紫岩。其词洒脱俊雅。

南乡子·题南剑州妓馆

生怕倚栏干[①]，阁下溪声阁外山[②]。唯有旧时山共水[③]，依然，暮雨朝云去不还。

应是蹑飞鸾[④]，月下时时整佩环。月又渐低霜又下，更阑[⑤]，折得梅花独自看。

【注释】

①阑干：栏杆。

②阁下：楼阁。

③山共水：指山和水。

④蹑：紧跟。

⑤更阑：更鼓将尽。

【新解】

我最害怕的事情就是登楼凭栏远眺了，害怕听到亭阁下小溪潺潺的流水声，还害怕看到亭阁外绵延起伏的青山。小溪和青山没有变化，依然如故，但我所思念的美人却一去不返，杳无音信了。

我有种预感，觉得她会在某日乘坐飞鸾来和我相见，又仿佛听到了她在月下不时地整理佩环的声音。月亮又渐渐沉下去了，寒霜再次铺满大地。漫漫长夜将尽，我折下一枝梅花，一个人呆呆地看着它。

潘希白（生卒年不详），字怀古，号渔庄，永嘉（今浙江湖州人）。南宋理宗宝佑元年（1253年）中进士。存词一首。

大有·九日

戏马台前，采花篱下，问岁华、还是重九。恰归来、南山翠色依旧。帘栊昨夜听风雨，都不似、登临时候。一片宋玉情怀①，十分卫郎清瘦②。

红萸佩，空对酒。砧杵动微寒，暗欺罗袖。秋已无多，早是败荷衰柳。强整帽檐攲侧，曾经向、天涯搔首。几回忆、故国莼鲈，霜前雁后。

【注释】

①宋玉情怀：指宋玉悲秋的情怀。

②卫郎：指晋人卫玠。晋朝美男子，长得十分清瘦，有羸疾。

【新解】

文人雅士们曾在古戏马台前赋诗填词；高人隐士归居田园，悠然采菊于东篱下，推算岁月，也都是在九九重阳节。我回到故乡，看见南山还是像过去那样，青翠葱郁。昨夜听到窗外的风雨声，当时的感受完全不同于现在登高望远的感受。我的内心不由得涌起一片悲伤情怀，犹如宋玉悲秋。我由于悲伤而日渐消瘦，就像卫玠一样面容憔悴。

我于重阳节之时，佩戴茱萸，手持酒杯，望着故乡的方向，空自感伤。天气在砧杵的捣衣声中渐渐转凉，现在身上所穿的罗衣已经渐渐不能抵挡阵阵寒气。秋天马上就要过去了，残败的荷花、枯衰的柳枝随处可见。我独自登高望远，整理好被风吹歪的帽子，遥望着无际的天涯，久久凝思。现在已是秋霜满天、鸿雁南归的时节了，我不知多少次地想起了故乡美味的莼菜和鲈鱼。

刘辰翁（1232—1297），字会孟，号须溪。作为遗民词人，其词多写战乱之苦、故国之思，如借“送春”而悲宋亡，寄托遥深。爱国情怀及遒劲词风与苏、辛一脉相承，含蓄而不隐晦，真挚而不雕琢，清丽中又发激越豪情。

兰陵王·丙子送春

送春去，春去人间无路。秋千外、芳草连天，谁遣风沙暗南浦。依依甚意绪？漫忆海门飞絮。乱鸦过、斗转城荒①，不见来时试灯处。

春去谁最苦？但箭雁沉边②，梁燕无主③，杜鹃声里长门暮。想玉树凋土④，泪盘如露。咸阳送客屡回顾，斜日未能度。

春去尚来否？正江令恨别⑤，庾信愁赋，苏堤尽日风和雨。叹神游故国，花记前度。人生流落，顾孺子⑥，共夜语。

【新解】

送走了美好的春天，春天归去后，人间已无路可走。秋千外，绿茵茵的春草漫无边际，直连天涯，是谁让这漫天的风沙将美丽的南国水乡搅得昏天黑地？那种对春天的依依不舍是一种什么样的情绪？那应该就像我对柳絮般飘泊在海门外的爱国志士们的徒然思念吧？元兵就像一群乱鸦飞过，斗转星移，时局变化，今非昔比，整个京城顷刻间变得一片荒凉，曾经试灯节时华灯初上的繁荣景象再也看不到了。

在春天离去的时候，谁最愁苦？应该是帝后们，他们有如中

【注释】

①斗转：指北斗星转移了位置。比喻时局已发生变化。

②箭雁沉边：指大雁中箭受伤，沉落在遥远的边塞。这里用来比喻被元军掳走的南宋君臣。

③梁燕无主：指房梁上的燕子失去了屋主。这里用来比喻流离失所的南宋士大夫。

④玉树凋土：比喻国家倾覆，国破家亡。

⑤江令：指梁朝江淹。

⑥孺子：指作者的儿子刘将孙。

箭受伤的大雁，被元军掳获到了遥远的北方；应该是士大夫们，他们仿佛是那些失去了屋主的梁上燕子，流离失所，漂泊他乡。杜鹃的啼鸣声悲切如泣，曾经华丽的宫殿笼罩在苍茫的暮色中。皇家林苑里，当初那些奇花异草都已凋零，伤心的泪水就像仙人承露盘里的露水那么多。被掳北行的君臣们，怀着对故国的深深眷恋，在离开京师的道路上频频回首，直到夕阳西下的时候，他们还未能上路。

春天离去还会回来吗？这些被掳北行的士大夫们跟南北朝时的江淹、庾信一样，都饱含着离愁别恨；如今的京城西湖苏堤，整天饱受凄风苦雨的侵袭。我梦中故都神游，对往昔在京城赏花的时光充满了无限的留恋。如今流落飘零在异地他乡，只能在晚上和自己的孩子说说心里话。

宝鼎现

红妆春骑，踏月影、竿旗穿市。望不尽、楼台歌舞，习习香尘莲步底。箫声断、约彩鸾归去[①]，未怕金吾呵醉[②]。甚辇路、喧阗且止[③]，听得念奴歌起[④]。

父老犹记宣和事，抱铜仙、清泪如水。还转盼、沙河多丽。滉漾明光连邸第[⑤]，帘影动、散红光成绮。月浸葡萄十里[⑥]，看往来、神仙才子，肯把菱花扑碎。

肠断竹马儿童，空见说、三千乐指。等多时、春不归来，到春时欲睡。又说向、灯前拥髻[⑦]，暗滴鲛珠坠[⑧]。便当日、亲见《霓裳》，天上人间梦里。

【注释】

①彩鸾：传说中的仙女名。这里代指美女。

②金吾：官名，负责京城防卫。

③喧阗（tián）：形容人声嘈杂。

④念奴：唐玄宗天宝年间一歌妓名。这里借指歌妓。

⑤滉（huàng）漾：指

【新解】

妇女们坐着香车宝马，披着皎洁的月光，盛妆出游，穿过街市时，车上的旗帜迎风招展。到处都是华丽的亭台楼阁，时时可见优美的轻歌曼舞。繁华的大街上，姑娘们迈着轻盈的脚步结伴游春，飞扬的尘土中带着美人的芳香。小伙子在悠扬的乐声中，悄悄地与仙女般的姑娘约会，然后早早归去。元宵灯节开放宵禁，所以人们并不害怕因喝醉酒而被巡街的金吾禁止通行。突然间，皇家大道上喧闹的声音停止了，这是为什么？原来是著名歌妓唱起了美妙的清歌。

对于徽宗皇帝宣和年间的旧事，长辈们都还记忆犹新，北宋靖康之耻未雪，如今国家又被元人侵略，就连宫殿里的金铜仙人对此也不禁泪流满面。他在被掳走时，还恋恋不舍地回头遥望曾经繁华无比的沙河塘。当时，临安城中的权贵府邸，在元宵节的时候都会张灯结彩，花灯明烛光芒四射，帘影微动，仿佛在灯光下展开了七彩丝绸。在月光的照射下，十里西湖那清澈澄碧的湖水就像铺上了一层晶莹剔透的葡萄。往来赏灯的才子佳人，因为蒙受了亡国之祸，才不得不打碎菱花镜，四处逃亡。

亡国后出生的儿童不能亲眼见到故国了，只能徒然地听老人们给他们讲述曾经的歌舞升平的景象了，想来就让人伤心。春天能够重新回来，人们久久盼望着故国也能重来，然而，迎来的只是亡国后令人昏昏欲睡的春天。南宋的旧宫人心中有无限的悲愁，但又能对谁倾诉呢？只能在灯下双手拥髻，暗暗落泪。即使那些当年亲眼看见过盛大的《霓裳》舞的老人们，现在也都已是天上人间，相隔万里了，把一切都只留在了梦中。

灯光在水面上晃动。

滉，水深而广。

⑥葡萄：用来形容西湖水色清碧。

⑦拥髻：形容神态悲苦。

⑧鲛珠：指眼泪。

永遇乐

余自乙亥上元诵李易安《永遇乐》，为之涕下。今三年矣，每闻此词，辄不自堪，遂依其声，又托之易安自喻，虽辞情不及，而悲苦过之。

璧月初晴，黛云远淡，春事谁主？禁苑娇寒[①]，湖堤倦暖，前度遽如许[②]。香尘暗陌，华灯明昼，长是懒携手去。谁知道、断烟禁夜[③]，满城似愁风雨。

宣和旧日[④]，临安南渡，芳景犹自如故。缃帙流离[⑤]，风鬟三五[⑥]，能赋词最苦。江南无路，鄜州今夜，此苦又谁知否？空相对、残釭无寐[⑦]，满村社鼓。

【注释】

①禁苑：指皇帝的花园。

②遽（jù）：匆匆。

③禁夜：实行军事戒严，禁止夜行。

④宣和旧日：宋徽宗宣和年间汴京的繁华盛况。

⑤缃帙（xiāngzhì）：指浅黄色的书套。这里代指书籍。

⑥风鬟（huán）：形容头发凌乱的样子。

⑦残釭（gāng）：残灯。

【新解】

一轮皎洁的圆月挂在空中，天空飘着淡淡青云，谁是这大好春天的主人？宫苑娇弱寒冷，湖堤倦乏微暖，国事遽变已不可收拾。从前香车扬尘暗道路，华灯放光明如昼，总是懒得与人携手同游。谁料到如今宵禁，整座城好像笼罩在凄风苦雨中。

南渡后，易安常回忆宣和年间汴京旧事，感叹风景依旧，山河变色。携带书籍漂泊流离，元宵夜也风鬟雾鬓，写下倾诉哀愁的词，这不是最痛苦的事吗？身在江南无路归去，只能苦吟“今夜鄜州月，闺中只独看”，这样的痛苦有谁知道？无法入睡，对残灯发愁，听见远处传来社祭的声音。

摸鱼儿·酒边留同年徐云屋

怎知他，春归何处？相逢且尽尊酒。少年袅袅天涯恨[1]，长结西湖烟柳。休回首，但细雨断桥[2]，憔悴人归后。东风似旧，问前度桃花，刘郎能记[3]，花复认郎否？

君且住，草草留君剪韭[4]，前宵正恁时候。深杯欲共歌声滑[5]，翻湿春衫半袖。空眉皱，看白发尊前，已似人人有。临分把手，叹一笑论文，清狂顾曲[6]，此会几时又？

【新解】

我实在是不知道这美好的春色已经归于何处了。客居他乡，与老朋友相逢，就让我们痛饮这杯愁酒，一醉方休吧！我们从少年时代开始就漂泊天涯，在西湖烟柳之下相识。往事如烟，不堪回首。当时下着蒙蒙细雨，你我来到西湖断桥，在此分别，彼此满怀无限失意和惆怅，憔悴归去。东风一如既往，柔和温暖，可人间却已发生了沧海桑田的变化。故都旧日的桃花，我至今记忆犹新，试问桃花还能认识昔日的刘郎吗？

徐君请留步，让我剪几把韭菜来招待你，让我们就像昨晚那样放声高歌、尽情狂欢，直到杯盘狼藉、酒湿春衫。如今，我俩端起酒杯，似乎彼此都已有了白发，只能徒然相对皱眉叹息。临别时，我们紧紧握着对方的手，久久不愿松开。唉！这种放浪不羁的谈论诗文、引吭高歌的相聚，到什么时候才会再有？

【注释】

①袅(niǎo)袅：缠绕不断的样子。

②断桥：西湖桥名，在白堤北端。

③刘郎：词人自指。

④剪韭：指留客。

⑤歌声滑：指歌声婉转流畅。

⑥顾曲：指欣赏音乐。